JN318503

# 青の懺悔

堂場瞬一

PHP
文芸文庫

○本表紙デザイン＋ロゴ＝川上成夫

青の懺悔 ＊ 目次

## 【主な登場人物】

真崎　薫（まさき・かおる）　私立探偵。元神奈川県警捜査一課刑事。
柴田克夫（しばた・かつお）　刑事。神奈川県警捜査一課。真崎の先輩。
坪井光之助（つぼい・こうのすけ）　刑事。神奈川県警捜査一課。真崎の後輩。
赤澤奈津（あかざわ・なつ）　刑事。加賀町署刑事課。海星社前社長の一人娘。
赤澤浩輔（あかざわ・こうすけ）　海星社前社長。奈津の父。故人。
安東博康（あんどう・ひろやす）　弁護士。横浜中央法律事務所所属。
楊貞姫（ヤン・ジェン・ジー　日本名：高木紀久子）　新世界飯店の店主。
長坂秀郎（ながさか・ひでお）　代理人。真崎の高校時代の同級生。
結城亮平（ゆうき・りょうへい）　プロ野球選手。真崎の高校時代の同級生。
結城絵美（ゆうき・えみ）　結城亮平の妻。真崎の高校時代の同級生。
結城翔也（ゆうき・しょうや）　結城亮平の息子。

# 青の懺悔

# 第一章　再会の日

## 1

「申し訳ありませんが、その依頼はお受けできません」

「どうしてですか」

　電話の向こうで、年老いた女性の声が反発した。何故断るのか理解できない、金は欲しくないのか、という台詞《せりふ》が次に飛び出してくるであろうことは簡単に想像できる。もちろん、金が欲しくないわけではない。だったら何故、引き受けない？　前金を貰ってしばらくぶらぶらし、「猫は見つかりませんでした」と頭を下げれば済むのに。理由を自問してみた――こんなことをするために探偵事務所を開いたわけじゃない。しばし無言を保った後で、言い訳を搾り出す。

「猫アレルギーなんです」

「まあ」

電話はすぐに切れた。そう、誰だって病気は辛《つら》い。特にアレルギーは。この手はこれからも使えそうだ。犬アレルギーとか、子どもアレルギーとか。受話器を叩きつけたい欲求を押さえつけながらそっと戻し、溜息をつく。こんなことばかりしていたら、何か月か後にわたしは腐乱死体で発見されるだろう。死因——退屈。県警の連中が混乱しないように、遺書を残しておくべきかもしれない。仕事が欲しい、と千回書き連ねて。

椅子に背中を預け、ぐるりと部屋の中を見回す。木製のデスクは中古品で、天板《てんばん》は傷だらけだ。それを隠すために、世界地図を描いたデスクマットを敷いている。椅子は新品だがわたしの体にはサイズが合わず、結果的に事務所にいる時は、以前住んでいた家から持ち込んだ古いソファで過ごす時間が多くなっている。デスクの背後にはスチールのファイルキャビネット。今のところそこに入っているのは、このビルの管理に関する書類だけだ。

真崎薫《まさきかおる》。その名を刷った名刺によると、肩書きは私立探偵である。だが、実態はビルの管理人だ。

デスクの一番下の引き出しを開けると、バーボンの瓶が目配せしてきた。瓶に直《じか》に口をつけて呑むような下品な真似はしない。五時前に蓋《ふた》を開けたことさえ一度もなかった。それでも中身は確実に減っている。目の高さに翳《かざ》し、半分ほどになってしまっているのを見て、この五分で二度目の溜息をついた。もう半分。警察を辞めてからのわたしは、悲観主義者の王道を着実に歩いている。

ノックの音に、酒瓶を取り落としそうになる。ここを訪ねて来る人間はほとんどいないのだ。実質的にビルの管理を行っている不動産会社の人間か、恋人の赤澤奈津《あかざわなつ》ぐらいのものである。

遠慮がちに開いたドアの隙間から顔を見せたのは、わたし自身の過去だった。

「儲けてるみたいじゃないか」下種《げす》な台詞だと気づいたのは、言ってしまってからだった。「いい服を着てるな」

わたしの前の一人がけのソファに座った長坂秀郎《ながさかひでお》がにやりと笑い、柔らかそうなジャケットの襟を撫でつけた。目の細かいツイードのジャケットに合わせているのは、いかにも仕立ての良さそうな濃紺のストライプのシャツ。ジーンズは一見、十年ほど穿《は》き古したもののように見えるが、実際は一本三万円はするデザイナー物かもしれない。裾は引きずるほどの長さで、何千回と踏みつけたようにほつれているが、これもそういう加工なのだろう。思わず、本当に十年穿いている自分のリーバイスと見比べてしまった。足元から覗く濃い茶色のブーツは、部屋の照明を受けて鈍く上等な光を放っている。

「服は大事なんだ。ある意味、信用商売なんでね」長坂がさらりと言った。

「そんなものか？」

「そう。見た目とはったりが九割」

「後の一割は？」

「自分が間違っていても持論を押し通す図々しさかな」

「何だか、とんでもない商売みたいに聞こえるけど」

「そういうことは、あまり考えたことがない」手首で支えた顔を少しだけ傾ける。

最後に会ったのは確か十年前——高校の野球部の同期会だった。当時に比べて服装こそ高価そうなものになっていたが、顔や体型はさほど変わっていない。二十代から三十代にかけては男の容貌が大きく変わる時期なのだが、彼はその嵐を上手くやり過ごすことに成功したようだ。

「しかし、お前がこういう商売をしてるとは思わなかったな」

「人のことをヤクの売人みたいに言うなよ」細い顔に苦笑を浮かべる。「刑事さんっていうのはこれだから怖いね」

「俺はもう刑事じゃない」

「ああ」大変なことを言ってしまったとでもいうように、長坂が激しく首を振った。「いや、俺の中ではお前はまだ刑事のイメージだから」

「そんなイメージ、すぐに崩れるよ」本当に？　自分で言ったのに、自分の言葉が信用できなかった。神奈川県警を辞めたのはもう半年近く前になるのに、長坂から見たわたしはまだ刑事なのだ。十年のキャリアが醸《かも》し出す雰囲気が抜けるのに、どれぐらいの時間がかかるのだろう。話題を彼のことに巻き戻した。「しかし代理人か。凄いな」

「そんなことはない」左手にバーボンのグラスを持ったまま、長坂が顔の前で右手を振った。

「大変な金を動かすイメージだけどな」

「大リーグとかはね。日本じゃまだまだだよ。職業として認知されてもいないし、収入だって大したことはない。まあ、プロ野球が弁護士以外にも代理人業務を認めるようにならないと、上手く回らないだろうね」

「今の客は？」

「サッカー選手が多い。ゴルフ選手も何人か抱えている」

「野球選手の代理人ができないんじゃ、つまらないだろう？　やっぱり、勝手知ったる世界の方がやりやすいんじゃないか」

「そりゃそうだ」器用に肩をすくめたが、すぐに顔を輝かせ、身を乗り出してきた。「でも、いよいよ野球に乗り出すんだ」

「大リーグ進出か？」

「惜しいな」素早く首を振り、グラスをテーブルに置いた。両手を組み合わせ、そこに顎《あご》を載せる。気取った仕草が様になっていた。「結城《ゆうき》だよ。結城亮平《りょうへい》」

「結城がどうかしたのか」

「日本に復帰するんだ」

「ええ？」高校時代のチームメート。しかしその情報は、わたしの耳にはまったく入っていなかった。

「つまり俺は、大リーガー結城亮平の代理人になって、日本球界との橋渡し役をやったんだ。ただ、今のところはこれが一度きりのチャンスだけどね。あいつがプロ野球選手という立場になったら、このまま代理人を続けるわけにはいかないから」

「復帰って……あいつ、本気なのか」

「もちろん」それまで薄い笑みを浮かべていた長坂が、急に表情を引き締める。「これ、まだ極秘事項だぜ」

「いつまで」

「明日」

「何だよ、それ」ソファの上で大袈裟《おおげさ》にずり落ちてみせた。

「明日の朝刊に出る予定だ。今夜、復帰の会見をするんだよ」

「何年ぶりだ？」

「三年」

「そうか、三年か……」

　軽い酔いが回ってくる中、頭の中で結城の球歴を振り返る。

　彼は、わたしたちのチームでは頭一つ抜けた存在だった。県内でも古参チームの一つというだけで実力が伴っていなかったのだが、彼の存在はそういう歴史すら塗り替えた。それまで神奈川県大会の四回戦止まりが最高だったのに、わたしたちが三年生の夏に、決勝まで駒を進めたのだ。ほとんど結城のバットだけに引っ張られて。元々結城は巧打者として知られていたが、徹底したウェイトトレーニングでパワーを身につけた最後の夏は、確実性と長打力を兼ね備えた、手のつけられないバッターに成長していた。一回戦から決勝まで八試合で、打率七割。ホームラン七本。チームは合計四十点を挙げたのだが、結城の打点は二十五に達した。投手力に難があって決勝では屈したのだが、その敗戦も結城の評判を削《そ》ぐことはなかった。

　その年のドラフトで、五位指名でプロ入り。しばらく一軍と二軍を行ったり来たりという生活が続いたが、三年目から一軍に定着し、外野のレギュラーとしてクリーンナップの一翼を担った。以来、毎年打率三割前後、ホームランは二十本から二十五本という安定した成績を残している。あの夏の猛打を目の当《ま》たりにしているわたしには物足りなく感じられたこともあるが、上には上がいるのがプロの世界なのだ。レギュラーを張って、毎年ほぼフル出場を続けてきたことは、素直に評価できる。

　彼の人生が大きく転換したのは三年前だった。ＦＡ権を取得して、大リーグ挑戦を表明。その時はさすがに無謀だと思ったが、わたしの予想に反してフロリダ・マーリンズが手を挙げた。緑色がアクセントになったピンストライプのユニフォームを着て、スタジアムに立つ結城の姿をテレビで見た時、わたしは思わず溜息を漏らしたものである。横浜からフロリダはあまりにも遠い。距離的にも、心理的にも。

　大リーグ一年目、彼を応援するために高校時代のチームメートが何人か、はるばるフロリダに出向いた。その頃県警の捜査一課にいたわたしは仕事の都合で参加できなかったのだが、後で聞いた話によると、結城はどこか暗い目をしていたという。フットボールと兼用の変形的なフィールドで外野を守る彼の背中は、日本にいた頃よりも小さく見え、自信なさげに打球を追い、打席に立っていたそうだ。結局、馴染めなかったということなのだろう。

　一年目は二割五分前後の打率でうろうろしているうちに、八月に怪我で戦列を離れた。巻き返しを図った二年目には先発を外れることが多くなり、結局規定打席にも達せず、打率は二割四分台に低迷した。三年契約だったが球団側は最終年の契約を解除。三年目の今年は、サンディエゴ・パドレスのマイナーチームと契約を結んでアメリカを東から西へ横断したが、一度もメジャーに上がることなくシーズンを終えていた。

そして彼のメジャーへの挑戦は終わった。

「で、チームはどこ?」わたしはバーボンを舐め、煙草に手を伸ばした。火を点《つ》けると、長坂が迷惑そうに顔の前で手を振る。申し訳なく思ったが、五ミリ短くなっただけの煙草を揉み消す気にはなれなかった。

「元のチームに出戻りだ」

「よく受け入れたな」

「まあ、逆に言えばそこしかなかったってことだよ」長坂が言葉に皮肉を滲ませた。「はっきり言えば、他の球団は洟《はな》もひっかけなかった。要するにお情けだ」

「買い叩かれたわけか」

長坂が鼻に皺《しわ》を寄せる。グラスを取り上げると、氷が解けてかなり薄くなったバーボンを一口呑んだ。

「俺は頑張ったんだぜ」

「怪我はどうなんだ」

「うん、まあ……」口を濁したのは、代理人として秘密を守るためなのか、古い友人を庇《かば》うためなのか。「とにかくあいつには、できるだけ長くプレーしてもらいたい。俺はそのために手を貸したんだから。なあ、知ってるか？　俺たちの仲間で今も野球をやってるのって、あいつだけなんだぜ」

「お遊びの野球ならともかくな。俺ももう、何年もボールを握っていない」

「あいつは俺たちとは別種の存在だからな」

「そもそもあいつが何でうちの高校に来たのかが分からない。何度も訊《き》こうと思ったんだけどな」わたしは首を振った。「東海大相模《さがみ》でも横浜でも、強いチームに入ればもっと上手くなれただろうし、甲子園にだって行けたかもしれないのに」

「うちは伝統的に、締め付けが厳しくなかっただろう？　練習や上下関係の厳しい名門校に行ってたら、かえって実力を発揮できなかったかもしれない」

「確かに」長坂のグラスに目をやる。底にへばりつくように、薄い茶色の液体が残っているだけだった。「お代わりは？」

「いや、もういい」静かに首を振る。

「一杯しか呑んでないぞ」

「これからまだ仕事があってね。奴の会見に同席しないと」

「ああ」仕事。今のわたしにとっては憧れの言葉だ。仕事があってね。その台詞を使う機会が早く訪れることを心から願う。

「で？　お前の方はどうなんだ。警察を辞めたって聞いて心配してたけど、大丈夫なのか？」

「それでわざわざ訪ねてくれたのか？」

「そりゃあそうさ。この半年、ずっと気になって、いつ会いに来ようかって悩んでたんだ」大袈裟に両手を広げる。「仕事を辞めるなんて、尋常じゃないだろうが。こんなことを言っちゃ何だけど、安定した公務員の立場を捨てるなんて、思い切りが良過ぎないか？　何か嫌なことでもあったのか」

「いや、仕事に文句はなかった」

「だったら、どうして」

　彼の疑問に、わたしは沈黙で答えた。いつの間にか指先が焦げそうなほど、煙草が短くなっている。長い灰を落とさないよう、慎重に灰皿に持っていって火を消した。黙って吸殻の数を数える。十二本。朝の八時から今までにやったこととといえば、十二本の煙草を灰にしただけだ。

「すまん」長坂が突然頭を下げた。「言いたくないこともあるよな」

「言いたくないわけじゃないけど、複雑なんだ。話すことを考えただけでうんざりする」

「じゃあ、喋らなくていい。でも、これだけは教えてくれ。何でこんなところに住んでるんだ？　ここ、雑居ビルじゃないか。一階は喫茶店と不動産屋だし、二階には事務所が入ってる」言葉を切って室内をぐるりと見回す。「人が住むような場所には見えないんだけど」

「一応、この奥ではちゃんと生活できるようになってるんだぜ」わたしは肩越しに、自分の背後のドアを親指で指した。「少し黴《かび》臭いのを我慢すれば、家賃がかからないしな」

「家賃がただ？　何だよ、それ。まさかこのビル、お前の持ち物ってわけじゃないだろうな」長坂が目を剝《む》いた。

「まあ、そういうこと」

「日本大通《にほんおおどお》り駅から徒歩五分のビルの家主？　たまげたな。この辺、横浜で一番地価が高い場所じゃないか」

「そんな大袈裟なことじゃないよ」首を振ってみせたが、かえって嫌味になるのではないかと心配になる。しかし長坂はそんなことを気にする様子はなく、純粋に好奇心から訊《たず》ねているようだった。

「大袈裟だよ。ビル一棟だぜ」

「譲ってもらったんだ」一言でまとめれば、そうとしか言いようがない。過去にわたしを苦しめた事件の犯人が、死ぬ間際に残してくれた遺産。彼はそういう形でしか負債を返せないと考えたのだろうが、実際はそれ以上のものをわたしに与えてくれた。彼の娘、奈津を。

「ビル一棟を譲る、ね」芝居がかった仕草で溜息をつく。「世の中には金持ちがいるもんだ。でも、確かにこういうビルを持ってれば、まともに働く気にはなれないだろうな。いや、別に皮肉じゃないけど。貸しビル業だって立派な仕事だからな」

「まあな」実際は、このビルを譲り受けることで、わたしは刑事としての仕事にけじめをつけたのだ。利益供与。そんなレベルでは済まないことだったし、警察官としては一線を越える行為だった。わたしはそういうことをしても平気でいられるほど、神経が図太いわけではない。

「だけど、探偵ってのはどういうことだよ」

「知ってるのか？　広告も出してないのに」実際は、それも真面目に考えていた。タウンページに広告を出す。その場合、一番上にくるように名前を「あ探偵事務所」にしようかと真剣に悩んだこともある。ホームページを開設することも検討したが、それはすぐに断念した。ＰＲできる材料がないし、毎日頻繁に更新していたら、逆に暇な人間だと鼻で笑われるかもしれない。

「仕事はあるのか」

ダイレクトな質問が、鋭い切っ先になってわたしの喉元に迫った。

「いや。世の中の人は、そんなに探偵を必要としてないんだろうな。それに私立探偵の信用度なんて、代理人とは比べ物にならないほど低い」

「おいおい、そういう比較は無意味だぜ」

「そうかな」

「俺で役に立つかどうか分からないけど、何かあったら仕事を回すよ。基本的には何でもやるんだろう？」

「そうだな——いや、猫探しはやらない」


「からかいに来たんじゃないかと思うんだ」

「それは考え過ぎじゃないかしら」奈津が首を傾《かし》げる。「友だちでしょう」

「でも、会うのは十年ぶりだったんだぜ」

「考え過ぎよ」ぴしゃりと言って、奈津が会話を封じ込めた。楔形《くさびがた》に切ったオムレツを一つ取り、自分の皿に取り分ける。鋭角な一端をフォークで切り取って口に運んだ。冗談のように大きな目がさらに大きく見開かれる。「上出来」

「こんな簡単な料理を、上出来って褒められても困る」

薄く切って軽く炒めたジャガイモとタマネギ、細かく刻んだ黒オリーブを、卵四個を溶いたものに混ぜ込み、後は小さな丸いフライパンを使ってじっくりと焼き上げるだけだ。とろりとしているのではなく、中までしっかり火の通ったスペイン風のオムレツ。ポイントは、焼く時にオリーブオイルをたっぷり使って、半ば揚げるようにすること。油と卵は相性がいいし、草原を吹き渡る風の香りを感じさせる上質のオリーブオイルは、ほとんど全ての食材をワンランク格上げしてしまう。今日使ったオリーブオイルは、一本四千円はする高級品で、収入の当てがない探偵が自分で買えるものではない。中華街でも老舗《しにせ》の「新世界飯店」の女社長、楊貞姫《ヤンジエンジー》がイタリア旅行の土産に買ってきてくれたものだった。

「やっぱりイタリア料理が一番得意なのね」

「得意というか、俺の料理のレベルならイタリア料理が精一杯なんだ。オリーブオイルとニンニクとトマト。それが全てのベースだから。後は組み合わせ」

奈津が顔を輝かせながら、パスタにも手を出した。彼女はこうやって週に何回か、わたしの家で食事をしていくのだが、その度に心底嬉しそうな表情を浮かべる。食べさせがいのある女であり、それだけで彼女に対するわたしの評価は上向く。

「さっきの話だけど……あまり気にしない方がいいわよ」フォークを置いて、わたしの顔を正面から覗き込む。付き合うようになって半年ほど経つが、その仕草は未だにわたしの心臓を鷲掴みにする。

「気にしてないさ」

「そう?」

「何だか絡むね、今日は」

「気になるから」

「気にしてくれてるんだ」

「あなたがわたしのことを気にしてくれてるぐらいには」

「だったら、俺たち以外の全人類を敵に回す覚悟もできてるわけだ」

「もちろん」さらりと言って、またフォークを取り上げる。肝が据わっているというべきなのか、彼女はわたしの馬鹿話に平気でペースを合わせる。しかも馬鹿に見えない。


気にするな、か。

長坂と濃密な時間を過ごしたのは、もう十五年も昔だ。あの頃は、これ以上濃い人間関係は築けないだろうと思ったものだが、社会の荒波は、信じていたものをあっさり洗い流してしまう。わたしの場合は特にそうかもしれない。刑事という仕事は、社会の暗い場所や低い場所ばかりを歩いているようなものである。悲惨な人生を目の当たりにした時、過去の温かな想い出などはあっさり凍りつき、その背中はあっという間に小さくなって去って行く。野球部の同期会は毎年開かれているのだが、わたしが顔を出したのは十年前が最後だった。仲間たちに会いたくなかったわけではない。ただ何となく足が遠ざかってしまったのだ。自分が濃厚に身にまとった死の臭いを仲間たちに味わわせたくないと、無意識のうちに気を遣っていたのかもしれない。

「公務員をいきなり辞めたら心配するのは当たり前でしょう」奈津が話を元の筋に引き戻した。

「あいつも同じようなことを言ってたよ」

「でしょう？　それは嘘でも何でもないと思うけど」

「ああ」

「辞めたこと、後悔してるんじゃない？」

「まさか」あの時、選択肢は二つに一つしかなかった。わたしが辞めるか、彼女が辞めるか。様々な計算をこなした後、自分が辞表を提出することで全てに決着をつけたつもりだったが、気持ちにまで決着をつけることはできなかった。悔やみ、悶々とするであろうことは想像していたが、現実は想像を軽々と上回った。しかし当然、彼女の前でそんな愚痴は零《こぼ》せない。こんなことを考えていると、最後に思いは必ず同じところへ辿り着く――仕事と引き換えに奈津を手に入れたのだ。世の中にこんな幸運は滅多にない。
そうやって自分を納得させたはずなのに、遠い空では黒い雲が広がり始めている。

サンドウィッチのパン屑《くず》が、結城の顔写真にくっついた。人差し指を押しつけて拾い集め、灰皿の上で指を擦り合わせて落とす。ランチョンマット代わりに使っている一昨日のスポーツ紙は、長坂が三日前に予告した通り、結城の日本球界復帰を伝えていた。プロ野球はストーブリーグに入っているので記事は四面に押しやられており、二段の扱いである。二段。行数にして三十行ほど。三年間の大リーグでの成績と怪我の状態を伝え、最後に結城本人とチームの監督の談話で締めくくる簡単な記事だった。「最後のチャンスをくれたことに感謝したい」これは結城。最後のチャンス？　自分の年齢と照らし合わせて、暗澹《あんたん》たる気持ちになった。これから延々と続く長い晩年を、お前はどう過ごすつもりなんだ？　あるいはわたしは。監督の談話は「今後は若手の手本にもなってほしい」と、既に戦力としては認めていないような内容だった。
年俸は推定八千万円、プラス出来高。長坂としては納得のいく金額だったのだろうか。

全部のスポーツ紙を確認したわけではないが、どこも同じような扱いだろうということは、容易に想像がつく。日本から大リーグに行く時は大々的に取り上げられるが、日本球界復帰となると、どことなく冷笑的なニュアンスが記事に混じるものだ。アメリカで通用しなくて、尻尾を巻いて帰ってきたのか、と。ビールの呑み過ぎで太鼓腹になった記者たちが、陰でそんな噂話をすることは許せない。せめてもの仕返しにと、新聞をくしゃくしゃに丸めてゴミ箱に突っ込み、食後の煙草に火を点けた瞬間、電話が鳴る。長坂だった。

「今からそっちへ行っていいか」異様に切迫した口調だった。

「何だよ、いきなり」

「電話では、詳しいことは話せないんだ」

「トラブルか？」

「そう――それだけは間違いない。お前にはちょっと迷惑をかけるかもしれない。俺はやめようって言ったんだけど」

「お前の話じゃないのか」

「違う」

「誰だ」

「結城」

「あいつがトラブルに巻き込まれている？」

「そういうこと。とにかく、詳しいことはそっちで話すから。いつ行けばいい？」

「そうだな」ノートサイズのシステム手帳を開きかけ、やめにした。真っ白な予定表を見て、どこにスケジュールを割り込ませようかと悩む演技をする必要はない。相手は友だちだし、わたしに仕事がないことはもうばれている。「すぐ来てくれ。急ぐんだろう？」

「ああ、急ぎだ。三十分……二十分で行くよ。結城を連れて行く」

「待ってる」

　電話を切り、システム手帳のメモ用のページを広げた。ボールペンを横に置き、携帯電話をマナーモードにする。壁の時計を見上げる。午後二時。昼食の後で眠気が襲ってくる時間だ。長坂の切迫した口調を聞いている限り、途中で居眠りするような話ではないと思えたが、念のためにコーヒーを淹《い》れることにした。自分の部屋に戻り、たっぷり六杯分を用意する。

　仕事になるかどうかは分からないが、友をもてなすのにコーヒーの一杯ぐらいは必要だろう。

　結城はドアをぶち破ろうかという勢いで入って来た。荒い息を吐きながら肩を上下させ、この部屋に何かが潜《ひそ》んでいるのではないかと疑うように周囲をぐるりと見回す。

「座れよ」声をかけても、耳には届いていない様子だった。隣に立った長坂が肩に手をかけると、思い切り振り払う。代理人に対してでも、友だちに対してでもするべき行為ではなかった。

「座れよ、結城」もう一度声をかけると、ようやくわたしに気づいた。ゆっくりと首を動かしてわたしの顔を確認し、小さくうなずく。体の大きな運動選手ならではの凶暴な雰囲気は今も健在だったが、その目に宿っているのは、体格に相応《ふさわ》しくない怯《おび》えだった。外は肌寒いほどの気温のはずだが、顔には汗が浮かび、弱々しい照明を受けて額が光っている。服の間に籠《こも》った暑さを放り出そうとするように、シャツのボタンを一つ余計に開けた。革のチョーカーがちらりと覗く。薄茶色のコーデュロイのジャケットを乱暴に脱ぐと、一人がけのソファに放り投げ、自分はもう一つのソファに座った。付き添って来た長坂の存在は眼中にないようである。小さなソファの上で脚を組むと、ひどく窮屈そうに見えた。

わたしはデスクについたままでいることにした。小さなテーブルを挟んで向かい合ったら、頭から嚙み潰されかねない。長坂に目を向けて「どうしたんだ」と訊ねたが、彼が答える前に結城が割り込んできた。

「俺の子どもが——息子が誘拐されたんだ。何とかしてくれ」

## 2

やにわに立ち上がった結城が、硬く張り切った太腿《ふともも》に巨大な拳《こぶし》を叩きつける。その拍子に大きな口がわずかに開いたが、そこから覗いたのは嚙み締めた歯だった。両手で頭を抱え、短い髪をぐしゃぐしゃにしてから、自分を傷つけようとするように顔面を平手で二度、叩く。乾いた音が、静かな部屋に銃声のように木霊《こだま》した。

「座れよ、結城」同じ台詞は三度目だな、と思いながら、やはりそう言わざるを得なかった。結城の体は、緊張感と怒りで今にも爆発してしまいそうである。

「座ってなんかいられるかよ」

「いいから座れよ」

「お前なら何とかしてくれるよな」切羽詰まった口調は、依頼ではなく確認だった。

「とにかく座れ。お前みたいにでかい奴が立ってると、話もできない」

公称百八十五センチ、九十二キロ——先ほどスポーツ新聞で読んだ——は、少しはさば読んでいるはずだが、威圧感があるのは間違いない。結城はその体格を利して、立ったままわたしを睨みつけた。おそらく、自分のヒットで優勝が決まるかという打席でも、こんな鋭い眼光は見せないだろう。鼻から思い切り息を吸い込み、深呼吸するようにゆっくりと口から吐き出すと、急に体が萎《しぼ》んだ。へたり込むようにソファに腰を下ろす。左手で額を支えたが、今にも手首が折れてしまいそうだった。長坂が、後ろからそっと肩に手をかける。今度は払いのけようとしない。そんな気力も体力も失われてしまったようだった。

「どっちが話をしてくれるんだ」わたしは両手を組み合わせ、腹に置いた。

「俺が――」

立ったまま切り出した長坂の言葉を封じ込め、結城が身を乗り出して口を開く。

「俺が話す」本当は長坂に話を聴きたいのだが――彼の方が少しは冷静だろう――結城は自分で喋らないことには納得しそうもなかった。ノートを広げ、わたしの方から質問を出すことにした。自由に喋らせておいたら、系統だった話は引き出せそうもない。

「最初に息子さんの名前を聞かせてくれ」

「名前？」結城が目を剝いた。

「名前だ」努めて冷静に、わたしは繰り返した。「名前と顔が分からなくちゃ、どうしようもないだろう。写真はあるか？」

「写真……ああ、ある」体を捻《ひね》って、ズボンのポケットから携帯電話を引っ張り出した。フリップを開け、わたしの顔の前に翳《かざ》す。ビニール製のバットを担いで誇らしげな顔をしている子どもの上半身が大写しになっていた。柔らかそうな髪が、汗の滲んだ額に張り付いていた。息子の顔を見るのが嫌なように顔を背《そむ》けたまま、結城が答える。「名前は翔也《しょうや》」

「どういう字だ？」

「飛翔の翔に、也《なり》……なあ、そんなこと、どうでもいいじゃないか」

彼の不満を無視して質問を続ける。

「長男だよな」

「一人っ子だ。五歳になる」

「アメリカにも一緒に行ってた？」

「当たり前だろう、家族なんだから」何でそんなことが分からないんだとでも言いたげに首を振る。

「いつ日本に戻って来たんだ？」

「二月《ふたつき》前。九月のトリプルAのシーズンが終わったら、すぐにお払い箱だよ。なあ、いい加減に――」

首を振って彼の発言を押し止めると、不満そうな表情を浮かべながらも結城は押し黙った。

「今、家はどうなってる？　アメリカに行く前に住んでた家に戻って来たのか」

「いい加減にしてくれ」携帯電話を握り締めたまま、結城がテーブルに拳を叩きつけた。手の中で電話が粉々になる様を、わたしは容易に想像できた。「家のこととか、何も関係ないだろうが」

「いいから教えてくれ。どうなんだ」

「新しい家だよ。前に住んでた家は賃貸だったからな。野球選手は簡単に家を買えないんだ。いつトレードされるか分からないから」

「なるほど……だったら、お前の新しい住所を知っている人間は、それほど多くないはずだよな」

「ああ？」

「球団の関係者や友だちぐらいだろう」

「そういう人間がやったって言うのか」結城の唇が蒼くなり、震え始めた。

「そうは言ってない」わたしは慌てて否定した――とりあえず言葉の上では。「犯人はかなり周到に準備してたんじゃないかって思っただけだ」

「そんなこと、分かるのかよ」

重苦しい沈黙が部屋を覆った。結城の背後に守護神のように立った長坂が、左右の足に順番に体重をかけている。何か言いたそうに口を薄く開けていたが、辛うじて沈黙を守っていた。まさか彼も、代理人の仕事に誘拐事件の被害者の付き添いが入っているとは想像もしていなかっただろう。

「誘拐だと分かった時の状況を教えてくれ」

「分かった時……」結城の目に戸惑いが浮かぶ。わたしの言葉を理解するのに、一々単語に分解して咀嚼《そしゃく》しなければならないようだった。「いなくなったことに気づいたのはいつなんだ」と助け舟を出す。

「今日の……十時頃」

ちらりと腕時計に目を落とし、翔也の名前を書いた下のスペースに時刻を書きなぐった。四時間半経っている。何とかパニックを克服し、代理人である長坂に連絡してわたしに相談しようと決めるには、それぐらいの時間が必要だっただろう。

「どういう状況で？」

「朝、近くの公園に遊びに行ったんだ。俺と女房と、翔也で。サッカーをやってさ。で、俺はジムに行かなくちゃいけなかったから、近くに停めた車のところまで歩いて行った。女房はその時、一瞬家に戻ってたんだ。何か忘れ物をしてたから。それで戻ったら、翔也がいなくなっていた」

「公園には翔也君一人だったのか？」

「小学生が二人ぐらいいたらしい」

「その子たちは？」連れ去りの現場を見ているかもしれない。

「分からない。女房が公園に戻って来た時にはいなくなっていたそうだ」

「犯人から連絡がきたんだな？」

「ああ」

「いつ頃だ」

「それから三十分ぐらいしてからだと思う。ジムで走り始めたら、すぐに女房から電話がかかってきたんだ。翔也が見つからないってな。で、慌ててシャワーも浴びないで家に戻ったんだよ。そうしたら……」

「電話がかかってきた？」

「……ああ」低く認める結城の声は震えていた。「家の電話に」

「男？」

「男だ」

「何歳ぐらいか分かるか？」

「そんなこと言われても」無精髭《ひげ》の浮いた顎を撫でる。

「思い出してくれ。二十代か、三十代か。若いか、年寄りかだけでも」

「年は分からない。何だか不自然な声だった」

ボイスチェンジャーを使っているのかもしれない。固定電話や携帯電話に取りつけて使えるタイプのものが数千円程度で手に入るし、インターネット電話ならソフトで変換することもできるだろう。

「分かった。それで、向こうの要求は？」

「金だ——一億」さらりとした口調だった。これまで稼いできた金額に比べれば、一億など大した負担にはならないのだろう。

「期限は」

「明後日《あさって》。明後日になったらまた連絡すると言ってた」

「翔也君は無事なのか？」

「録音した声を聞かされた」大きな手で顔を擦《こす》る。表情が露《あらわ》になった時、その目が充血していることにわたしは気づいた。「生の声じゃない……もしかしたら、もう殺されてるんじゃないか」

「そんなことはしないだろう」保証としてはあまりにも軽い台詞だが、今はそう言わざるを得ない。被害者の家族が少しでも後ろ向きの気持ちを持ったら、誘拐事件の捜査は失敗に向けて転がり落ちることになる——捜査。これは捜査じゃない、と自分に言い聞かせた。誘拐事件の捜査は、組織力の勝負だ。犯人のあらゆる要求に対応するためには、それ相応の人数と機動力が必要になる。一人で解決しようなどと、調子に乗って考えてはいけない。わたしはあくまで相談に乗っているだけだ。

「電話はそれが最後なんだな」

「ああ」

結城はむっつりと口を閉じてしまった。無意識にだろうか、携帯電話を開いて待ち受け画面を覗き込む。結城の頰を涙が伝いだした。二人のうちどちらに話しかけていいのか分からぬまま、わたしは冷酷な事実を告げなくてはならなくなった。

「俺のところに相談に来てくれたのはありがたいけど、言えることは一つしかないよ」

二人が同時にわたしを見る。結城はすがるように。長坂は結末を悟ったように絶望的な色を目に浮かべて。もちろん、長坂の推理が正しい。

「警察に行くべきだ」

「駄目だ！」叫んで結城が立ち上がった。「警察には行けない。駄目だ！」

「警察に知らせると子どもの命がない、と言われたんだろう」

結城がソファにへたり込む。空気の抜けた風船のようだった。両手で頭を抱えたまま「何で分かるんだよ」とつぶやく。

「誘拐犯の常套句《じょうとうく》だよ。俺は警察にいた頃、同じような事件の捜査を二回担当している。犯人はまったく同じことを言ってたけど、どっちの事件も被害者は警察に届けて、子どもは無事に帰って来た。犯人も捕まった。なあ、誘拐は割に合わない犯罪なんだぜ。成功率は極めて低い。ゼロに近い。こういう事件では、警察は滅多にヘマしないんだよ。だから、すぐに警察に届けてくれ。今ならまだ間に合う。俺が一緒に行ってもいい」

「駄目だ」力なく言って、結城が顔を上げる。「警察には届けられない。万が一、犯人にばれたらどうするんだよ。金なら何とかする。用意できる。だから手を貸してくれ。頼れるのはお前しかいないんだ」

「無理だ。俺一人でできることは何もない」

「お前ならできるだろう。刑事だったんだから」

「今の俺には、公的に捜査する権利はないんだ」

「身代金の受け渡しを手伝ってほしいんだ」長坂が突然口を挟んだ。「頼めるのはお前しかいない」

「無理だ」俺は能無しだ、と告白し続けているようなものだった。しかしこと誘拐に関しては、それは紛れもない事実である。警察ですら失敗することがあるのだから——そう、わたしの兄が誘拐され、死んだ事件のように。あれは数少ない未解決の誘拐事件になった。少なくとも公式には。事件そのものが時効になり、二十数年後に犯人は罪を告白して死んだ。犯人——赤澤浩輔《こうすけ》。横浜の経済界に大きな影響力を持つ宝石店チェーン「海星社《かいせいしゃ》」の前社長で、このビルの前オーナーだった男。そして奈津の父親。身代金は、倒産しかけていた海星社を建て直すために使われた。

その事実を知っている人間は一握りしかいない。しかし、高校時代のチームメートである結城も長坂も、わたしの兄が誘拐されて殺されたという事件については知っている。知っていて、当時は二人ともそのことを口にしようとはしなかった。そういう事情を忘れたとは思えない。それを承知でわたしに協力を依頼しているとしたら、少しばかり配慮が足りないのではないだろうか。口には出せないが、自分がこの一件を引き受けるには、よほど強力な後押しがないと駄目だということが本能的に分かっていた——要するにやりたくない。やれない。

「なあ、頼むよ」結城が深々と頭を下げる。その仕草は、わたしを少しだけ動揺させた。結城は決して頭を下げない。少なくともわたしが知っているこの男は、傲慢さを絵に描いたような人間だった。健全な精神は健全な肉体に宿るとか、実力のある選手ほど謙虚になるなどというのは、スポーツに縁のない人間が抱く妄想にすぎない。並外れた運動能力を持つ人間のエゴは、並外れた大きさに育つものなのだ。その巨大なエゴがない限り、一般人には想像もつかないハイレベルの戦いで、頭一つ抜け出すことはできない。

「薫、分かってるんだよ」震える声で結城が言った。

「何が」

「こういう話をするとお前が辛くなるってことは。お前自身、誘拐の被害者——被害者の家族だもんな。だけど今の俺には、他に頼れる人間はいないんだ。警察に話せば翔也は殺されるかもしれない。俺は翔也を助けたいんだよ。手を貸してくれ。頼む」

なおもわたしの気持ちは揺れた。しかし最後には、「とにかく家に行ってみる」と答えざるを得ないところまで追い込まれた。犯人側の気が変わらなければ、具体的な要求がくるまでにまだ猶予がある。状況を把握して、それから警察に行くように結城を説得しても、まだ時間はあるだろう。実際には説得できる自信がないまま、わたしは腰を上げた。


結城は、山手町《やまてちょう》の一角にある賃貸マンションに住んでいた。高台から横浜の中心部を見下ろす位置にあり、玄関ホールには大理石がふんだんに使われた高級物件である。広い部屋なら、家賃は月三十万円を軽く超えるだろう。それが彼にとって重大な負担になるとは思えなかったが。

ここなら、警察も捜査しやすいだろう。マンションだから、人が出入りしていても怪しまれないからだ。一戸建てだと、犯人が監視していて、警察の動きを察知してしまうこともあり得る。先に部屋へ行っているように結城に言い渡し、長坂にはわたしの車に乗るよう誘った。長坂は不信感を隠さなかったが、それでもわたしの誘いは断らなかった。十年落ちのＢＭＷの助手席に落ち着くと、深々と溜息を漏らす。わたしは右手をハンドルに、左手をＴ字型のシフトレバーに添えて、彼が話ができる状態になるのを待った。

「どういうことなんだよ」第一声で、意識してきつい言葉を浴びせかける。友だちを怒鳴り上げるようなことはしたくなかったが、彼の目を覚まさせるためにはどうしても必要だった。

「どういうって……」戸惑いながら、長坂が顔を上げた。

「こういうのも代理人の仕事なのか？」

「仕方ないだろう。あいつが相談してきたんだから、無視するわけにはいかない」

「警察に行くように、お前からも説得してくれないか？」

「あいつの希望を聞いてやってくれないか。実はあいつ、警察をあまり信用してないんだよ」

「どうして」

「アメリカでちょっと揉めたんだ。知らないか？」

「知らない」

「飲酒運転だった。怪我をして、自棄《やけ》になってた頃だよ。向こうは簡単に逮捕するから。保釈金を積んですぐに釈放されて、大したこともなく収まったし、新聞沙汰にならないように抑えることもできた。だけどその時にいろいろ不愉快なことがあったみたいでね。それから警察を毛嫌いするようになったんだ」

「それはアメリカの話じゃないか。日本とは事情が違うよ」

「そうは言っても、人の気持ちはそんなに簡単に変えられるものじゃないだろう。なあ、金を払えば何とかなるんだよ。子どもも戻って来る。頼むから手伝ってくれ。友だちじゃないか」

「乗らないな、正直言って」

「例の事件のせいか」探るように長坂が訊ねる。

「関係ない。古い話だ」わたしの中で整理がついているかどうかは別として。

「だったら――」

「本当に翔也君を助けたいなら、警察に頼むべきだ」

「それが犯人に知られたらどうする」

議論は永遠に平行線を保ったままになりそうだった。しかし、締め切りはそれほど遠い先にあるわけではない。

「一億か。本当に払えるのか」

「それは心配ない」

「代理人は、選手の財務状況もきっちり摑んでるわけか」

「ある程度はな。お前のところに行く前に、結城とはその話をした。金は都合できる。問題ない」

「随分稼いだもんだな」

「皮肉はやめてくれ」

長坂が顔の前で手を振る。わたしは煙草に火を点け、車の窓を細く開けた。渦巻くように吹く十一月の風が、煙草の煙を車外に運び出していく。

「皮肉じゃない。子どもを誘拐されて、すぐに身代金を用意できる人間ばかりじゃないんだぜ」

「誘拐なんて、そもそも金持ちを狙ってやるものじゃないか」

「うちの親は、別に金持ちじゃなかった」

「その話はよそうよ」長坂の顔は蒼ざめ、今にも吐きそうだった。「こんなことを頼んで、お前には悪いとは思ってる。俺だって嫌な気分だよ」

「だったら——」

「お前以外に頼る人間がいないんだ。結城の希望を叶えてやってくれ」

「警察に行け」この台詞は何度目になるだろう。

「だから、結城が嫌がってるんだって」

「嫌がってても、それが正しいことならきちんと説得するのも、代理人の仕事なんじゃないか」

「今、あいつを怒らせるわけにはいかないんだ。それでなくてもあいつは、精神的に落ち着かない状態なんだぜ」両手を組み合わせ、指を小刻みに動かす。右膝がかすかに貧乏揺すりをしていた。「環境ががらりと変わって、新しい一歩を踏み出したばかりなんだから。それに正直言って、以前のようにはいかないだろう。あのチームは、若い選手が育ってきている。レギュラーの座が約束されてるわけでもない。精神的に不安定になるのも当然だろう」

晩年。あらゆるスポーツ選手にとって、三十歳は一つの壁になる。野球選手なら、それまで楽々弾《はじ》き返していた内角の速球に詰まり、簡単に追いつけるはずのライナーが目の前を抜けるようになる。総合的な体力の衰えは明らかで、技術でカバーしようと思っても若い頃のような練習量をこなせないから、一度躓《つまず》くと落ちる一方だ。それを支えるのは「こんなはずじゃない」「まだやれる」という精神力だけである。考えてみれば哀れな話だ。もちろん自分でプレーしなくなっても、野球に係わっていくことはできるだろう。だが時折夜中に目を覚まして、外野席の上段に叩き込んだ打球の感触を思い出すような生活が楽しいとは言えないはずだ。そういう時を間近に控え、結城がかりかりしているのは理解できる。ましてや、大リーグでの落伍者《らくご》者という看板を背負わされているのだ。怪我などというのは言い訳にすぎない。本当に優秀な選手は、怪我の方で避けていくものだから。

「奥さんはどうしてる」

「家で待機中だ。いつ電話がかかってくるか分からないからな」

「奥さんは、俺が絡むことについて何て言ってるんだ」

長坂が力なく首を振る。組んでいた手を解《ほど》くと、真っ白になっていた。

「冷静に判断できるような状態じゃないよ。二人ともパニックになってる。結城一人で慌てて、俺に連絡を入れてきたんだ」

「なるほど」となると、まだチャンスはある。夫婦の間で意見が割れれば、警察に届けるという選択肢も浮上してくるだろう。結城の妻を説得できれば、と思った。

車を降り、エレベーターホールに向かう。最上階に辿り着くまでの短い間を利用して、結城の妻のプロフィールを長坂から聞きだした。

「知らないのか？」驚いたように、長坂が大声を出す。二人だけのエレベーターの中で、その声は異様に大きく響いた。

「知らないよ」

「絵美《えみ》だよ、絵美。横山《よこやま》絵美ちゃん」

「あの横山絵美か？」

「他に誰がいる？」

横山絵美は、わたしたちの高校の同級生だった。女子は生徒数の三分の一しかいない学校だったが、その中でもやたらと目立つ存在だったのは間違いない。見た目という点でも、頭の出来という点でも。彼女が横を通り過ぎると、それまで下ネタに熱中していた悪ガキどもが一斉に口をつぐんだのを思い出す。高校生などというのは基本的に何も考えていないのだが、汚していけないものは本能的に分かるのだ。もちろんわたしも、その悪ガキの一人だった。

「ちょっと待て。彼女、東工大に行ったんだよな」

「そうだよ」

「それが何で結城と結婚してるんだ？　全然接点がないじゃないか」

質問を口にした途端、エレベーターが停まってドアが開いた。若い母子が目の前に立っていたので、わたしたちの会話は中断させられる。奇妙なものを見るような目つきを送られた。それはそうかもしれない。長坂は体のラインにぴたりと合った細身のスーツに、このまま結婚式に出てもおかしくない黒のストレートチップで決めているが、わたしは夏空の色――それも常に靄《もや》がかかったような都会の夏空――になるまで洗い抜いたリーバイスに革のフライトジャケットという格好である。しかも足元は、皺や汚れのないところを見つけるのが難しいぐらいのレッドウィングのブーツだ。この二人の組み合わせが奇妙に見えないはずがない。

　わたしたちはエレベーターを出て、母子が乗り込む。階数を示す数字が小さくなるのを確認してから、わたしは言葉を続けた。

「全然知らなかった」

「新聞ぐらい読めよ。結婚した時にちゃんと出てたぞ」

「そうか」

「何でこうなったのかは俺もよく知らないけど、とにかくそういうことだ」まったく答えになっていない。「だいたいお前は、同期会にも出ないから情報に遅れるんだ」

「でも、とりあえず分かってよかった」

「どうして」

「いきなり顔を見たらびっくりするじゃないか」

「ああ」今日初めて、長坂の顔に微笑みのようなものが浮かんだ。「確かにびっくりするだろうな。彼女、あまり変わってないよ。変わったとしたら、いい方にだな」

　彼の言葉に偽りはなかった。インタフォンを鳴らすと結城がドアを開けてくれたが、広いリビングルームで対面した絵美は、確かに良い意味で変わっていた。十数年前に悪ガキどもの胸をときめかせた愛らしさが、熟成して落ち着いた美貌に変わっている。耳が隠れるほどの長さに短くカットされた髪は乱れ、泣き続けたために目は腫れていたが、それでも美しさは損なわれることはなかった。スリムな体型は、女性を羨ましがらせ、なおかつ男性を興奮させるぎりぎりの線を保っている。わたしを見て、誰なのかを認識すると、また涙が零れた。

「真崎君……よね」

「ああ」久しぶり、とでも言うべきなのだろうが、この場に相応しい台詞とは思えなかった。うなずくだけにとどめ、素早く室内を見回す。ここへ越してきてからまだ二か月足らずのはずだが、既に生活の匂いが濃厚に漂っていた。巨大なソファの上には、子どものものらしい畳んだ洗濯物。ダイニングテーブルには食事の残りの皿。出窓には、そこを小さな植物園に変えようかというほど大きな鉢植えのポトスが載っていた。テレビは巨大な液晶型で、壁の三分の一ほどを占めているように見える。その横に白い木製の棚が置かれ、結城が獲得してきた数々の賞を讃えるトロフィーやメダルが飾られていた。

「座ってくれ」かすれた声で、結城がソファに向けて顎をしゃくる。「お茶でも飲むか？」

「後にしよう」

窓に近づき、外を見渡す。眼前に、このマンションより高い建物はない。どこから覗かれる心配はなさそうだが、念には念を入れてカーテンを引いた。途端に部屋が暗くなり、薄暗闇の中に結城と絵美の顔が沈んだ。気を利かせて、長坂が照明のスイッチを入れる。結城が額に手をやって明かりを遮《さえぎ》ったが、その仕草はあまりにも大袈裟に見えた。窓を背にしたまま話しだす。結城ではなく、絵美に向かって。

「あの後、電話はないんだね」

「ないわ」うつむいたまま、擦り切れた声で言った。

「目を離していたのは五分ぐらいだって聞いたけど、間違いない？」

「そう、五分……三分だったかもしれない」涙が頬を伝い、絵美が口を両手で覆う。「わたしが……わたしが目を離さなければ……」

「ああ、もう、いいんだ」怒りを撒き散らしながら、結城が絵美に近寄った。「今そんなことを言っても何にもならない。な？」肩を抱いて体を揺さぶる。わたしは、二人の身長差を三十センチほどと見積もった。絵美の体はぐらぐらと不安定に揺れ、今にもばらばらになってしまいそうだった。慰めるというよりも、力で悲しみを封じ込めようとしているように見える。彼女の肩を抱いたまま、結城がわたしに目を向けた。

「頼むよ、薫。お前しか頼れる人間がいないんだ。俺は、翔也を無事に取り戻したいんだよ」

俺は。「俺たち」ではないのかと皮肉に思いながら、わたしはなおも首を縦に振ることを拒絶し続けた。依然として、軽々に引き受けられることではない。悲嘆にくれる絵美の姿を見た今でも、警察に届けるようアドバイスするつもりでいた。

「結城、何度も言うけど警察に行けよ。俺にできることなんて何もない。誘拐犯が言ってることは、ただのはったりだ。このマンションなら、警察官が出入りしても目立たないから――」

「頼む！」叫ぶと同時に、結城がいきなり土下座した。フローリングの床に額がぶつかる音さえ聞こえる。わたしは啞然《あぜん》としてその場に立ち尽くした。刑事として、驚くべき場面には何度も遭遇したが、これはそういうものを全て凌駕《りようが》する、人生でも最大の驚愕すべきシーンかもしれない。プライドの塊《かたまり》のようなこの男が土下座するとは。人に頭を下げさせることはあっても、その逆などあり得ないと思っていた――もちろん、そんな態度を評価できるわけではなかったが。

絵美が、白くなるほどきつく両手を握り合わせ、胸の前に持っていく。こんな状況でも美しさに変わりはなかったが、その仕草は、自らの力の及ばない難題の解決を神に祈るようにも見えた。

俺に祈らないでくれ、とは言えなかった。

3

刑事の顔など、世間にはほとんど知られていないはずだ。仮に犯人がこの辺りを見張っていてもわたしを怪しむ可能性は低いだろうと自分に言い聞かせながら、マンションを出た。わたしの名前は今年の春、逮捕劇の最中に負傷した間抜けな刑事として新聞に載ったが、顔写真までは掲載されなかった。

結城をジャージに着替えさせ、バットを持たせている。わたしも彼のジャージを借りた。かなり大きいが、裾を引きずるほどではない。下手な芝居であるのは自分でも分かっていたが、自主トレ中の選手とトレーナーを装うことにした。

「こんなことして大丈夫なのかよ」エレベーターの中で、結城が不安を漏らした。

「これが一番自然に見えるんだ。とにかく現場を見ないと」

「だけど俺、公園で素振りなんかしないぜ」

「俺に任せてくれるんじゃないのか」

そう言うと、結城が黙り込む。ちょうど股間《こかん》のところでバットのグリップを握っていた。

公園は、マンションから歩いて二分ほどのところにあった。ごくささやかなもので、子ども用の遊具が二つ、三つある丸い広場を囲むようにベンチが五つ、それにトイレが設置されているだけだった。寒いせいか、人気《ひとけ》はない。それは好都合だった。入り口のところに立つ看板に「キャッチボール禁止」の項目があるのを確認して、胸を撫で下ろす。今でも体力は衰えていないと自負しているが、プロ野球選手と硬球を投げ合うほど無謀ではない。久しぶりに触る硬球の感触は、取り損ねた時の掌《てのひら》の痛みをはっきりと思い出させた。高校時代はサードを守っていたから、強烈な打球には慣れていたはずなのに。人は、失敗の方をよく覚えているものだ。

バットを肩に担いだまま、結城がぼんやりと立ち尽くす。

「ストレッチでもしたらどうだ」

「ああ？」結城が目を細めてわたしを睨む。馬鹿なことを、とでも言いたそうだった。

「とにかく自然にやろう。いきなり素振りを始めたら変だぜ。まずはストレッチだ」

「分かったよ」まだ不満な顔つきだったが、結城はバットをそっと地面に置いた。その癖は変わっていないな、と好ましく思う。乱暴で傲慢な男だが、自分の道具に対してだけは徹底的に丁寧に接していたのだ。バットを放り投げたり、ベンチにグラブを叩きつけたりしたことは、わたしが覚えている限り一度たりともない。それはプロ入りしてからも変わらなかったようだ。

　結城が右肘《ひじ》を左手で持って、胸の前でゆっくりと引っ張る。続いて左肘。わたしも彼に倣《なら》ってストレッチを始めた。二の腕から脇腹がぐっと引っ張られ、体の横の筋肉が全体に伸びる。その後も上半身、下半身と入念にストレッチを続けた。あるいはいつもより真剣かもしれない。体を動かすことに専念していると、他の気になることが頭から抜けていくものだ。付き合っているうちに、わたしは軽く汗が滲むのを感じた。

「ここでサッカーをやってたんだって？」

「ああ」ジャージの袖で額を拭《ぬぐ》いながら結城が認めた。

「どの辺りで？」

「どの辺りって、この辺りだよ」周囲をぐるりと見回す。広場は直径三十メートルほどの円形だ。このところ乾燥しているせいで、土が白っぽくなっている。

「ここで遊んでいた子どもが誰かは、知らないんだな」

「分からないよ。こっちは引っ越してきたばかりなんだぜ。近所の子だと思うけど」

「奥さんは知ってるかもしれないな」

「どうだろう」バットを取り上げる。両手でぎゅっと絞って顔の前に掲げ、そこに全ての答えが書かれているとでも言うようにじっと見詰めた。

「後で聴いてみてもいいだろうか」

「ああ」

上の空で言ってから足元を固め、結城が素振りを始める。二メートルほど離れていたのだが、わたしははっきりと風圧を感じた。これがプロのパワーなのだろう。十回、二十回と続けていくうちに、彼の額に汗が浮かび、一回ごとに呻《うめ》くようなか け声が漏れるようになった。三十回まで数えたところで素振りをやめ、掌で額の汗を拭って息を整える。

「お前はどこに車を停めてたんだ」

「向こうだ」バットを水平に掲げ、わたしの背後を指す。「その植え込みの向こう。すぐに出なくちゃいけなかったから」

「ちょっとここにいてくれ」

結城をその場に残し、わたしは一度公園を出た。植え込みは公園の東端にあり、その前にある大きなケヤキの樹も外からの目隠しになっている。よほど注意していない限り、中の様子は窺《うかが》えない。わずか数分だが、確かに翔也は死角になる場所に一人でいたのだろう。犯人がこの公園を下見していたことは間違いない。それだけでなく、かなり入念に結城一家の生活パターンを調べ上げていたはずだ。子どもが外に出るのはいつか、遊ぶ場所はどこか。そして犯行現場としてこの公園を選び、タイミングを狙っていたに違いない。それが今日になったのが計画的なものか突発的なものかまでは分からなかったが、おそらくいつでも動けるように準備を進めていたのだろう。チャンスがあれば逃さない、その覚悟は犯人側にもあったはずだ。

公園の中に戻り、バットに寄りかかるように体を支えている結城を無視して、植え込みを観察した。予想した通り、こちらからも外の様子は窺えない。植え込みとケヤキの樹は、外部と公園を隔てる完全なカーテンになっている。振り返って、結城に確認した。

「この公園にはよく遊びに来るのか」

「そうだな。この辺、子どもが遊べるところがあまりないんだ。幼稚園に行っていない時は、ここに来てることが多い」

「車に気づかなかったか？　あるいは怪しい人がいたとか」

「見てないよ、そんなの」気づいていないという意味ではなく、そもそも注意を払っていなかったのは明らかだった。

「今まで誰かにつけられたり、見張られたりしてたことはないか」

「分かるかよ、そんなこと」結城が不機嫌に吐き捨てる。

「気配があるだろう。誰かに見られてると、何となくそんな感じがするもんだよ」

「俺は、そんなことは一々気にしてない。お前とは違うんだ」

「家の方は？　無言電話や間違い電話があったとか、マンションの住人じゃない人が玄関ホールに長い間いるのを見たとか」

「どんな人があそこに住んでるかも知らないんだぜ」結城の不満は急速に高まりつつあった。質問されることに慣れていないのだろうか。「一々周りは見てないし、とにかく、変なことなんか何もなかった」

やはり絵美に聴いてみないと。結城は根本的に自分自身のこと以外には関心がないし、周辺の騒音をシャットアウトする癖ができているのかもしれない。邪念を払うように、再び素振りを始める。それを見守っていたわたしは、ふと誰かの視線に気づいた。犯人がこちらを観察しているのではないかと緊張感が高まったが、小学校の低学年ぐらいの子どもが、公園の外からじっとこちらを窺っているだけだった。わたしと目が合うと、公園の中に足を踏み入れたが、それ以上近づこうとはしない。胸に色紙を抱き締めているのが見えた。

「サインか？」声をかけるとこっくりとうなずく。

「やめてくれよ」低い声で結城が言った。「サインなんかしてる場合じゃないだろう」

「サイングらいしてやれよ。断るとかえって不自然だろう」

「仕方ねえな」その吐き捨て方は、焦燥感と怒りによるものではない、とわたしは判断した。普段から、ファンに対してこのような接し方をしていることが容易に想像できる。

　わたしが手招きすると、少年は小走りに駆け寄って来た。背伸びするようにして色紙とサインペンを差し出し、「サインお願いします」と丁寧に言った。結城はぞんざいに「はいよ」と言って受け取り、さらさらとサインを書きなぐる。子どもに渡す時に見ると、背番号は「43」になっていた。四年前までは「7」をつけていたのだが、今、その背番号は、大卒二年目で首位打者を取った若い選手の背中にある。時は流れる――おそらく本人が意識しているよりもずっと速く。それにしてもこんなに大きな背番号は、結城ほどの選手に対して失礼なのではないか。わたしはチームのやり方にかすかな憤りさえ覚えた。あるいはわたしが考えているよりもずっと、結城の力が衰えている可能性もあったが。プロの目は残酷だ。ファンの期待や意見など、その前では何の意味も持たない。

「ありがとうございました」頬を赤く染め、目を輝かせて少年が頭を下げる。結城は「はいはい」と気のない返事をするだけで、一瞥《いちべつ》もしなかった。代わりに声をかけてやる。

「大事にしろよ。ネットオークションなんかに出すんじゃないぞ」

　少年がぽかんと口を開けたが、からかわれたらしいことだけは分かったようだ。わたしを軽く睨むと、全速力で走り去って行く。胸に色紙を抱えたままなので、危なっかしいことこの上なかった。

「俺のサインなんか、オークションじゃ売れないよ」

「そんなことないだろう」

「おだてるなよ。自分が一番よく分かってる。俺もそろそろ着地点を探さなくちゃいけないんだ」力なく言って、一番近いベンチに腰を下ろす。バットを杖代わりに握り、グリップに顎を載せて背中を丸めた。顔はわたしの方を向いているが、目線はどこか遠くを彷徨《さまよ》っている。「怪我がな……膝っていうのは腰と一緒で、体を動かす時の基本だ。走れないと、ほとんど何もできなくなる」

「そんなにひどかったのか」

「大したことないと思って、我慢しながらやってたのが悪かったんだろうな。年取って体は衰えてくるんだから、怪我の治りが遅くなるのも当たり前だ」

　そういえば長坂も、高校時代に膝の怪我に泣かされた一人だ。小柄だが堅実な守備力と確実なバッティングを誇った長坂はセカンドとして内野の要《かなめ》であり、わたしにとって、三塁ゴロでダブルプレーを狙うほど楽しいことはなかった。どんなに姿勢が乱れても送球を確実にキャッチし、身軽に体を百八十度捻って一塁に送球する様子には、いつも惚れ惚れとさせられたものである。打っても格好のリードオフマンとしてチームを引っ張った。もしも最後の夏の大会を前に彼が膝を怪我しなければ、わたしたちは甲子園の土を踏んでいただろう。そして一夏を棒にふることになったその怪我は、結果的に長坂から野球そのものを奪った。

「長坂なら膝の怪我の辛さはよく分かるだろうな。お前は、いい男を代理人に選んだよ」

「関係ない」思いのほか残酷な口調だった。「レベルが違うよ。こっちは、この膝で飯を食ってるんだ。あいつとは違う」

あまりに乱暴な物言いに一瞬言葉を失ったが、彼の苦悩を考えた時、たしなめるわけにはいかないのだと自分を納得させた。

「とにかくこの膝は爆弾だ」

「だけど、まだやるつもりだから日本に戻って来たんだろう」

「どうかな」深い溜息。「来年一年、できるかどうか。それに引退しても、チームに残れるかどうかは分からない。嫌われてるからな、俺は」

「そんなこと、ないだろう」

「適当なことを言わないでくれ。あの世界には嫉妬心と猜疑《さいぎ》心しかないんだぜ」

「俺の夢を壊さないでくれよ。これでも野球ファンなんだ」

「夢か」結城が鼻で笑う。「夢ね……だけどとにかく今は、そんな先のことは考えられない。翔也を助けないと、野球どころの騒ぎじゃないよ。これからどうするんだ」

「誘拐犯の言うことを信用するとすれば、明後日まで連絡はないはずだ。その間に手がかりを探してみる。お前は身代金の用意をして、受け渡しに備えてくれ」

「受け渡しはどうするんだ」

「向こうが何も言ってきてないから、今のところは何とも言えない。その時になって判断するしかないな。たぶん犯人側は、俺たちに時間の余裕を与えないはずだ。こっちが考える暇もないぐらい、振り回してくるかもしれない。そうすることでこっちは混乱するし、何が起きたかを記録しておくこともできないからな。チームで捜査してれば、何とかできるんだが……」

「やめてくれ」強い口調で叩きつけて、結城が立ち上がった。バットを肩に担いでわたしと相対するその顔には、一切の提案も忠告も受けつけないという決意が浮かんでいた。


結城は長坂を伴って銀行に出向くことになった。一億円を引き出すとなると、ややこしい相談が必要になるらしい。その間を利用して、絵美に事情を聴くことにする。

時間の経過が、少しだけ彼女を落ち着かせたようだった。フローリングの床に直に座り、洗濯物を丁寧に畳んでいる。わたしと結城が外に出ている間に髪を綺麗に梳《と》かし、唇には薄く紅を引いていた。ダイニングテーブルについたわたしは手帳に書き込みをしていたが、それを終え、音を立てて閉じた途端に絵美の背中がぴくりと動くのが見えた。緊張はまだ去っていない。いつ電話がかかってくるかと怯え、常に圧力を感じ続けているようだ。こんな状態が何時間も続けば、彼女の方が先に参ってしまうだろう。結城には長坂がついている。機嫌を取り、おだて上げ、結城が望めばどこまでも卑屈になってみせる。こんなことを自分の仕事だと思っているかどうかは分からないが、とことん付き合うつもりでいるのは間違いないはずだ。

「ちょっといいかな」声をかけると、絵美がのろのろとこちらを向く。胸には翔也のものらしい小さなTシャツを抱えたままだ。声をかけるのも憚《はばか》られる雰囲気だが、話さないことには何も始まらない。「お茶を貰えないだろうか」

「お茶」疑問ではなく、ただ単語を発音しただけ。意味を理解するにも時間がかかったようだ。「お茶、ね。そうね。ごめんなさい、気づかなくて」

ソファの手すりを摑んで立ち上がると、ゆっくりとキッチンに向かう。ひどい頭痛に耐えているかのように、額に手の甲を当てたままだった。がちゃがちゃと何かをいじる音がして、ほどなくコーヒーの香りが漂いだす。煙草を我慢するために、その香りをたっぷりと嗅いだ。

　ほどなく絵美が、カップやソーサーを盆に載せて戻って来た。わたしの前にカップを置きながらはっと目を見開き、「ごめん、お茶って言ったわよね。コーヒー、淹れちゃった」と謝る。

「いいんだ。何でもいいんだ。とにかく温かいものを飲んで落ち着いた方がいい」

「わたしのことなの？」

「そうだよ」

「ごめん……コーヒーは嫌いなんだ」

「じゃあ、無理して飲まなくていい。お茶を淹れようか？」

「飲みたくない」

「分かった。座って」

　促すと、素直にわたしの斜め向かいの椅子に腰を下ろした。改めてじっくりと観察する。整ったハート型の顔に、それぞれのパーツがバランスよく配されている。「ここがちょっと」という部分が見当たらない顔立ちだ。磁器の輝きを彷彿《ほうふつ》させる肌は、昔よりもしっとりと落ち着いている。そのまま女性誌のページにおいても、モデルとして十分通用しそうだ。唯一生活の匂いを漂わせるのは、手。家事のためか年齢のためか、少し骨ばっているのが疲労を感じさせた。

一つ溜息をつき、両手を組み合わせる。手の甲に青く血管が浮いた。ようやくわたしの方を見たが、その目にはまったく力がなかった。

「ちょっと答えにくいかもしれないことを聴くけど、いいかな」

小さく肩をすくめる。話したくない、そんな気力はないということなのだろうが、そう言うことすら億劫《おつくう》そうだった。構わずに質問を続ける。

「結城は、誰かに恨まれているようなことはないかな」

「まさか」一瞬で否定が返ってくる。

「真剣に考えてくれ。結城は有名人なんだぜ。自分では知らないところで、誰かの恨みを買ってる可能性もある」

「自分で知らなかったら、恨まれてるかどうかも分からないじゃない」論理的には彼女の言い分は正しい。こんな状況も、頭の回転の速さには何の影響も与えていないようだ。

「理屈はともかく、どうなんだ？　しつこいファンとか、考えられないかな」先ほど少年に対して見せたぶっきらぼうな態度を思い出しながら訊ねた。いつもあんな対応をしていたら、反感を抱く人間がいてもおかしくない。実際に家族に危害を加えようとするかどうかはともかく。

「わたし、あの人の外での顔はほとんど知らないのよ」

「そうなのか？」

「成績がどうなってるのか、新聞で読んで初めて知ることも多いし。だいたい、結婚してから一度も球場に行ったことがないんだから。あの人は、仕事場は家族が来るところじゃないって言ってるのよ」

「照れ臭いんじゃないのかな」

「そうかな……アメリカへ行く時も、わたしには何の相談もなくて。ちょっと悲しかったけどね。アメリカでも、日本と同じようなものだった。わたしはずっと、家に閉じ込められてたわけよ」

それは分からないでもない、と続けそうになって言葉を呑み込んだ。奥さんが君ぐらい美人だったら、何かと心配になって、目立つ場所には連れて行きたくないだろう。しかしそれはあまりにも軽く、この場にそぐわない台詞だった。

「古いタイプなんだろう、結城は」

「古いっていうか、自分中心っていうか。とにかく、野球のことと家庭のことは完全に分けて考えてたし、野球のことについてはわたしは蚊帳《かや》の外だった。家に戻って来ても、その日の試合のことは全然話さないし」

「じゃあ、あいつが野球関係でどんな人と付き合ってたかは、全然知らない？」

「そうなのよ」嫌いだ、と言っていたコーヒーに手を伸ばす。一口飲んで顔をしかめ、「濃過ぎるわ」と感想を漏らした。

「俺はこれでいい」慌てて自分の前にカップを引き寄せ、ブラックのまま啜《すす》る。さほど濃くはなかった。

「そういうの、おかしいって思うかもしれないけど――」

「そんなことはない。家族にはいろいろな形があるから」

「あなたは、そういうのをたくさん見てるんでしょうね」

「たぶん。普通の人よりは」

「ねえ、子どもを誘拐された人たちって、どんなふうに乗り越えるの？　わたし、こんな感じがずっと続いたら……」両手で寒そうに自分の体を抱き締める。ふと気づくと、エアコンも入っていなかった。

「普通は、あれこれ考える暇はないんだ。周りには警察関係者がたくさんいるからね。警察だってあれこれ指示を飛ばすし、家族はそれに振り回される。悩んでいる余裕なんかないんだ」自分のことを訊ねられたわけではないと勝手に判断し、一般論で話した。

「警察は駄目」また同じことの繰り返しだ。しかし、この頑《かたく》なな殻を破る術《すべ》は、今のわたしにはない。

「分かった。とにかく、あまり考えないようにして普通に動いていた方がいい。家事をして、動き回ってるうちに、余計なことは考えないようになるから。でも今は、とりあえず俺に協力してくれ。もしかしたら、身代金の引き渡しより先に犯人に辿り着けるかもしれない。そうすれば金も奪われないし、翔也君も無事に戻って来る」

「大丈夫なのかしら」両手を交差させたまま、左右の二の腕を摩《さす》った。「今日、寒いし……」

「暖かい格好をしてるのかな」

「それは大丈夫だけど……どこにいるのかしら。怪我してたら……」

涙声になったので「絶対に無事だよ」と保証してやる。絵美は疑わしげな視線を投げかけてきたが、わたしは首を振って彼女の疑念を粉砕してやった。

「怪我させたら身代金は奪えなくなる。それぐらい、連中も分かってるさ。正直に言えば、もう一度電話がかかってくればいいと思ってる。身代金引き渡しの連絡がくる前に」

「嫌よ、わたし」絵美の顔が恐怖で引き攣《つ》る。「そんな電話……」

「俺が話してもいい。警察が絡んでいないことを証言できる。向こうが納得すれば、翔也君の安全もより確実になると思うんだ」

「ずっとここにいてくれる？」

「状況による。少し調べてみたいこともあるし。とりあえず、何か取っかかりになるものが欲しいんだ」

「でもわたし、結城の外の顔は何も知らないから……」不安気に、右手で左の手首を握り締める。たちまち左手が白くなった。

「何か不安を零していたとか、そういうこともない？」

「ないわね」

「今回の契約は順調にいったのかな」

「それは、長坂君に任せてたから。でも、何も問題はなかったと思うわ。何かあれば、必ず顔に出る人だから」

「分かった……じゃあ、君の方はどうだろう」カップを口元に持っていき、覗くように絵美の表情を窺う。困惑が、その顔を蒼白く染め上げた。

「わたし？」

「そう。人の恨みを買うような覚えは？」

「まさか。だってわたし、ほとんど外に出ないのよ」顔を強張《こわば》らせたまま首を振った。

「結婚する前は」

「結婚する前って……」

「君は東工大へ行った。申し訳ないけど、俺が知ってる君はそこで終わってる。その後はどうしてたんだ？」

「就職は家電メーカーで、そこの研究所で……ずっと半導体の研究をしてた」

「理系らしい職場だよな」

ようやく絵美の顔に明るい色が射した。社会との接点を保っていた時代は、彼女にとって明るい想い出になっているようだ。

「半導体の仕事って、終わりがないのよ。コンピューターの進歩が終わらない限りは。仕事はやりがいがあったけど……」

「結婚して辞めた。だけど、どうして結城と――」彼女の言葉を引き継ぎながら、この夫婦には何の接点もなかったはずだ、と思った。わたしの疑問を敏感に感じ取ったのか、機先を制して絵美が答える。

「彼から急に電話がかかってきたのよ」

「いきなり？」

「そう、いきなり……何年ぶりだったかな。食事でもしないかって、気軽な調子だったけど、会ったらいきなり指輪を渡されたわ」

「あいつがそんなことを？」何となく、彼のイメージには合わない。高校時代の憧れの人に何年も経ってから思い切って告白する。それもいきなり婚約指輪を携《たずさ》えて――そういうロマンティックなことをする男はいるかもしれないが、結城はそういうタイプではない。女に対しても傲慢な態度で接するはずだ、とわたしは想像していた。

「指輪のサイズは思い切り合わなかったんだけどね。格好つけてたけど、そういうことには気が回らなかったみたい」絵美が寂しげな微笑を浮かべる。「だいたいわたし、その頃会社で付き合ってる人がいたのよ？　だけど彼は、それが分かってても全然お構いなしで……正直言って暑苦しい感じもしたけど、あの強引さに負けたのよ」

「まさか、結婚したことを後悔してるんじゃないだろうね」

「それはないわ」首を振ると、髪がはらりと目の辺りにかかった。指先で払いのけると、それまでとは違った強い光が目に溢れた。「確かに彼はわたしを家に縛りつけるけど、わたし、ずっと家にいても案外平気なのよね。翔也の面倒もみなくちゃいけないし、そもそも野球にはあまり興味がないし」

「君が会社にいた時に付き合ってた人のことだけど」小さなひっかかりは、次第に大きくなっていた。

「それが何か？」絵美の肩の辺りがにわかに緊張する。

「その後は会ってないのかな」

「そう、ね。会社を辞めてからは全然」

「聴きにくいんだけど、別れる時に問題はなかった？」

「まさか」慌てて顔の前で手を振る。「付き合ってたって言っても、そんなに深いものじゃなかったから。それに今は、向こうも結婚してるはずよ」

「そうか」人の感情は、一度干からびてしまうとそのまま死んでしまうわけではない。ある日突然、ささやかな出来事が雨になり、生々しい記憶とともに屈辱や悲しみが蘇《よみがえ》ることもままあるのだ。もっとも絵美の話を聴く限りでは、それはわたしの考え過ぎであるようだったが。

「昔の話はこれぐらいにしようか。最近この辺で怪しい人を見なかったかな。家の様子を窺っているとか、長い間同じ車が停まっていたとか。とにかく、普段と違う様子はなかった？」

「急にそんなこと言われても」顎に人差し指を当てる。「でも、車って言えば……」

「何かあった？」

「一週間ぐらい前かな、朝から夜までずっと、マンションの前に車が停まってたことがあったわ。見張ってたわけじゃないからはっきりとは分からないけど、朝も午後も夜も見たから」

「人は乗ってた？」

「どうだったかな」思い出せないことが苛立たしいように、固めた拳でテーブルを軽く叩く。「乗ってたような気もするけど、うん……思い出せないわ。ごめんなさい」

「いや、いいんだ」手帳に「マンション前、車」と書きつける。「色は？　車種は分かるかな」

「白……普通のセダンだと思うけど、車種は分からないわ。わたし、車はあまり詳しくないから」

「分かった」近所の人に聴いてみる価値はある。同じように車を見ていて、ナンバーを覚えてる人がいる可能性もある。「それともう一つ、今日、公園で他に遊んでいた子のことなんだけど」

「子どもはいたけど、誰かは分からない。まだこの辺には知り合いが少ないし……あ、でも、公園の外にアイスクリーム屋さんがいたわね」

「この寒いのに？」

「寒いけど、いたのよ」苛立たしげに指先でテーブルを叩く。「毎日、午前中と夕方に回ってくるの。音楽を鳴らしてるから、すぐ分かるわ」

「分かった」さらに彼女の記憶に探りを入れる。移動販売のアイスクリーム屋は、ピンク色の背の高いヴァンを利用していることが分かった。午前中と夕方にこの辺をよく流しているなら、聞き込みをすれば割り出すことができるかもしれない。もしかしたら、翔也が誘拐される現場を見ている可能性もある。

「帰って来たみたい」両手をテーブルについて、絵美が立ち上がる。わたしには何の気配も感じられなかったが、彼女がそう言った数秒後、インタフォンが鳴った。

夫婦の間には、他人には分からない絆《きずな》がある。この夫婦の関係は、わたしにはどこかぎくしゃくしたものに思えたが、これで上手くいっているなら、他人がとやかく言う筋合いはない。もっともこの事件が、今後の夫婦の、家族の関係に大きな楔《くさび》を打ち込むことは間違いない。上手く事件が解決したとしても、以前とはまったく違うものになってしまうだろう。

わたしの家族がまさにそうだったから。

## 4

「銀行とは話がついた」長坂が消えそうな声で切り出した。結城夫妻をリビングルームに残したまま、物置代わりに使っている部屋で話しているので、二人に聞かれる心配はないのだが。

「誘拐だっていうことは、言ってないんだろうな」

「当然」蒼い顔を震わせるように首を振る。「そんなこと、言えるわけがない」

「一億円を引き出すのは簡単じゃないだろう。どうやって話をつけたんだ？」

「住宅購入資金」

「それで向こうは納得したのか？　家を買うのに一億円をいきなり引き出す奴なんかいないだろう」

「預金者が金を引き出したいと言ってるのに、銀行が止める理由はない。特に結城は大事なお客様だから」

「分かった。それで、どうやってここへ運ぶ？　現金で一億円となると、相当なものだぞ」百万円の束で百個。ということは、約十キロになるはずだ。重さはともかく、嵩《かさ》は相当大きくなる。上手く詰めないと、持ち運びできるサイズのバッグに収められないのではないか。

「銀行の方でやってくれるそうだ。明日の午後三時、ここへ運んでくる」

「その後は、俺はここで金の面倒をみていた方がいいだろうな」

「そうしてくれると助かる……それと、今のうちに金の話をした方がいいと思うんだ。その、お前の料金っていう意味だけど」

「それは後にしよう」この場でそういう話をするのは相応しくない気がした。

「そういうわけにはいかないよ。先に話しておいた方が、お互いに安心できるだろう？」

「無事に済んだらたんまり要求するから、今はやめておこう。それに依頼人はお前じゃない。結城だ。金の話はあいつとする」

「分かった……しかしあいつも大変だよな」長坂が大袈裟に溜息をついた。「いくら稼いだって言っても、無尽蔵に金があるわけじゃないんだから。奴の親父さん、難しい心臓の病気で、治療費が相当かかったらしいよ」

「そうなのか？」

「本当に何も知らないんだな」長坂が唇の端に寂しげな笑みを浮かべる。

「すまん」

「いくら注《つ》ぎ込んだんだか……結局親父さんは、五年前に亡くなったんだけどな。今はおふくろさんの面倒もみてるし、自由になる金なんて意外なほど少ないんだぜ。つまり——」

「これで口座は空っぽか」

「ほぼ、そうなる。まあ、金のことは何とでもなると思うけど」

会話が途切れた瞬間、わたしは背中に重いものが乗ったような感覚に襲われた。

長坂を安心させてやりたかったが、それもできない。むしろ、先に嫌な現実を突きつけなければならないことに気づいて気が重くなる。

「正直に言う。あまり期待しないでほしいんだ」

「何が？」

「身代金の受け渡しは責任を持ってやる。だけどその後でどうなるか、今のところは何も言えないんだ。それは分かってくれ」

「どういうことだ」長坂の顔が歪《ゆが》んだ。神経質そうに両手を揉み合わせている。

「警察が捜査していれば、仮に身代金が奪われても、ほぼ百パーセント確実に犯人に辿り着ける。人質も金も、無事に取り戻せるだろう。だけど俺一人じゃ、絶対にそこまではできない。今からでも遅くないから、警察に話すべきだと思う」

「子どもが無事に帰って来れば、とりあえずはいいじゃないか。金のことについては、落ち着いたらまた考えるよ。とにかく今は結城を刺激したくないんだ」

「それじゃ遅い。それにこんなことが表沙汰になったら、世間の反発を食うぞ」

「どうして」

「そんなことも分からないのか？　金持ちのプロ野球選手が、警察に相談もせずに、金で事件を解決したと思われるのがオチだ」

「そんなこと、心配しても仕方ないだろう……常識で考えれば、確かに警察に届けるべきかもしれない。だけど俺の仕事は、まず第一に結城の希望を叶えることだ。お前は身代金の受け渡しについてだけ心配してくれ」

「それは随分勝手な言い分だな」

「いや、そういう意味じゃない」慌てて長坂が弁明する。「そういうことは、俺たちには無理なんだ。お前みたいに経験のある人間じゃないと、上手くいくわけがないんだから」

わたしがやっても無理だ。だが、わたしに頼り切った目つきを向ける長坂に対して、「警察に行け」と繰り返し告げることはできなかった。代わりに今後の予定を事務的に話す。

「明日の午後三時までは、自由に動き回らせてくれ。俺なりにいろいろ調べてみるよ。あの二人のことは頼んだぞ」

「……分かってる」本当にそうなのか、自分でも分かっていない様子だった。

「とにかく、いつでも連絡だけは取れるようにしておいてくれ」

「ああ」

長坂の肩を一つ叩き、部屋を出た。リビングルームに入り、二人に挨拶をする。結城はだらしなくソファに座り、絵美はダイニングの椅子に浅く腰かけていた。二人の間にある微妙な距離が気になる。何も抱き合って慰め合えとは言わないが、それぞれが自分の殻に閉じ籠ってしまったような今の状態が正しいとは思えない。

「なあ、ずっとここにいてもらうわけにはいかないか？　お前が泊まる部屋ぐらいはあるからさ」結城が立ち上がり、すがるように言った。

「やることがあるんだ。指を銜《くわ》えて見てるわけにはいかないんだよ」

「お前が動き回っても大丈夫なのか？」

「何もしないで相手の要求を呑んでるだけでいいのか？　子どもは帰って来ても金は戻らないぞ」

「金なんかどうでもいいんだ！」結城が乱暴にソファを蹴飛ばした。それに反応して絵美がびくりと体を震わせる。

「むざむざ金を奪われるのは馬鹿らしいだろう。何とか犯人につながる手がかりを探してみるよ」

「あまり動いたら、目立って犯人に気づかれるんじゃないか」

「それは大丈夫だろう」肩をすぼめてみせる。「俺一人が動いたぐらいじゃ、犯人の目には入らないよ。それに俺は、意外と目立たないんだぜ。覚えてるだろう？　高校時代に隠し球を三回成功させてる。隠密行動は得意なんだ」

　実際は二回だ。しかし結城の記憶は曖昧なようで――そもそも自分のプレー以外を覚えているとは思えなかった――虚《うつ》ろにうなずくだけだった。

「気をしっかり持ってくれよ。犯人から電話があったら、いつでもいいからすぐに俺に連絡してくれ。でも、緊張し過ぎちゃいけない。気を張ったままじゃ、参っちまうからな。できるだけ休んでおいた方がいい」

「無理だよ」

「お前たちがへばってちゃ、いざという時にどうにもならないぞ」

「ああ……ああ、そうだな」

　肩を一つ叩いてやった。がっしりした筋肉の奥に、徒労感と怒りが渦巻いているのをはっきりと感じる。絵美にも声をかけようと思ったが、そもそも何と言うべきか言葉が浮かばず、うなずきかけるだけにした。

　外に出ると、ＢＭＷのタイヤに白いチョークの跡がついていた。クソ、山手署の連中は、この車がわたしのものだということを知ってやっているのだろうか。警察を辞めれば確かにただの民間人だが、少しは惻隠《そくいん》の情というものがあってもいいのに。車に乗り込んでエンジンをかけたまま、しばらくシートに座っていた。ＣＤのプレーボタンを押すと、イーグルスの『呪われた夜』が流れだし、どきりとする。何でこんなアルバムが入っているのか。縁起でもない。ＣＤをスキップすると、今度は軽快なドラムのフィル・インに導かれてグランド・ファンクの『アメリカン・バンド』が始まる。これまた、物事を深く考える時に聴くべき曲ではない。特に誘拐というような深刻な事態への対応を検討する時には。この曲を聴くべきシチュエーションは、夏のドライブしかない。それもCDのような高音質ではなく、たまたまAMラジオから流れてきた、というのが最高だ。だが今は夏ではなく、車も動いていない。ましてや誘拐の事実がわたしの両肩に重くのしかかっている。

CDを止め、訪れた静寂の中で状況をじっくりと考える。十一月の午後は駆け足で行き過ぎ、既に夕闇が街を覆い始めていた。自分は間違ったことをしている、とはっきり意識する。結城が犯人の言うことを真に受けているにしても、やはりわたしは警察に届けるべきではないか。あいつは怒り狂うかもしれないが、結果的にはそれでよかったと後で感謝することになるだろう。一方わたしが身代金の受け渡しに成功しても、翔也が帰って来る保証はまったくない。最悪、金を奪われた上に人質は殺されてしまうという事態も想定しておかねばならない。結城には決して言えないことだが。

いくつかの手がかりはあり、それはいずれ犯人を指すことになるかもしれないが、電話があるまでにわたし一人でどこまで調べられるかは疑問だ。ぐるぐる回りだした考えが、鳴りだした携帯電話に邪魔される。画面で確認すると奈津だった。となると、出ないわけにはいかない。

「今夜、大丈夫？」

「あ？　ああ」しまった。外で食事をする約束をしていたのだ。会って話して、結城の件を伏せておける自信はない。「実は、仕事が一件入ってるんだ」

「本当に？」彼女が心の底から驚いた声を出した。「凄いじゃない。どんな話？」

「それはまあ――依頼人の許可がないと喋れない」

「なるほど。探偵らしいわね」

「簡単に言えば、行方不明の人を探すんだけどね」嘘ではない。翔也の行方は今のところ分からないのだから。

「捜索願は？」

「事情があって出せないらしい。世の中には、警察に頼りたくない人間もいるんだね」白々しい芝居だと分かっていたが、そう言わざるを得なかった。

「仕事が入ってるんじゃ、今夜は無理ね」

「そうだね……たぶん。一応、初めての仕事だから大事にしないと」

「いいことじゃない。やっぱりあなたは、仕事をしている方が生き生きしてる」

「そう言ってもらえると助かるよ。落ち着いたらまた飯を食おう」

「そうね。じゃあ、頑張って」

電話を切って溜息をつく。決して嘘をついたわけではないのだ、と自分に言い聞かせながら。何故か奈津には、全て見透かされているような気がしてならない。

車を近くのコイン式駐車場に移動させた。いつまでも同じ場所に停めておくと、それこそ犯人に怪しまれる可能性がある。起伏に飛んだ山手町の地形を呪いながら、五百メートルほども続く緩い坂を上ってマンションに戻り、聞き込みを開始する。手がかりになりそうなポイントはいくつかあった。一つが、公園の外に停まっていたアイスクリームの移動販売車。もう一つが、マンションを監視するように長時間停車していたという白い車だ。先にアイスクリームの販売車を調べることにする。

路上で店開きをして物を売る場合、道路占有の許可が必要になるが、車で常に動き回っている場合、その限りではないはずだ。一番簡単に手がかりになりそうなところで、電話帳を当たることにする。コンビニエンスストアの外にある公衆電話で、奇跡的に無傷のタウンページが見つかったので、「アイスクリーム」の欄を探すと、一ページ目に項目があった。しかしほとんどが大手チェーン店の店舗のものであり、移動式の販売をしていると分かるような記載はない。チェーン店の店舗を除いた社名と電話番号を手帳に書き写し、その場を離れる。夕暮れが迫って秋風は一層冷たくなり、中綿のない革ジャケットでは心もとなくなっていた。それに、歩きながらの電話ではメモも取れない。結局コイン式の駐車場に戻って、ＢＭＷのシートに腰を落ち着けることにした。

手帳に書きつけた番号は十五件。いずれも横浜市内だったが、問題の移動販売車は、もしかしたら川崎や東京に本部のある会社のものかもしれない。それに、携帯電話だけを使って仕事をしていたら、この中に該当する番号はない。考え始めると早くも挫折感が芽生えたが、とにかく一番上の番号からかけていくことにした。

相川《あいかわ》屋。アイスクリームよりも煙草と縁の深そうながらがら声の親父が「うちは卸《おろし》だよ」と答える。

角松《かどまつ》商事。横浜市内で喫茶店を三軒経営している会社で、店はいずれも同じ名前だった。そういえばわたしの家の近くにも一軒ある。どうして喫茶店がアイスクリームの項目に入っているんだと心の中で毒づきながら、丁寧に礼を言って電話を切った。

花崎《はなざき》食品。コンビニエンスストアなどでよく見かける、少し高級なカップ入りのアイスクリームを作っている会社だった。雑学知識は増えたが、手がかりはゼロ。ここでも移動販売の件について訊ねてみたが、ヒントは手に入らなかった。インターネットで調べた方が早いかもしれない。適当な検索語を入れれば、杓子定規《しゃくしじょうぎ》に名前を並べているだけの電話帳よりも、何かに引っかかる可能性がある。あるいは公園で待つか。一日に二回、午前中と夕方に回ってくるという話だから、待っていれば会える可能性も高い。時計に目をやると、五時になっていた。よし、公園で聞き込みをしながら移動販売車を待とう。運が良ければアイスクリームも買えるし情報も手に入る。

公園には既に照明が灯《とも》り、そこだけ闇に浮き上がっているように見えた。人気《ひとけ》はない。暗くなるまで子どもが外で遊び回るというのは、わたしの幼年時代の想い出か、単なる妄想にすぎないのかもしれない。山手町の辺りは横浜市内で随一の高級住宅地で、痴漢や変質者が出没することは少ないのだが、親にしてみれば、暗くなるまで子どもを外で遊ばせておく気にはなれないのだろう。

通行人はどうだろう。外へ出てしばらく道端に佇《たたず》んでいたが、人通りは極端に少なかった。山手町は、公共交通の便という観点からは「僻地《へきち》」と言っていい地域で、最寄駅であるＪＲの山手駅からも地下鉄の元町・中華街駅からも、かなりの距離がある。距離以上に、急な坂道が歩行者の大敵であり、車を持っている人ならまずそれを使うはずだ。三十分ほどその場にいて、会えたのは五人だけ。アイスクリームの移動販売車のことを聴いてみたが、芳《かんば》しい返事は一切なかった。唯一ヒントらしきものを与えてくれたのは、最後に話を聴いた主婦らしい女性だけだったが、それも「車の色はピンク」「側面にソフトクリームの絵が描いてある」というものだけだった。ナンバーに関しては、一度は「横浜」と言ったものの、すぐに首を傾げて自らの言葉を否定してしまう。自信がない、と。バニラ味のソフトクリームが一番美味《うま》い、という情報を最後におまけにくれたが、これが一番役に立つ話だったかもしれない。

かすかな徒労感を抱えたまま、マンションに引き返す。玄関ホールの前に立って携帯電話の着信を確認したが、今のところ一件もなかった。

妙だ、と思う気持ちが、ふいに泡のように湧き上がる。どうして明後日なのだろう。こういう事件では、犯人側は一刻も早く金を奪いたいと考えるのが普通だ。長引けば警察に察知される可能性が高まるし、人質の面倒をみるのも案外手間がかかるものである。一億円という大金を引き出すには相応の時間がかかるものだと冷静に判断している可能性もあるが、わたしの頭は嫌な予感で埋め尽くされた。

犯人は行き当たりばったりで――予定していなかったタイミングで翔也をさらい、しっかりした計画を立てるのに時間を必要としているのではないか。もう一つ、既に翔也が殺されているという可能性が急浮上してくる。人質がいなくなり、単にブラフをかけている状態なら、取り引きをいくらでも先に引き延ばすことができるのだから。もっとも、身代金の引き渡しがあまり先になると、被害者も疑いだす。中一日、というのはいい線かもしれない。

駄目だ、こんなことを考えていては。頭を振って、ロビーのインタフォンで結城を呼びだすことにする。オートロックを解除して中に入れてもらい、一軒一軒ドアを叩いて回るつもりだった。部屋番号を押そうと指を伸ばした瞬間、呑気《のんき》なメロディがどこか遠くで流れ始める。童謡のようなゆったりしたリズムで「アイスクリーム」を連呼しているのがはっきり聞こえた。慌ててマンションを飛び出し、音の出所を探す。公園……そう、夕方に回ってくる時間帯なのだろう。

歩いて二分かかるところを三十秒に短縮しようと、思い切りダッシュする。レッドウィングのブーツは走るのにまったく適していないが、構わずスピードを上げた。しかし、音はゆっくりと遠ざかっている。公園の周りを一周し、誰もいないのに気づいて、早々と立ち去ろうとしているのかもしれない。

公園の灯りが見えてきた。メロディはさらに遠ざかる。目を凝らすと、車は既に公園を周回する道路から出て、マンションと逆方向に走り去ろうとしていた。

「待て！」無駄だと思いながら声を張り上げる。「待ってくれ！」

わたしの呼びかけが逆効果にでもなったように、車がスピードを上げる。ちらりと見えるそのボディは確かにピンク色で、巨大なソフトクリームが側面に描かれているのも見えたが、店名などは分からない。辛うじてナンバーを読み取り、荒い息を整えながら手帳に書きつけた。よし。これで車の所有者は割れる。さっそく奈津に頼んで……そのためには何か適当な嘘を考えなくてはいけない。それを考えると気が重くなった。

「いいけど、それ、あなたが今やってる仕事の関係なの？」奈津の声が急に冷たくなった。食事の約束をキャンセルしたので、まだ署で残業しているという。さほどがっかりしている様子ではなかった。加賀町署の最大のメリットは、食事で悩む必要が一切ないことである。何しろ中華街の入り口にあり、歩いて行ける範囲にある飲食店が数百を数えるのだから。

「ああ、例の人探しの件で」

「そう」

「まずいかな？」

「もちろん、まずいわよ」

電話をするまでは彼女の反応が読めなかったが、ここまで頑なになるとは思わなかった。基本的に奈津は真面目で、ルールを破る時には相応の理由を必要とする人間である。仕事絡みでなければもう少し柔軟に対応してくれるのだろうが、今は倫理観と愛の板ばさみになっているはずだ。予想できたことではあったが、そういう立場に追い込んでしまったことを悔いる。

「じゃあ、仕方ないな。いいんだ、今のことは忘れてくれ」最初から奈津に頼らなければよかった。飯を奢《おご》るぐらいの条件を持ち出せば、車のナンバーを調べてくれる人間など、県警の中でいくらでも見つかるはずである。その手間を省こうとした自分を責めた。

「……いいわよ」奈津が溜息と一緒に言葉を押し出した。「調べておくから」

「それで君が嫌な気分になるなら、そんなことをする必要はない」

「こういうこと、真面目に話し合っておけばよかったわね。利害関係が衝突する可能性もあるんだから」

「ああ。でも、話し合うまでもないよ。今、決めた」

「何を？」

「仕事絡みの件で君の助けは求めない。君が嫌な気分になったら、俺も困る」

「あなたのためには、できるだけのことはしたいけど――」

「それで君が悩むなら、やめる。そんな君は見たくない。悪かった」

「そんな、大袈裟に考えなくても」慰めてくれたが、依然として彼女の心に棘《とげ》が刺さっているのは明らかだった。

「君のことを大袈裟に考えなくて、他に何を考えるっていうんだ？」

「……分かった。ごめん」

「謝るのは俺の方だ」

　苦い気持ちを抱えたまま、電話を切る。探偵仕事になど、首を突っ込むべきではなかったのかもしれない。探偵の仕事をしていれば、公的な立場で捜査をしている奈津とどこかでぶつかることになるのは分かっていた。それでも何とかなるだろうと考えていたのは、単なる甘え、あるいは読み違えにすぎない。クソ、俺が警察を辞めたのは、生涯かけて彼女を愛するためではなかったのか。刑事の仕事よりも女を選んだからではないのか。

　引きずる尻尾。人は誰でも、あるタイミングで過去をすっぱり切り捨て、前に進んでいけるわけではないのだ。


「飯ですか？　ただ飯なら当然オーケーですよ」

　買収しやすい相手というのはいるものだ。例えばわたしの後輩の刑事、坪井光之《つぼいこうの》助《すけ》。中華街で飯を奢ると言うと、あっさり乗って即座に電話を切った。話をしている最中から、既にコートの袖に腕を通していたかもしれない。小柄で小太り。早くも中年太りの傾向がはっきりしていたが、食生活を改める気配はまったくない。

　山手町から中華街までは、夕方のラッシュ時でも車で五分ほどなのだが、わたしが店に入ると、彼の方が先に到着していた。もしかしたら県警本部から覆面パトカーを使い、サイレンを鳴らしたのかもしれない。この男は、ただ飯のためならそれぐらいのことはする。

待ち合わせた店は新世界飯店。戦後すぐから続く老舗で、店主の楊貞姫、日本名高木紀久子《たかぎきくこ》はわたしの個人的な知り合いでもある。基本的には、わたしのような人間が人に気軽に飯を奢れる店ではない。忘れずに領収書を貰おう、と決めて席に着く。

「えらく気張りましたね。ランチ以外でこの店に入ったのは初めてですよ」坪井がにやにや笑いながらわたしを出迎えた。既にナプキンを膝に置き、準備万端整えている。

「たまには贅沢《ぜいたく》するのもいいだろう」

予《あらかじ》め連絡しておいたので、料理が次々と出てくる。坪井は嬉々《きき》とした表情を浮かべたまま——食べながら笑うのは難しいのだが——前菜を平らげ、フカヒレ入りの濃厚なコーンスープを飲み干し、炒め物を次々と攻略し続けた。普通、食べっぷりがいいのは見ていて気持ちのいいものだが、この男の場合は吐き気を催させる。坪井の食べ方は、ブルドーザーが産業廃棄物を処理する様を連想させるのだ。

「何かあるんでしょう？　本当にただ飯ってことはないですよね」一通り料理が出揃った後で、坪井が切り出した。目は、卓に乗ったばかりの黄金色の炒飯《チャーハン》に向けられていたが。

「そう、ここの飯を奢る代わりに、一つお願いがある」

「はいはい、結構ですよ」奈津とは打って変わって気楽な態度である。これなら先に、この男に声をかけておけばよかった。

「車のナンバー」

「所有者を割ればいいんですね」

「そういうこと」

「お安い御用ですよ。炒飯、全部食べていいですか」

「どうぞ」

炒飯を碗に山盛りにするのを見ながら、わたしは溜息をついた。坪井がそれを見《み》咎《とが》める。初めて笑みが消えた。

「何ですか」

「いや、捜査一課は最近暇なのか？」

「何でそう思います？」

「声をかけたらお前さんはすぐに出てきたし、俺の頼みもあっさり聞いてくれた」

「だって、車の所有者を割るなんて、大した仕事じゃないでしょう。五分ですよ、五分」

「頼むから、お前が自分でやってくれよ。あまり話が広がるとまずい」

「分かってますって」蓮華《れんげ》を口に運びながら、わたしの顔をじっと窺った。「探偵仕事に関係したことなんですよね」

「まあ、そういうこと」

「へえ、ちゃんと仕事があるんですね。探偵なんて、日本では成り立たないものだと思ってましたけど」

「飯のタネはどこにでもあるさ」

「そうですか」炒飯を掻《か》き込み、口に入れたまま、曖昧な発音で続けた。「真崎さんがいなくなってから、何故か一課は暇ですよ」

「俺は関係ないだろう」

「いやあ、どうかな。真崎さんには事件の神様がついてたんじゃないですか」

「まさか」

「そういうこと、あるんじゃないかな。だいたい、一課の人間は妙に迷信深いところがありますからね。俺も例外じゃないし。まあ、どっちにしろ暇な方がありがたいですよ」

「よしてくれ」

「はいはい……」薄い笑いを浮かべながらメニューを手にする。「このコースだと、デザートは杏仁《あんにん》豆腐ですよね？　ゴマ団子も追加していいですか」

「好きなだけ食ってくれ。その代わり、食い終わったらすぐに仕事してくれよ」

「そりゃ、もちろん」

ナンバー一つ割り出すのに、二人で一万円。高くついたな、と思いながら、わたしは何とか自分の皿に確保した料理に手をつけた。

# 第二章　第一の敗北

## 1

　財布を軽くした効果はてきめんで、坪井は別れてから三十分も経たないうちに電話をかけてきた。販売車の持ち主は麻田真希《あさだまき》、女性だった。登録上の住所は神奈川区。これから車で向かっても九時前には着けるだろうと判断し、すぐに出発した。時間を節約するために横浜公園から首都高を使い、東神奈川で降りる。京急とＪＲ線の線路を横切って横浜上麻生《かみあさお》道路に入り、最寄駅となる東急の白楽《はくらく》駅を目指した。

　ごちゃごちゃした狭い商店街を抜けたところにある一戸建ての家が、登録の住所だった。予想していた通り、会社ではなく普通の民家。築三十年というところで、神奈川県西部地震に対する備えは磐石《ばんじゃく》には見えない。敷地内に無理矢理小さなガレージを作っていたが、そこは空だった。販売車はまだ戻っていないようだ。

プラスチックが黄色く変色し、かすかな罅《ひび》の入ったインタフォンを鳴らす。すぐに女性の声で返事があり、ドアが開いた。ジーンズに薄いセーター姿の、四十歳ぐらいの女性が顔を見せる。家の中からはテレビの音と、それに被《かぶ》さるように笑う女の子の嬌声《きょうせい》が一緒になって飛び出してきた。

「レイちゃん、テレビ、小さくして！」女性が家の中に向かって怒鳴ると、何か文句を言う甲《かん》高い声に続いて、テレビの音がふっつりと途切れた。突然訪れた沈黙の中、わたしたちは視線をぶつけ合った。彼女の顔には困惑とかすかな怒りが浮かんでいる。

「麻田真希さんですか」

「はい、そうですけど、セールスなら……」言葉を濁し、彼女が頭の天辺から爪先までわたしを眺め渡す。何かを売りに来たのではないと判断したようだった。それはそうだろう。革ジャケットにジーンズ、ブーツ。セールスマンなら、せめてスーツぐらいは着るはずだ。

「遅くにすいません。真崎薫と申します」肩書きがないのが、これほど肩身の狭いものだとは思わなかった。相手の顔に不信感が浮かぶのを見て、仕方なく名刺を取り出す。

「探偵……ですか？」かえって不信感を増幅させてしまったようだ。「あの、何か……」

「アイスクリームの移動販売をされてますよね」

「ええ」

「あなたが回ってるんですか？」

「いえ、主人です」

「まだお戻りになっていない？」

「そうですね」手首を裏返して腕時計を確認する。「いつも十時ぐらいになるんですよ」

「随分遅いんですね」

「そうですけど、それが何か？」目つきが鋭くなる。軽い調子を話のきっかけにするつもりだったが、逆効果だった。

「ご主人に伺いたいことがあるんです」

「でも、今はいませんから」いないという事実で、あらゆる難問から逃れられると信じている様子だった。

「ぜひ、お会いしたいんです」

「まだしばらく戻りませんよ」

「待ちますけど……」

「やめて下さい」急に決然とした口調になって、ぴしりと叩きつけた。「何か変な話じゃないでしょうね」

「そんなことはありません。ご主人の証言が必要なだけです」

「証言って……何か事件なんですか」

「そうです。人命もかかっています」

「ああ」わたしの言葉の真贋《しんがん》を推し量ろうとしたのか、彼女の顔に曖昧《あいまい》な表情が浮かぶ。「わたしじゃ分かりませんね」

「ええ、ご主人にしか分からないことなんです」

「すいませんけど、待っていただいても……こちらも困りますから」

「邪魔にならないようにします」

「出直していただいた方がいいんじゃないですか」

「構いません。だったらいつにしましょう？」

逃げを打ったつもりが、わたしのしつこさは彼女の予想を超えていたのだろう。真希が指先を弄《いじ》りながら、答えを先延ばしにした。あまり追い詰めてもいけないと思い、助け舟を出す。

「連絡してもらえませんか？　電話番号は名刺に書いてあります。いつでも結構ですから。とにかく、ご主人と直接話をさせて下さい」

「伝えます……一応」

「ぜひお願いします」深く頭を下げると、後頭部に彼女の疑問が降ってきた。

「あの、これ、何かの事件なんですか」

「申し訳ないんですけど、はっきりしたことは言えないんです。それとも、何かご存じなんですか」

「いえ、まさか」慌てて顔の前で手を振る。「一応、主人には伝えますから。でも、電話するかどうかは分かりませんよ」

「番号を教えていただければ、わたしの方から連絡させていただきますけど」

「でも、ねえ」名刺に目を落とし、嫌悪感を露《あらわ》にする。「探偵って言われても、そんな仕事をしている人、本当にいるんですか？　今はおかしな人も多いから……いえ、別にあなたがそうだって言ってるわけじゃないですけどね」

　最後の方は取ってつけたような言い方だった。抗議も訂正もせず、頭を下げて辞去する。あれこれ説明するのも面倒臭いし、わたし自身、探偵の仕事がまともなものだとはまだ信じられなかった。少なくとも、何一つ実績を上げていない今の状態では。

　少し離れた場所で販売車の帰りを待つことにした。電話を待つよりもその方が確実だから。あれだけ派手なピンク色の車だ、多少離れていても見逃すことはないだろう。だが、張り込みはすぐに電話で中断させられた。

「柴田《しばた》だ」

一課の先輩刑事、柴田克夫《かつお》だった。かつては気安い仲だったが、県警を辞めてからは一度も話していない。それもあってか彼の声はやや緊張し、他人行儀な感じが露呈していた。

「今、どこだ」

「今ですか？　白楽ですけど」嘘をついても意味がない。電柱の住居表示を見ながら正直に打ち明けた。

「ちょっと会えないか」

「これからですか？」

「今すぐだ」有無を言わさぬ口調だった。「お前の家まで行ってやるよ。今、あの弁護士事務所の上に住んでるんだよな」

「ええ」

「白楽か。俺の方が先に着くから、とっとと戻って来い」

「そう言われても、今はちょっと手が離せないんですが」

「駄目だ」はっきりした命令口調になっていた。仕方ない。あまり抵抗すると、追及は厳しくなる一方だろう。

「……分かりました」

「待ってるからな。遅れるなよ」

念押しして柴田が電話を切った。またバックライトの明るさを保っている液晶を見詰めているうちに、また電話が鳴りだす。結城だった。慌てて出ると、爆発した怒りが耳元で炸裂《さくれつ》する。

「どういうことなんだ、薫」本人が耳元で怒鳴っているようだった。

「おいおい、いきなり何だ――」

「お前が喋ったのか？」

「何を」

「何を、じゃない！」声のトーンが一段高くなった。「警察が来たんだよ。翔也のことを知ってるんだ。お前以外に警察に喋る人間はいないだろう！」

「待て、ちょっと待ってくれ」即座に坪井の顔が頭に浮かぶ。余計なことは何も喋っていないが、わたしの言葉の端々から何かを悟ったのかもしれない。あの男も、ただの大飯食らいというだけではないのだ。「何が起きたんだ」

「たった今、警察の人間が訪ねて来たんだよ。どういうことなんだ」

「俺にも分からない」正直に認める。声が震えているのを自分でも意識した。「とにかく俺は、何も喋っていない」

「本当なんだな?」

「もちろん」

しばらく、荒い鼻息だけが聞こえてきた。気を落ち着かせようとしているのは明らかだったが、簡単には元には戻らないだろう。わたしも、電話で話しているだけで落ち着かせる自信はなかった。

「分かった」無理に自分に言い聞かせている様子だったが、一応、結城の声からは怒りと毒気が抜けていた。

「それで、警察には何と言ったんだ」

「そんな事実はないって……そう言うしかないじゃないか」

「翔也君に会わせろと言われなかったか」

「言われたよ。女房の実家に行ってるって答えた。納得してないと思うけどどな」

その通りだ。こんな言い訳は、長くは持たないだろう。警察が本腰を上げて調べ始めれば、この程度の嘘はすぐにばれてしまう。

「後からかけ直す。ちょっと遅い時間に」

「何か分かったのか?」結城の声にわずかな希望の色が宿った。

「いや、そういうわけじゃない。でも、電話せざるを得ない状況になると思う」

「それはどういう――」

「後で電話するから」追いすがるように質問をぶつける結城を何とか振り切って電話を切り、深く溜息をつく。事態は一気に動き始めた。どこから情報が漏れたのか。家に戻るまでにそれを考える時間はたっぷりあるだろうが、どんな結論が出ても、事態が悪い方向に動いてしまう予感はあった。

家に戻り、車をビルの地下にあるガレージに停めた。一度外へ出たが、柴田の姿も覆面パトカーも見当たらない。部屋のある三階へ上がると、彼は既にドアの前で待ち構えていた。内廊下で外の風は吹き込まないのに、濃紺のトレンチコートの襟を立てて寒さをしのいでいる――というより、凄みを利かせたポーズを作っている。わたしに気づくと、壁に貼りつけていた背中を引き剝《は》がした。

「よう」唇の端に硬い笑みを浮かべて右手を挙げる。

「どうも」軽く頭を下げておいてから、部屋の鍵を開ける。ドアを開けて、室内に向かって右手を差し伸べながら「どうしたんですか、いきなり」と気楽な口調で訊ねた。

「ちょっと、な」先ほど電話で話した時よりは落ち着いた口調である。それで少しは安心したが、まだ緊張を解くまでには至らない。

「妙なところに家があるもんだな」部屋に入ると、ぐるりと周囲を見回して言った。「何でこんな雑居ビルに住んでるんだ」

「いろいろありまして」

警察を辞めた経緯、ここに住むようになったいきさつは、柴田には一切話していない。話せるわけもない。挨拶状一枚で、全てを済ませていた。

「とにかく、どうぞ」数時間前に結城が怒りを爆発させていたソファを勧める。結城と長坂に出したコーヒーのカップがそのままになっていたことに気づいたが、今さらどうしようもない。柴田がカップをちらりと見たが、何も言わずにソファに腰かけ、コートの裾を直す。脱がずにいるのは、寒いせいもあるだろうが、長居するつもりがない証拠ではないかと楽天的に考えようとした。立ったまま、彼の発言を待つ。

「探偵の看板を掲げてるそうだな」

「看板なんかどこにもないでしょう」

「比喩ってものが分からんのか、お前は」

「正確に言っただけです。それでどうです、最近は。釣りには行ってますか」長崎出身の彼の唯一の趣味が釣りだ。

「そんなことしてる暇はない。お前がいなくなってから一課は忙しくてな」

「そうですか?」坪井はまったく反対のことを言っていたのだが。

「エースがいなくなると、その分の負担が残りの全員に回ってくるんだよ」そう言う柴田の目には、露骨な怒りが浮かんでいた。戦闘準備をするように、右手の関節に浮いたタコを撫でている。この男は、逮捕術においてはわたしの良き先輩でありライバルだった。素手で遣《や》り合ったら、面倒なことになるだろう。

「エース?　俺がですか?　恐縮ですね」

「茶化すな」

「コーヒーでもいかがですか?　それとも酒にしますか」本当にアルコールを要求されることを恐れながら訊ねる。柴田は一度呑み始めたら止まらない。朝まで、ということもしばしばだ。今のわたしには、そんなことで時間を無駄にしている余裕はない。

「何もいらない。座れ」

「何もなしじゃ、お客さんに対して失礼でしょう」

「いいから座れ!」ソファの手すりに拳《こぶし》を叩きつける。しばらく怒りに満ちた沈黙を味わってから、わたしは彼の向かいのソファに腰を下ろした。煙草に火を点《つ》けると、かすかに手が震えているのを意識する。それを気取られぬよう、素早く灰皿に置いたが、柴田の目がわたしの動きをずっと追っているのが分かった。

柴田が前屈《まえかが》みになり、わたしとの距離を詰める。顔を上げるといきなり「俺に何を隠してるんだ」と質問をぶつけてきた。いや、質問ではなく断定である。わたしが隠し事をしているという前提で、その中身を引き出そうとしているのだ。

「柴田さんに隠し事なんかするわけないでしょう」

「喋るなら早い方がいいぞ」

「勘弁して下さい。俺はもう民間人ですよ。そういう脅しには弱いんです」

「民間人ね……だったら、逮捕してみるか。そうなったら喋らざるを得ないだろう」

「容疑は？」

「お前から言ってもらった方がいいんじゃないか」

「そういうことなら、弁護士を同席させていいですかね」携帯電話を取り出し、顔の前でフリップを開いた。この下の階には知り合いの弁護士、安東博康《あんどうひろやす》の事務所がある。もっともわたしが助けを求めたら、彼は手を叩いて喜ぶかもしれない。味方というよりは喧嘩相手という方が相応《ふさわ》しい関係なのだ。

「そんな面倒臭いことをする必要はない。喋ればいいんだよ、喋れば」

「柴田さん、手抜きですか？」

「何だと？」

　手の震えが収まっているのを確認してから、煙草を取り上げる。深く一吸いし、顔を捻《ひね》って煙が彼の方に漂わないように吐き出してから続けた。

「調べなら、もう少し丁寧にやるべきでしょう。柴田さんは、ただ一方的に圧力をかけ続ける人じゃないはずですよね」

「緊急の場合はその限りじゃない」握り締めた拳を顔の前に掲げる。

「何が緊急なんですか？　本当に緊急なら、謎かけみたいなことをしている場合じゃないでしょう」

「俺に命令するな」

「命令じゃなくて進言です」

「クソ、ガキの命がどうなってもいいのか」

　分かっていることではあった。結城の家を訪ねて行ったのは柴田本人かもしれない。しかし刑事の口からその事実を告げられると、今まで慎重に積み重ねてきた全てが崩壊するであろうことをはっきりと予感した。

「認めないんだよ、結城は」

「あいつは警察を嫌ってますからね」

「何でだ？」

「警察を好きな人間なんかいないでしょう。辞めたらよく分かりましたよ」

「お前、まさか警察の仕事が嫌になったから辞めたわけじゃないだろうな」

「ノーコメント」

深く溜息をつき、柴田がコーヒーに口をつけた。飲んだ途端に表情がわずかに緩む。美味《うま》いコーヒーは人をリラックスさせるものだし、わたしは長い一人暮らしの間に、コーヒーの淹《い》れ方には自信を持つようになった。

「しかしこういう事件は、届けてもらわんことにはどうしようもないんだ」

「被害が存在しないわけですからね」

「お前の方から説得してもらえないか」

「無理だと思います。あいつは完全に意固地になってる」

「馬鹿にするわけじゃないけど、お前一人じゃ何もできないぞ」

「それぐらい、分かってますよ。俺もあいつに、何度も同じことを言いました。でも今のあいつは、身代金を渡して、子どもを無事に取り返したいということしか考えていない」

「犯人の見当はつかないのか？」

「今のところはゼロです」

「奴に恨みを持ってる人間はどうなんだ？　プロ野球選手は有名人だから、知らない間に恨みを買ってる可能性もあるだろう。ストーカーとかな」煙草に火を点け、煙を透かすようにしてわたしの顔を窺《うかが》った。彼の質問は、わたしが結城にぶつけたものと同じだった。

「今のところは、具体的な犯人像は見えてません。本人が気づかないうちに誰かに恨まれていたとしたら、どうしようもないですね」

「しかし、一億とはねえ」最初の怒りはどこかへ消え去り、柴田の口調は、同僚と事件の細部を検討する時のそれになっていた。「奴《やっこ》さん、金持ちなんだろう？　年俸何億の世界だよな。ああいう連中にとっては、一億ぐらいは楽に払える金額なんだろう」

「身代金の目処《めど》は立ってます」

瞬間、柴田が体を震わせた。言葉にこそしなかったが、言いたいことは分かっている。「あるところにはあるもんだ」と。

「こっちとしては、動かないわけにはいかないんだ。それはお前も分かるよな」

「ええ」

「別に私立探偵の仕事を馬鹿にするわけじゃないが、お前一人じゃ何もできないぜ。警察は、端緒を摑んでるのにむざむざ見逃すわけにはいかないんだよ。お前が刑事だったら、同じように考えるだろう」

「そうですね」

「とにかく、動くしかないんだ」

「それは分かりますけど、端緒は何だったんですか」一番気になるところだ。このことを知っている人間はほとんどいない。どこから情報が漏れたかは重大問題なのだ。柴田は、民間人になってしまったわたしには喋らないだろうと思っていたが、予想に反してあっさり事実を明かした。

「麻田逸男《いつお》」

「アイスクリーム屋のオヤジですか」

「知ってるのか？」煙草を指に挟んだまま、柴田が身を乗り出す。フィルター近くまで燃えており、指を焦がしそうになっていたが、それを気にする様子もない。

「まだ会ってませんけどね。会おうと思って張り込んでたら、柴田さんに呼び出されたんです」

「奴が警察に届け出てきたんだ」

「クソ」思わず拳を腿《もも》に叩きつけた。それを柴田が見咎《みとが》める。

「悔しがるな。これはお前の事件じゃないんだぞ」

「……麻田は何と言ってきたんですか」

「今日の午前中、子どもが車に連れ込まれる場面を見ている」

「あの公園ですね」

「そういうことだ。最初は誘拐だとは思わなかったそうだ。無理矢理連れて行った感じじゃなかったらしくてな。でも、段々おかしいと思い始めたみたいで、夕方になって届けてきた」

「犯人を見てるんですか」

「若い男らしいというだけで、顔までは見ていない」

「一人？」

「とりあえず見ているのは一人だ。車に何人いたかは分からない。とにかく、それで俺たちは動き始めたわけだが、結城は事実を認めようとしないわけだ」

「でも柴田さんは、誘拐だと断定したわけですね」

「嘘をついてるかどうかぐらい、目を見りゃすぐに分かるよ」

「でしょうね」結城は、嘘をつきとおせるほど世間ずれしていない。

「とにかく、お前の方からもう一度説得してくれ」依頼ではなく命令だった。煙草を灰皿に押しつけ、コーヒーを一口飲む。ちらりと腕時計に目を落とし、顔をしかめた。「身代金の受け渡しはいつなんだ」

　これ以上隠しだてはできないだろう。かなり困難な道程になることは分かっているが、何とか結城を説得するしかない。何と言っても、柴田の言い分は筋が通っている。

「明後日、電話がかかってくることになっています。もうあまり時間がありません」既に午後十時を回っている。日付が変われば、連絡がくるのは「明後日」ではなく「明日」になるのだ。そして犯人からの電話は、日付が変わった直後にかかってくるかもしれない。だとしたら、わたしたちに残された時間は丸一日しかないのだ。「結城がずっと警察の捜査を拒絶したらどうしますか」

「それは……」柴田が絶句する。新しい煙草に火を点けると、忙《せわ》しなく吸い始めた。今日何本目の煙草になるだろう。味わうというより、ただ脳に刺激を与えるためだけの喫煙であるはずだ。ようやく意を決したように、わたしの顔を正面から見る。「お前に協力してもらうしかないかもしれん。結城も、お前の言うことなら聞くだろう」

「やっぱり、警察としては捜査せざるを得ないんでしょうね」

「当たり前だ」

「身代金の受け渡しは俺が引き受けますよ」

「馬鹿言うな」

「犯人側に怪しまれないで、しかも確実にやるにはそれしかないでしょう」

「……そうかもしれない」渋々、柴田が認めた。「ただしその間、俺たちとの連絡を密にしてもらわないとな。俺たちは、結城に気づかれないように裏で捜査する」

「俺を信用してくれるんですね」

「信用してるさ。仲間だからな」その言葉は羽毛のように重みがなかった。「とにかく今のままでは、こっちの動きはかなり制約される。それでもやれることはやらなくちゃいけない。結城との間の橋渡しを頼むぜ」

厄介な立場に追い込まれることは分かっていたが、他に選択肢はなさそうだった。無言でうなずいて彼の要請を受けてから、質問した。

「マスコミは大丈夫なんですか」

「今のところは、な」

「きっちり抑えて下さいよ。情報が漏れるのは警察からなんだから。特に上の方です。今回の事件は被害者が有名人だし――」

「それは分かってる」

「報道協定……できるんですかね」

「分からん。こういうケースは、俺も経験がない」

誘拐事件が発生すると、警察は通常、すぐに報道陣にニュースを抑えるよう協力を求める。警察が動いていることを犯人側に悟られないためだ。この協定にはいろいろ問題があるし、警察にとってもマスコミにとっても百パーセント満足できるものではないが、最悪の事態を避けるための保険のようなものである。報道協定が成立すれば、新聞もテレビも事件の解決——人質が無事解放されるか、犯人が全員逮捕されるか、あるいは人質の死が確認されるか——までは一切報道を控える。その代わり、警察側は犯人側の動き、捜査の推移を一切隠さずに発表するのだ。わたしが経験した二度の誘拐事件の場合、報道発表は広報県民課が仕切り、事件捜査には直接関係ない捜査二課長が、報道陣に対するレクチャーを行っていた。神奈川県警では、捜査二課長は警察庁から派遣されてくるキャリア官僚のポジションと決まっているのだが、こういうことでシビアな経験を積ませようという狙いなのだろう。

「まあ、準報道協定、のような形になるんじゃないかな」

「準って……そんなの、あるんですか」

「報道協定まではいかないが、ということだよ。今は、記者クラブの連中との関係はそんなに悪くないから、何とかなるだろう」

　過去の事例を考えれば、それは甘い期待に思える。一時期、神奈川県警は引きも切らずに不祥事を続発させ、記者クラブとの関係が、冷戦時のアメリカとソ連以上の緊張に包まれていたことがあるのだ。

「連中に食いつかれないように、気をつけて下さいよ」

「それはお前に心配してもらうことじゃない……それよりお前は、これからどうするつもりだ」

「俺は俺で調べてみます」

「こっちと連絡を密に、な。隠し事をするなよ。一人で何とかできると思ってたら大間違いだ」太い指を突きつけて念押しした。

「できる範囲で」

立ち上がった柴田が、無言のまま長々とわたしを見やる。その目に浮かんだのは、怒りや同情、哀しみがない混ぜになった複雑な色だった。

「お前、こっちに戻る気はないのか」

「まさか」

「サツの仕事が嫌になったわけじゃないだろう」

「ええ。結局今でも似たようなことをやってるわけですからね」

「だったら考え直したらどうだ？　俺は正直言って、お前がいなくなって寂しい」

「よして下さいよ。柴田さんにそんなことを言われると気持ち悪いな」笑みを浮かべて首を振ってみせる。何故か、笑うためにひどく苦労しなくてはならなかった。

「そう言わないで、真面目に考えてみたらどうだ」

「一度辞めたら、もう戻れませんよ。そんなの、聞いたこともない」

「手はあると思うぞ。何だったら、俺が裏から手を回してもいい」

「そんな掟破《おきて》りができるとは思えないな」

「情実だ、情実。言葉は悪いが。な、考えてみろ。お前が力を発揮できるのは、やっぱり刑事としてなんだよ。こんなところで――」嫌悪感の籠《こも》った目で、部屋をぐるりと見回す。「燻《くすぶ》ってるのは、お前には似合わない。なあ、また二人でワルを追っかけようぜ」

「考えますよ」どうしようもないことは分かっていたが、ここで全面的に否定して、彼の顔を潰すわけにはいかない。いずれ、イエスと言うことは絶対にないのだが――それでも心の隅に小さな揺らぎを感じた。

## 2

柴田が帰ってから、わたしはしばらくソファでじっとしていた。アルコールが恋しくなったが、酒瓶のイメージを何とか頭から追い出し、煙草に火を点ける。ほとんど吸わないまま灰になるのを眺めてから、意を決して長坂に電話を入れた。

「まだ結城の家にいるのか?」

「ああ、今夜はここへ泊まることになると思う。何て言うか……二人きりにしておけないんだ。一触即発って感じでね」長坂が思い切り声を潜めたので、わたしは彼の声を聞き逃すまいと、携帯電話を強く耳に押しつけた。

「どういうことだ」

「ぎすぎすしてる。結城が、絵美ちゃんに文句を言い始めてね。お前が目を離すから悪いんだって」

「それはまずい」子どもが犠牲になった事件では、しばしば目にする光景だ。どっちが悪い？　責任を押しつけ合った末、仮に事件が解決しても、夫婦の仲は冷め切ってしまう。「お前、間に入るつもりか？」

「いや、それは無理だ。俺は結城の代理人であって、夫婦の問題に首を突っ込む権利も義務もないからな。でも、とりあえず結城を落ち着かせなくちゃいけないし、俺がいればあの二人もそれほどひどく遣り合わないかもしれないだろう？　とにかくあいつが苛《いら》ついてるのは、警察に情報が漏れたからだよ。まさか、お前が話したんじゃないよな？」

「よしてくれ。その件でちょっと話したいんだけど、このまま続けて大丈夫かな」

「いや……外の方がいいと思う。これからこっちへ来られるか？」

「いいよ」腕時計を見ると、十時をだいぶ回っている。柴田は三十分以上ここにいた計算だ。それが長かったか短かったか――いずれにせよわたしの人生において、濃密さという点では五指に入るだろう。「すぐに行く。着いたら電話するから、マンションの玄関前で落ち合おう」

「お前が来る前に外へ出てるよ」

「今夜はかなり寒いぜ」

「仕方ない。電話が鳴ると、二人とも神経質になるんだ。タイミングを見て、下に行ってるから」

「分かった」革ジャケットを分厚いN-3Bに着替える。日本の晩秋には大袈裟《おおげさ》過ぎる防寒装備だが、寒さで動きが取れなくなるのは馬鹿らしい。

横浜の中心街の道路はがらがらだった。十分足らずで済むはずのドライブを始めた途端に電話がかかってくる。夕方食事をした新世界飯店の楊貞姫《ヤンジエンジー》だった。まずい。彼女の話はとかく脱線しがちで長くなるのだ。

「今日、うちで食事をしていったそうね」

「ええ」

「水臭いじゃない。顔も出さないで」

「今夜は連れがいたんですよ」

「奈津さん？　それなら尚さら会いたかったのに」彼女は奈津を高く買っている。年齢的には娘と言っておかしくないのだが、年下の友人のように接している。

「いや、男ですよ。あなたに紹介するような価値のある人間じゃない」

「価値のない人間なんて、どこにもいないのよ」

「随分心の広い人ですね」

「そう考えないとやっていけないじゃない」

「じゃあ、言い直します。あなたと釣り合うような人間じゃない」

「それで、何かあったの？」いきなり話題を変え、正面から突っ込んできた。

「どうしてそう思います？」

「思います、じゃなくて知ってるのよ。うちみたいなテーブル席ばかりの店で、仕事の話をしちゃ駄目よ。秘密の話がしたいなら、上の部屋を使いなさい」その部屋は最上階にあり、彼女の奢《おご》りで食事をする時――彼女は人に奢って、食べる姿を見るのが趣味なのだ――にはそこへ通される。多くの客は、部屋の存在さえ知らないはずだ。

「参ったな。あなたは従業員にスパイ教育もしてるんですか」

「どこに耳があるか分からないんだから、気をつけなさいっていう忠告よ」

「受け入れます」

「何か、わたしで手助けできることは？」

「あなたの手を煩《わずら》わせるほどのことじゃありません」好意はありがたいが、あちこちに話が広がるのはまずい。

「そう？　ならいいけど」彼女はわたしに対して負債を感じている。以前、娘同然に大事にしている彼女の姪《めい》を救ったことがあるからなのだが、その時の負債はとうに返済し終わったはずで——彼女はわたしにとって重要な情報源になった——今ではわたしの方が債務超過の状態だろう。

「大丈夫ですよ。何かあったら真っ先に相談しますから」

「そう言ってもらえると嬉しいわね」

「こちらこそ、いつもいろいろ助けていただいてありがたく思ってます」

溜息を隠しながら電話を切る。まったく、隙のない女だ。助力はいつでもありがたいものだが、例外もある。特に今回のように、情報漏れを心配しなければならない時は。

山手町のマンションに着くと、長坂は約束通り外に出て、上半身を両手で抱き締めたまま左右を見渡していた。足元から震えがくるような陽気なのに、コートも着ていない。わたしのＢＭＷを見つけると、砂漠でオアシスを発見したような勢いで走って来て、引きちぎらんばかりの勢いでドアを開けた。

「そんな格好してると風邪引くぞ」

「ちょっと煙草を買いに出ただけだ」唇は蒼くなり、暖房の効いた車内に入っても震えが止まらないようだった。

「お前、煙草なんか吸わないじゃないか」

「そうでも言わないと、自然に外へ出られないんだよ」

「そうか」

「警察の件なんだけど」エアコンの吹き出し口の前で両手を擦《こす》り合わせながら長坂が訊ねる。「何でばれたんだろう」

「翔也が連れ去られるのを見ていた人がいる。その人が、夕方になって警察に届けたらしい」

「クソ、そういうことか」

「だから俺は無罪だよ。それにお前も」

「俺？」長坂が自分の鼻を指差した。「俺がそんなことするわけないじゃないか。結城の利益第一に動いてるんだから」

「利益第一だと思ったら、最初から警察に届けるべきだったんだよ。俺が身代金の受け渡しをしても、むざむざ金を取られるだけだぜ。戻ってくる保証はゼロだ。それにこのまま黙っていると、結城に対する警察の印象も悪くなる。仕事だから捜査はするだろうけど、自分たちが頼られてないって思えば熱も冷めるぜ」

「そんなことはどうでもいい。で、警察はどうしてるんだ」

「もちろん捜査してるけど、結城の協力が得られないままだと動きを制約される。

今からでも考え直したらどうだ？　お前が説得すれば、結城も納得するかもしれない」

「無理だよ」弱気が漏れる。「俺はあいつの機嫌を損ねるようなことはしたくないんだ。一番のクライアントなんだぜ？　とにかくここは、あいつの思うようにやらせてやってくれ」

「失敗したらお前のせいにするかもしれないぞ」

「そんなこと、今は考えても仕方がない。それより、お前は今まで通り手伝ってくれるんだよな？」

「やめる理由はない」

「よかった」心底ほっとした様子で胸を撫で下ろす。「頼りになるのはお前だけなんだ」

「ただし俺は、警察とはある程度連絡を取らざるを得ない。向こうは俺が絡んでいることも知っている。このまま警察を無視し続けたら、捜査妨害と取られかねないからな。でも、その件は結城には言わないでくれ。今は、あいつの精神状態を平静に保っておくことが大事だ」

「既に平静じゃないけどね」両手で顔を拭《ぬぐ》ったが、長坂の顔に張り付いた疲労と恐怖は消えそうになかった。「犯人からの電話はいつになるのか……それまで精神的に持てばいいんだけど」

「あいつは強いよ」わたしは煙草に火を点け、窓を細く開けた。「準決勝、覚えてるだろう？」

「ああ」

「二点リードされて、ツーアウト満塁であいつがバッターボックスに入った時。びびる状況だよな。俺だったら、代打を出してくれって監督に頭を下げたかもしれない。だけどあいつ、笑ってたんだぜ？　ダグアウトを見て、白い歯を見せてさ。あんな肝の太い奴、俺は見たことがない。こんなことで負けるわけがないさ」

「薫、野球と人生は違うんだ」

長坂の言葉は、わたしの心に深く食い込んだ。おそらく彼は、わたしよりも厳しい経験をしている。膝の怪我で野球を断念し、その後何とか人生を再構築して、一人できちんとビジネスを成立させるには、一言では言えない苦労があったはずだ。その経験が言わせた言葉には、有無を言わせぬ重みがある。

長坂を結城の部屋へ送り返し、自分の車の前で一人になった。何をするにも都合の悪い時間である。マンションの各部屋をノックしてみる価値はあるが、問題は、こんな時間にわたしを歓迎してくれる人間は一人もいないということだ。このまま無為に、朝がくるのを待つしかないのか。

「やあやあ、どうも」呑気な口調で声をかけられたので振り向くと、坪井が薄ら笑いを浮かべて立っていた。わたしの知らない若い刑事を一人、同行している。「先ほどはご馳走様でした。それにしても、真崎さんも人が悪いですね」

「何が」

「それならそうと言ってくれればよかったのに。その方が話も早いでしょう」

「俺とお前が飯を食ってた時には、もう県警に情報は伝わってたはずだ。これは大事な教訓になるな」

「何の教訓ですか」

「のんびり飯を食ってると、ろくなことがない」

「ごもっともですね」坪井が唇の端を歪《ゆが》めるように笑った。「で、どうなんですか」

「細かい話をするつもりはない。そっちこそどうなんだ」

「右に同じく。とにかく我々がちゃんと動いてるんだから、真崎さんはゆっくりお休みになったらどうですか」露骨に揶揄《やゆ》する口調だった。「後はこっちで引き受けますんで、どうぞ、ご心配なく」

「じゃあ、そうさせてもらおうかな」

「真崎さん、何を考えてたんですか」嘲《あざけ》るように坪井が言った。「まさか、一人で誘拐を解決できるなんて思ってたんじゃないでしょうね」

「俺は頼まれた仕事をやってるだけだ」

「いい金になるのかもしれないけど、非常識ですよ。すぐに我々に連絡してくれれば、今頃はとっくに解決してたかもしれないのに」

坪井の言い分には理がある。しかし、一言言い返さずにはいられなかった。

「お前の場合は、まず腹を引っ込めることを考えろ。その腹じゃ、犯人を追いかけてるうちに息切れするぞ」

「それとこれとは関係ないでしょう」坪井が軽く切り返す。「ご心配なく、こっちは人材豊富ですから。俺が頑張らなくても、代わりの人間はいくらでもいますよ」

鼻を鳴らし、軽く一礼してから坪井が背中を向けた。後姿に蹴りを見舞ってやりたいという強い欲望を抑えながら、ＢＭＷのドアに手をかける。

「真崎君」

顔を上げると、玄関ホールから絵美が出てくるところだった。丈の長いカーディガンを羽織っただけの格好で、寒さに震えている。

「乗ってくれ」すぐに声をかけた。こんなところで立ち話をしているのを見つかったら、何を言われるか分からない。警察にも、結城にも。彼女はわたしの言葉に素直に従い、助手席に滑り込んだ。ドアが閉まるのを待って続ける。「何か話したいことでも？」

「うん」

「ちょっとドライブしようか。この辺には、警察の連中がうろうろしてる。見つかったら厄介なことになりかねないからな」

「そうね」街灯の明かりでオレンジ色に染められた顔に、生気は感じられなかった。

車を出した。翔也がさらわれた公園は避け、マンションを大きく周回するコースを取って、ゆっくりと走らせる。話したいことがあるという割に、彼女は口を開こうとしなかった。時折街灯の明かりが、その顔を闇の中に浮かび上がらせる。こんな状況であっても依然として美しかったが、三流の画家が描いた肖像画ほどにも生気は感じられなかった。

「主人がね」溜息と言葉が混じった。

「だいぶ怒ってるんだって？」

「長坂君も抑えるのに大変なのよ」

「奴はそのために高い金を貰ってる」

「だけど、申し訳ないわ。高いって言っても、長坂君に払ってるのは契約金の五パーセントぐらいのはずだし」

「結城は、自分の仕事のことは何も話さないんじゃなかったのか」

「長坂君から聞いたわ」

頭の中で素早く計算した。年俸一億円の選手だとすれば、代理人の取り分は五百万円か。悪くない稼ぎに思えたが、誘拐事件の尻拭いまでは計算に入っていないだろう。

「それで、俺に何の話だろう」

「降りないでね」

「降りる？」

「この事件から。警察が動き始めていても、わたしは今でもあなただけを頼りにしてるのよ」

「今からでも、警察に渡す手はある」言いながら、絶対にそんなことにはならない、という予感があった。さっきの坪井の態度。あれは許しがたい。警察を出た人間に対して、己の優越感を露骨に誇示するようなことをして、何になるのだろう。その一瞬だけは快感かもしれないが、いずれあの男も自分の愚かさに気づくはずだ——自分の世界を狭めているということに。

「でもわたしは、あなたに助けてほしいの」

「分かってる」

「こんなことになるなんて……普通に暮らしてきただけなのに」

普通じゃなかったはずだ、と言いかけて言葉を呑み込んだ。プロスポーツは巨額の金が動く世界であり、庶民の感覚からは程遠い。それを「普通に」などと言うのは、明らかに金銭感覚が狂っている証拠なのだが、弱っている彼女にそんなことは言えなかった。

「金の臭いを嗅《か》ぎつけてくる奴もいるんだよ。とにかく俺は、この一件から降りるつもりはない。できるだけのことはやる。でも今の段階では犯人側の要求がはっきりしないから、自信たっぷりとはいかないけどね」

「真崎君なら何とかしてくれるでしょう？」

「それは希望的観測だ」

「あなたは、高校生の頃からそうだった。一度決めたことは必ず貫き通す。違う？」

「君はそんなに俺のことを知らなかったはずだと思うけど」

「あなたが思ってるよりは知ってたかも」

「それは――」

「ごめんね」わざとらしい明るい口調で言った。彼女が謝る場面とは思えないのだが。「でも本当に、信じてるから。わたしたちを助けて。お願い」

「分かってる」

車はマンションの前に戻っていた。気配は感じられないが、この闇の中に刑事たちが潜み、出入りする人間をチェックしているはずである。後で事情を聴かれるかもしれないが、その時はその時だ。

ドアが開く。冷たい風が吹き込む。絵美が、シフトレバーに置いたわたしの手の甲に、かするように触れていった。彼女の人差し指の感触は、その後も長くわたしの中に残ることになるのだろうか、と訝《いぶか》った。

眠れないことは分かっていたが、無理にでも寝ておくべきだと自分に言い聞かせた。明日はおそらく、長い一日になる。いざという時に寝ぼけて判断ミスをしたら、死ぬまで自分が許せないだろう。

家に戻る途中、奈津の家を通り過ぎた時、少しだけ後ろめたい気持ちに襲われた。それが引き金にでもなったように電話が鳴りだす。慌てて車を路肩に停め、追い越していく車のクラクションを浴びながら電話に出た。

「そういうことだったのね」奈津。声は低かったが、怒りは感じられなかった。

「もう伝わってるのか」

「何て言ったらいいのか――」

「会おうか」

「そんなことしてる暇、あるの？」彼女が、形の良い眉をすっと持ち上げる様が目に浮かんだ。

「一分後なら大丈夫だ」

「一分？」

「たまたま今、君の家の前にいるんだ。君だって、車が見えたから電話してきたんじゃないのか」

「まさか」わずかに非難するような口調だったが、すぐにそれを引っ込め「待ってるわ」と言ってくれた。

　奈津の家は、屋敷と呼ぶに相応しい巨大な建物だ。生垣にぐるりと囲まれたような家は、今は横浜ではほとんど見ることができない。少なくとも中区や神奈川区では。彼女は、その広い家の外に出て待っていてくれた。数か月前に初めて会った時よりも少し長く伸びた髪をポニーテールにまとめ、もこもことしたケーブル編みのセーターを着ている。それでもなお寒そうに、自分の体を抱き締めていた。

「入ろう」自分の声が凍えるのを感じながら言った。彼女はうなずいてわたしを玄関に入れ、素早くドアを閉めた。先に立って、広々としたリビングルームに入る。以前部屋数を数えたことがあるのだが、不動産の広告に出すとすれば、６ＬＤＫということになる。ただし、下宿人を三人ほど住まわせることができそうな納戸と、倉庫代わりに使われている屋根裏部屋を除いては、だ。一人暮らしには広過ぎる家だが、父親が死んだ後も彼女はここに住み続けている。おそらくは、過去との接点を保つために。

「何か食べたの？」彼女が努めて普通の会話をしようとしていることは分かった。それに合わせることにする。

「ああ」ただし、満足に食べたとは言えない。坪井の勢いに押されて、食べるタイミングを逸してしまっていたから。

「おなか減ってない？　何か作ろうか」

「自分でやるよ」ソファに腰を下ろしていなくてよかった。ふいに、眩暈《めまい》にも似た疲労感を感じる。座ってしまったら、立つのに大変な精神力を要しただろう。

「疲れてるんじゃないの？」

「一日仕事をしてたのは君の方だろう。俺は何もしてない」彼女の肩を軽く叩き、脇をすり抜けてキッチンに入る。この前ここに来た時に作ったピザを冷凍しておいたのを思い出した。生地を六分通り焼いておいたので、これも作りおきのトマトソース――バジルを強めに効かせたものだ――とチーズだけでシンプルなピザに仕上げられる。オーブンの中で焼きあがるのを待つ間、もう一度冷蔵庫を覗いた。缶ビールがわたしを呼んでいる。今日はこのままここに泊まるか？　明朝、結城の家に行くにも、わたしの家から向かうよりは近い。しかし、奈津とややこしい話をするのも気が重かった。自分が隠し事をしてしまったことを、今さらながら強く後悔する。もっともあの時は、それ以外に選択肢がなかったのだが。

「今夜、泊まる？」迷っていると、キッチンの入り口から奈津が声をかけてきた。

「どうしようかな」

「明日の朝、早いんでしょう？　それならうちに泊まった方が少しは楽じゃない。五分か十分の違いかもしれないけど」

「迷惑じゃないかな」

黙って首を振る。彼女の中で渦巻く複雑な感情が、その短い動作から透けて見えた。

「とりあえず、ビールでも呑もうか。その方がよく眠れる。君は？」

「じゃあ、少しだけ」

オーブンのタイマーが残り三分になっているのを確認して、ささやかな夜の宴《うたげ》の準備を始める。ビールとグラスを二つ、それぞれにピザの取り皿も用意し、食卓に並べる。この広い家で、彼女が一人で食事している様を想像すると胸が痛むこともあるが、一緒に暮らそうという話は、まだどちらからも出ていなかった。

ピザが焼きあがった。シンプルこの上ないトマト味だが、焼き立てを勢い良く食べればそれなりに美味い。

「生のバジルでもあればよかったわね」ピザを一切れ、自分用に取り分けながら、奈津が言った。

「育ててみろよ。プランターでできる。ハーブが何種類かあれば、スパイスを買う手間も省けるし」

「枯らしちゃいそうだから。そういうの、苦手なのよ」

「そんなに難しくない。俺がやってもいい」

「毎日水をやりに来てくれる？」

一瞬言葉に詰まった。これは誘いなのか？　いつまでもあんな雑居ビルの一部屋で暮らしていないで、自分の家に来いと言いたいのか？　言葉を濁さざるを得なかった。

「そう、まあ、それもいいけど」

彼女は言葉を返してこなかった。その後は静かに食事が続く。ビールを呑み干し、グラスを磨くついでに手を洗って、綺麗になったグラスに牛乳を注いだ。それを持って、まだグラス一杯のビールを持て余している奈津の前に座る。

「今日は悪かった」先制攻撃を避けるために頭を下げる。

「うん……」奈津がグラスを華奢《きやしや》な両手で包んだ。かつて連続殺人犯に切りつけられて神経を痛めた右手は、今はほとんど快復している。それでも雨の降る日などには痺《しび》れることがあるようだ。

「本当のことは言えなかった」

「でしょうね」

「随分物分かりがいいんだな」

「逆の立場で——あなたの立場で考えたら、仕方ないと思うわ。誘拐の件は……わたしのところにも連絡は回ってきたわ。隣の管内の事件だから、警戒レベルB。でも今のところ、具体的な指示はないけど」

「どこまで知ってるんだ」

「あまり詳しくは」肩をすくめた。グラスを傍らに押しやり、広いダイニングテーブルの上に身を乗り出す。「いつか、こういうことが起こるんじゃないかと思ったわ」

「俺もだ」

「利害関係。捜査の秘密。わたしたちは、そういうことを共有できない」

「ああ」

「難しいわね」

「一つだけ、手はある。俺が探偵の看板を下ろせばいいんだ。実際、事件なんてほとんどないんだし、あのビルの管理をしているだけでもいい仕事になるよ。金に困ってるわけでもない」実際は自転車操業なのだが。公務員――民間のサラリーマンもそうだろうが――は自分が払う税金の実情をほとんど把握していない。贈与税、所得税、市民税。贈与税を支払うために銀行から金を借りる時の折衝は、知能犯の取り調べよりも頭が疲れた。今のわたしは、毎日金の計算という厄介ごとに追われて暮らしている。それが自分に向いていないことだけははっきりしていた。

「無理ね」奈津の顔に寂しげな微笑が浮かんだ。手を伸ばして、寂しさだけを拭い去ってやりたくなる。

「そうかな」

「父も余計なことをしたわよね。あのビルをあなたに譲ったのは……」赦《ゆる》しを請うため。彼女がその言葉を自ら口にするには、苦痛が伴うはずだ。うなずいて、言葉を省略して先に進むよう促す。「贈与税の対策ぐらい、しておくべきだったと思う。かえって負担になってるでしょう」

「何とかなるよ。何年か経てば、借金の返済も目処が立つ。そうなったら左団扇《うちわ》で暮らしていける」

「それがあなたの望みなの？」

牛乳のグラスを持って立ち上がり、窓辺に歩み寄った。天井まである窓を開けると、冬を思い出させる風が吹き込んでくる。眼下に広がるのは横浜の街だ。ここに立っていると、自分がこの街の全てを手に入れたような気分になる。完全な勘違いだということが分かっていても、胸が膨らむような光景であるのは間違いない。煙草に火を点け、部屋の中に煙が入らないよう、顔を外に突き出して冷気に晒《さら》した。煙草を持った右手を窓の外に出したまま、振り返る。

「望みじゃない」

「そうよね。あなたはやっぱり、事件に係わっていたいのよ。だから、こんな風にわたしたちの利害関係がぶつかる時がくる。お互いに秘密を持ったまま——秘密を持ってることも言えないで、後ろめたい思いをすることになるでしょう。あなたはそれでもいいの？」

「逆の立場だったらどうする？　君の方が隠し事をする可能性だってあると思う」

「分からない」奈津が首を振った。秘密保持——喋るか、喋らないかは非常に難しい問題だ。わたしたちの場合、もう一枚事態が複雑なのは、そこに愛が絡むためである。

「ルールは簡単には決められないと思う。それに今日だって、君は最初から何か気づいてたんじゃないか」

一瞬躊躇《ためら》った後、奈津が小さくうなずく。微笑もうとして失敗したようで、唇がわずかに歪んだ。

「俺が何か隠し事をしても、君にはばれるよ。君は鋭過ぎるし、俺は顔に出るからね」

「そう、ポーカーフェースとは言えないわね。声を聞いただけで分かるわ」

「それはまずいな」顔を擦って見せた。「せめて、声だけでも冷静な男でいたいんだけどな……とにかく、隠し事ができないんだから、言うしかないだろう」

「秘密があることを」

「そう。言えないっていうことを」

奈津が小さく溜息をついた。無意識のうちに、古傷の残る右手首を撫でている。

「今のところはそれしかないみたいね」

「そしてそれは、ジョーカーになるんだ。この札が出たら、そこから先は詮索《せんさく》しないことにする」

「分かった」立ち上がり、奈津がグラスを目の高さに掲げた。半分ほどに減ったビールが照明を受け、彼女の顔に黄金色の影をつくる。わたしも牛乳のグラスを掲げた。黄金と白の乾杯。それは最後まで混じり合わない二つの魂の象徴――であってはいけないと、わたしは強く思った。

# 3

一夜明けて、警察の動きは大胆に――わたしに言わせれば無防備になった。七時過ぎに結城のマンションに着くと、近くに何台も覆面パトカーが停まり、刑事たちが歩き回っているのを確認できた。顔見知りの刑事もいたが、わたしを一瞥《いちべつ》すると、決まって視線をアスファルトに落としてしまう。理屈では当然だと分かっていても、少しばかり心がささくれた。

玄関ホールにも若い刑事が二人いた。見知った人間ではなかったが、眼光の鋭さで簡単にそれと知れる。スーツではなくジーンズに革ジャケットという格好も、変装というほどの効果は上げていない。何しろ足元が野暮ったい合成皮革の黒いビジネスシューズなのだから。誰かこいつらに、基本的な服装コードを教えてやるべきだ。

インタフォンを鳴らしたが、しばらく反応はなかった。もう一度ボタンを押そうかと思った瞬間、眠そうな長坂の声が返事をする。

「はい」

「俺だ。入れてくれ」

「ああ」

乱暴にインタフォンが切れる音に続き、オートロックのドアが開く。二人の刑事の吸い付くような視線を振り払って、足早に中に入った。

十数時間ぶりに訪れる部屋は、一足先に冬を迎えたような空気に覆われていた。夜から朝にかけて奈津が与えてくれた軽やかな気分はあっという間に凍りつき、重苦しい沈黙がわたしにも即座に伝染する。ソファに浅く腰かけた結城の視線は、音を消したテレビに向けられていたが、内容がまったく頭に入っていないのは明らかだった。目が死んでいる。絵美はダイニングテーブルについて、ゆっくりとアルバムをめくっていた。翔也の成長の記録なのだろうが、縁起でもない。彼女が後ろ向きになっていることが心配だった。長坂はと言えば、二人の間の狭い空間を、無言でうろうろしているだけである。淹れ立てのコーヒーの香りが漂っていることだけが救いだった。

「お早う」意識して大きな声を上げ、郵便受けから取ってきた新聞を結城の前のテーブルに放り出す。結城は苦々しげな表情を浮かべ、それから目を逸《そ》らした。

「心配するな。事件のことは載ってない」

「当たり前だろうが」しわがれた声で言って、傍らの煙草に手を伸ばす。直径二十センチほどもあるガラスの灰皿は既に吸殻で一杯になり、底が見えなくなっていた。昨日別れた時までは吸っていなかったのに。彼が手にした煙草は、ニコチン〇・三ミリグラムと軽いものだったが、吸い過ぎれば神経は鋭く尖《とが》り、風が吹いただけで痛みを感じるようになるはずだ。

「煙草は控えた方がいいぜ」

「大きなお世話だ」結城が睨《にら》みつけてきたが、わたしは彼の乱暴な言葉をやり過ごした。

「少し休めよ」

「寝ていられるかよ」

「コーヒーを貰うぞ」できるだけ軽快な足取りに見えるように意識しながら、キッチンへ向かう。カップボードから真っ白なマグカップを取り出し、ポットからたっぷりと注いだ。今日最初の一杯を啜《すす》りながら、窓辺に近づく。カーテンと窓を細く開けると、冷たい外気とともに弱々しい晩秋の朝日が忍び込んできた。

「開けていいのかよ」結城が神経質に訊ねた。「外から見えないのか」

「大丈夫だ。そんなにぴりぴりするな」

「気楽でいいな、お前は」

「俺が焦っても仕方ないだろう」

「こっちはそれどころじゃないんだよ」結城の怒りは、沸点に向かって急上昇している。その矛先がいつどこに突き刺さるか、想像もできない。

「分かってる。今日の予定を確認させてくれ」窓を背にして三人に向き直る。疲労の度合いは皆同じようなものだった。怒りを撒き散らしている分だけ、結城が一番ストレスが溜まっていないかもしれない。心配なのは絵美だった。後ろ向きの陰鬱《いんうつ》とした態度は、正常な判断能力を失わせる。三人に、というよりも自分に対する確認の意味で喋り続ける。「銀行から金が届くのが午後三時だ。それまで俺は、このマンションの他の住人に当たってみる。運が良ければ、昨日誘拐の現場を目撃した人が見つかるかもしれない。身代金が届いた後は、俺はできるだけここにいるようにする。長坂？」

歩き回っていた長坂が、ぴたりと動きを止めた。腰の後ろで両手を組んだまま、わたしに向き直る。

「誰か信用できる人間はいるか？　お前の会社のスタッフとか。現金の近くには、できるだけ人がいた方がいい」

「俺は一人でやってるんだぜ」

「そうか」

「俺もここにいるようにするよ」

「頼む。それと、結城も絵美さんも、無理してでも眠ってくれ。横になってるだけでもいい。身代金受け渡しの電話は、いつかかってくるか分からないんだ。日付が変わってすぐかもしれないし、明日の夜まで何もないかもしれない。ずっと緊張して起きていたら、倒れちまうぜ」

「サツの連中が煩《うるさ》くて眠らせてくれないんだよ」投げやりに結城が吐き捨てる。「何度もインタフォンを鳴らしやがって」

「あの連中は、今回の事件の実態をまだ何も知らない。翔也君がさらわれたことしか分かってないんだから、事実を知るまでは何度だって来るよ。いっそのこと、全部喋ったらどうだ。警察は助けてくれるぞ」

「それはできない。何度も言わせるなよ……それより、サツはこの近くをうろうろしてるのか？　そんなことをされるだけで迷惑なんだ。犯人が見てたらどうする」

「マンションは、一戸建ての家よりも監視しにくい。それに犯人は、そんなに大人数じゃないと思う。この家の監視までは、手が回らないんじゃないかな」

「どうしてそんなことが分かる？」充血した結城の目が、激しい疑念を送りつけてきた。

「経験から。だいたい、誘拐みたいな犯罪では——誘拐に限らないけど——犯人グループの人数が多くなればなるほど失敗する可能性が高くなる。連絡が上手くいかなくなったり、仲間割れすることもあるからな。多くて二人か三人ぐらいじゃないかと思う」

「一人が翔也を見張って、もう一人がここを監視してるかもしれない」

「監視はしてないだろう。犯人は、警察が動いているという前提でやっていると思う」わたしの言葉に、その場の空気が凍りついた。結城が顔を真っ赤にして立ち上がろうとしたが、膝を裏から殴られたように、すぐにへなへなと座り込んでしまった。「犯人は当然、お前が警察に届け出たと考えているはずだ。だから、刑事が家の周辺でうろうろしてることも織り込み済みだろう。罠《わな》の中へ飛び込むような真似はしないよ」

「クソ、どうしろって言うんだ」

「とにかく俺に任せてくれ」

勝算があっての台詞《せりふ》ではなかった。警察とは微妙に距離を置きながら、犯人の要求に従わざるを得ない状況では、大きなことは言えない。一方で、少しでも悲観的なことを言えば、この家は爆発してしまいそうだった。重苦しい沈黙を破るようにインタフォンが鳴る。わたしは三人に順番に目線を投げて動きを制しておいてから、モニターの前に立った。八インチの白黒画面の中に、坪井の間抜けな丸顔が浮かんでいる。無視するか――いや、とりあえずこいつを追い払おう。そうすることで、結城たちの精神状態も少しは上向くかもしれない。インタフォンを取り上げ、できる限り低い声で答えた。

「はい」

「県警捜査一課の坪井と申します。結城さんですか？」当然、向こうからこちらは見えない。

「違います」

「あれ」部屋番号を間違えたと思ったのだろうか、坪井が周囲を見回す。

「俺だよ、真崎だ」

「何だ、真崎さんですか。よくそこに上がり込めましたね」白黒のモニターの中で彼の顔が歪む。

「俺は家族のアドバイザーだ。ここにいるのは当然だろう」

「いい加減にして下さい。勝手に事件を引っ掻き回されたら困りますよ」

「俺は何もしていない」できていない。少なくとも今のところは。「だいたい、何が事件なんだ」

「ちゃんと裏は取れてるんです。子どもが連れ去られた瞬間を見てる人がいるんですからね。家族がどんなに否定しても、これは間違いなく誘拐なんです」

結城が立ち上がる音が聞こえた。慌てて振り返り、右手を挙げて動きを制する。それだけでは収まらず、長坂が後ろから羽交い絞めにしなければならなかった。そうしなければ、結城は下に降りていって坪井を絞め殺そうとしたかもしれない。止めるべきではなかった、と一瞬だが思った。

「お前の言ってることは、家族みんなが聞いてるんだぞ。少しは気を遣え」嘘。スピーカーフォンではないから、聞こえるわけがない。

「失礼」坪井が素早く咳払いをする。さほど反省している様子ではなく、単にその場を繕おうとしているのは明らかだった。

「腹に脂肪が溜まり過ぎて、脳に血液がいかなくなったんじゃないか」

「馬鹿な」

「馬鹿なと言えば、玄関ホールで張ってる若い奴ら二人を何とかしろ。あれじゃ、刑事が下手な変装をして張り込んでるのが見え見えだ。犯人が見てたらどうする」

「ああ、はいはい。すいませんね、県警も、真崎さんみたいに優秀な人間ばかりじゃないんで」面倒臭そうに坪井が首を振る。さっさとこの会話を切り上げたいところだろう。しかし、まだそれほどダメージを与えていないと判断し、話し続けることにした。

「お前ら、このままだとまたヘマをするぞ。神奈川県警のミスの歴史に新しい項目を加えるつもりか？」

「馬鹿にするのは勝手ですけどね、真崎さんもつい最近までこっちにいたんですよ」

「自分の名前が阿呆《あほう》の名簿に書かれるのが嫌だから辞めたんだ。お前の名前は名簿のどの辺りに載ってる？　かなり上だろう」

インタフォンを切り、三人に向き直る。坪井をやり込めてやった自信はあったが、勝利を祝福する気にはなれなかった。


マンションという建物は、構造上、一度入り込んでしまえば聞き込みは楽である。最小の労力で最大限の人に話を聴けるからだ。平日の午前中ということで、誰も在宅していない家が多かったが、それでも何人かに話を聴くことができた。しかし、芳《かんば》しい返事は返ってこない。警察が同じように事情を聴きに来ているせいもあって、露骨に嫌な顔をされることも少なくなかった。

退職したばかりに見える男性は、いきなり警察批判を始めた。

「だいたい、警察も信用できないんですよ。急に訪ねて来て、何のことかは話せないけど話を聴かせてくれって……それじゃ本当に事件の捜査かどうかも分からない。家の中に入れるわけにはいきませんね。で、あんたは？　警察じゃない？　それじゃますます怪しいじゃないか。怪しい人間？　それはあんたのことじゃないのかね」

一時間ほどドアをノックし続けた後、急に疲れを感じた。たまたまだろうか、捜査一課の人間には出くわさなかったが、どこかでぶつかる可能性を考えて、いらぬ緊張感を抱え込んでいたのも事実である。午前中はこれで最後にしようと、結城の家の真下にある部屋のドアをノックした時、ようやくわずかな光が見えた。三十歳ぐらいの主婦。膝に幼児がまとわりついていて、そのままの状態で話を聴いているうちに、次第に子どもがむずかり始める。それを聞かないように努力しながら会話を続けた。

「怪しい人ですか？　それは、警察の方にもお話ししたんですけど」

「どんな感じでした？」勢い込む気持ちが外に漏れ出ないよう、できるだけ冷静な声で訊ねる。

「人じゃなくて車なんです。一日中、マンションの近くに停まってて。それが時々少しずつ場所を変えるから、かえって変な感じがしたんですよ」絵美に続く二人目の目撃者。やはりこのマンションを――結城を見張っていた人間がいるのだ。

「車種は分かりますか」

「たぶん、白いセダン……かな。でも、はっきりとは分かりません。車のことはあまり詳しくないんです」

「いつ頃ですか」

「一週間ぐらい前……だったと思います。正確には分かりません」

「乗っていた人や車のナンバーは見えませんでしたか」

「いえ、そこまでは。うちの真下にいる時間が長かったんですけど、それだと屋根しか見えないでしょう？　あちこち動いていたから、誰か乗っていたとは思うんですけど、分かりません……あの、何があったんですか」

「最近泥棒が多いんですよ」盗む対象は子どもだが。「それで、いろいろお話をお伺いしているんです」

「警察でもないのに？」

「警察に協力しているんです」

納得しない様子の彼女を残し、結城の部屋に戻る。一階分を非常階段で上り、廊下に出た途端、エレベーターから出てきた長坂と出くわした。

「どこへ行ってたんだ」

「ちょっと外の様子を見に」わたしの言葉が鋭い棘《とげ》になって突き刺さったようだった。長坂がたじろぎ、足が止まる。

「軽率なことはしないでくれ。どこで誰が見てるか分からないんだ」

「お前、犯人の目は届かないって言ってたじゃないか」

「警察は見てる。それにお前は、このマンションにはかなりの頻度で出入りしてたよな」

「仕事だからな」携帯電話を持ったままの右手で髪をかき上げる。

「ということは、犯人はお前の顔や名前を知ってる可能性があるぞ」

「そうなのか？」すっと血の気が引き、右手がだらりと体の脇に落ちる。

「そうだよ。このマンションは、ずっと監視されてた可能性が高い。とにかく、犯人を刺激するようなことはやめてくれ――犯人だけじゃなくて警察も」

「すまん」長坂が素直に頭を下げた。「いろんなことが気になって仕方ないんだ。落ち着かないんだよ」

「それは分かるけど」胸が弾んでいることに気づき、ことさらゆっくり言った。長坂は小心者――ではない。しかし高校時代から、あれこれ気を回し過ぎて立ち行かなくなることがしばしばあった。「とにかく、ここは抑えてくれ。大変だと思うけど、結城の面倒をみてやってほしい。あいつを落ち着かせることができるのは、今のところお前しかいないんだから」

「分かってる。悪かった」

　肩を軽く二度、叩いてやると、長坂の背筋がすっと伸びた。弱々しい笑みを交換し合った瞬間、結城の家のドアが開く。顔を引き攣《つ》らせた絵美が飛び出し、わたしたちを見つけて必死に手招きをする。ただならぬ様子に、わたしは二歩でトップスピードに乗り、部屋に飛び込んだ。背中から絵美が「電話」と声をかけてきたが、その声はかすれ、緊張でひび割れていた。

犯人からの電話。予定より随分早い——いや、電話がかかってくることは予想していて然《しか》るべきだった。誘拐直後に「明後日電話する」と言ったのは、あくまで身代金受け渡しの方法についてのものであり、その他の用件で電話がかかってくる可能性はあったのだ。

左手にコードレスフォンの子機を持ち、リビングルームの真ん中で仁王立ちになった結城は、今にも爆発しそうになっていた。怒鳴り上げたい。何か物に当たりたい。しかしそれもできず、ただ空いた右手を振り回すだけだった。耳まで赤く染まっていたが、口調はあくまで低く抑えている。

「ああ、ああ、分かってる。警察には言ってない。それは何度も言っただろう？　信用してもらうしかないじゃないか……それより翔也は元気なのか？　話せないのか？　頼む、声を聞かせてくれ」

結城の額には薄《うっす》らと汗が滲んでいる。トレーナーの袖で額を拭い、唇をちろりと舐めた。その唇がかすかに震えているのをわたしは見逃さなかった。

「金は大丈夫だ。間違いなく払う。ちゃんと準備してる。だから翔也の声を聞かせてくれ。頼む……」握り締めた拳がわなわなと震え、涙が頬を伝った。まずい。感情的になったら、犯人側にどんな刺激を与えるか、想像もつかない。おそらく犯人は、翔也の声を聞かせるつもりはないだろう。どうする？　一瞬躊躇《ちゅうちょ》した後、わたしは結城の手から子機をひったくった。結城は唖然《あぜん》とした表情を浮かべたまま抵抗もせず、口を開けてわたしの顔を見詰めるだけだった。

「もしもし」

「誰だ」用心深い、低い声。だが、いかにも間延びして聞こえるその声は、明らかに作ったものだった。

「身代金の引き渡しを担当する者だ」

「ああ？　サツじゃないだろうな」

「警察は何も知らない」

「なるほど。そういうことにしておいてもいい」

今交わしたわずかな会話から、犯人像を絞り込もうとする。男で、どちらかと言えば若い感じ。今まで一度も犯罪に手を染めたことのない人間とは考えられない。妙に余裕のある、落ち着いた話しぶりだ。

「身代金の受け渡し方法について話してくれ。金は用意できる」

「今聞いたよ。さすが、金持ちは違うな」そういう揶揄の仕方は気に食わなかったが、余計な反論で刺激するわけにはいかない。

「今日の午後三時以降なら、何とでもなる」

「三時か。だったらそれまで、ゆっくり待っててもらおうか」

「待つのは構わない。だけど、翔也が無事な証拠を見せてくれないか」

「断る」

「それじゃ、何も信じられない」

「信じる?」疑問形の言葉の後に、低くうねるような笑い声が続く。「信じるもクソもないんだよ。お前たちは、こっちの言う通りにするしかないんだ。それ以外にあのガキを助ける方法はない……また電話する」

「おい、待て!」わたしの呼びかけを無視して、あっさり電話が切られる。それでやっと結城は我に返ったようで、いきなりわたしの手から電話を奪い返した。

「もしもし、もしもし!」切れていることが信じられない様子で、何度も呼びかけた。返事がないのに業《ごう》を煮やし、電話を持った手を思い切り振り上げる。床に叩きつけられた子機が粉々になる様が目に浮かんだが、辛うじて結城は正気を取り戻したようで、ゆっくりと腕が下がった。真っ赤になった目でわたしを睨みながら訊ねる。

「クソ、何て言ってたんだ」

できるだけ正確に会話を再現する。話し終えると、力尽きたように結城が床に膝をついた。絵美は両手で口元を押さえたまま、壁に背中を預けて体を震わせている。部屋全体に湿った重苦しい空気が流れ、全員が言葉を失っていた。

午後三時、予定通り銀行から一億円が運び込まれてきた。結城と絵美にはきちんと応対するだけの気力も体力も残っておらず、金の受け取りは、わたしと長坂が担当せざるを得なかった。これまで一度も見たことのない額。自然と手が震える。

絵美が激しい眩暈を起こし、ベッドで寝込んでしまった。結城は妻の看病を放棄し、ソファに腰かけて足を組んだまま、細く空いたカーテンの隙間をじっと睨みつけている。既に夕暮れが迫り、外の光景はほとんど見えなくなっているのに。

物置代わりの部屋で、わたしと長坂は金を結城のジムバッグに詰め替え終えた。予想以上に重く、肩に担ぐとストラップが食い込む。

「受け渡しには、俺も一緒に行こうか？」長坂がいきなり提案したので面食らった。わたしの戸惑いを敏感に察知したのか、早口で続ける。「いや、犯人は『一人で来い』とは言ってないだろう。一人よりも二人の方が安心できるんじゃないか」

素人が何人いても役に立たない、とは言えなかった。長坂は好意から、あるいは責任感から言ってくれているのだから。無理矢理笑顔を作り、バッグを軽く叩く。

「大丈夫だ。一人でやれるよ。それよりお前は、ここで司令塔兼連絡係になってくれ」ドアがしっかりと閉まっているのを確認してから、一層声を低くして続ける。

「俺はこれから警察と相談する」

「おい――」長坂の顔から血の気が引いた。

「いいから」唇の前で人差し指を立てた。「たぶん犯人は、ぎりぎりの要求をしてくると思う。俺たちに判断や推理をさせないように、金の受け渡しをする時に時間の猶予を与えないはずだ。だから、その時になってから警察に相談している暇はない。俺が身代金の受け渡しに行くことを、今のうちにきちんと説明しておいた方がいい。本当の戦いは、身代金を渡してから始まるんだ」

「しかし、結城がそれで納得するかな」

「あいつは今、冷静な判断力を失っている。何を言っても同じだ。だから、わざわざ教える必要はない。俺が警察に話してくるから、その間、あいつの様子を見ていてくれ。絵美ちゃんのことも心配だし」

「ああ――ああ、分かった」長坂の喉仏が大きく上下する。

「一つ、忠告がある」

「何だ？」

「必要以上に心配しないこと。二人をできるだけリラックスさせてくれ。結城を怒らせない自信があるんだったら、ジョークぐらい飛ばしてもいい」

「まさか」頰が引き攣った。「そんなことしたら、殺されちまうよ」

「とにかく、しばらく待っててくれ」肩を叩き、部屋を出た。そのままマンションを出て、近くのコイン式駐車場に停めておいた車に戻る。二十分百円、一日最大二千円という料金だったが、既に二千円のラインに突入しているだろう。近くに刑事の姿は見当たらなかった。諦めて一旦引き上げているのか、わたしの知らないところで何か動きがあったのか。

運転席に滑り込み、携帯電話を取り出す。N-3Bの前を締めて冷気を遮断し、柴田を呼び出した。

「はい、柴田」

「真崎です」

「どうだ」

「金が用意できました。そっちはどうなんですか？　白い車の手がかりは？」話しても差し支えないと判断する。「ずっとマンションを見張っていた不審な白のセダンの話、聞いてるでしょう」

「ああ。だけどナンバーも車種も分からないから、そこから先は絞りようがないな。で、金の受け渡し方法はどうなってる」

「まだ分かりません。身代金を確認する電話はありましたけど、その後は連絡が途絶えてます」

「電話があった？　連絡は明日の予定だったんじゃないのか」

「犯人が何を考えているかは分かりませんよ……それより、一つ、相談なんですが」

「相談できる立場だと思ってるのか」

「向こうは、俺が身代金を持っていくことを了解しています」

「何を勝手に仕切ってるんだ」柴田が慌ててわたしを非難した。「確かにそういう話はしたけど、勝手に決めるな」

「俺にやらせて下さい」

「無茶だ。お前は民間人なんだぞ」

「柴田さんも、俺に運搬役を任せるって言ってくれたはずですよね。だから俺は、犯人にそう言ったんです」昨日の柴田の態度を思い出しながら、わたしはゴリ押しした。

「いや、あれは、その場の勢いってやつで……」柴田の声が頼りなく消えた。

「今から結城を説得して、正式に警察に介入してもらうのは無理です。まともな会話ができる状態じゃありませんから。常に俺と連絡をつけられるようにしておけばいいじゃないですか。上手くいけば、早く犯人を逮捕できますよ」

「そんなことは、俺一人じゃ決められん」唸《うな》るように柴田が言った。

「まだ時間はあります」目を凝らして腕時計を見やる。街は夕闇に覆われており、車内に忍び込む街灯の明かりは、時計の針を照らし出してはくれなかった。「好きなだけ相談して下さい。結城を刺激しないで犯人に迫る方法は、今のところそれしかない」

「クソ、こんな誘拐、初めてだぞ」柴田が歯嚙みする音まで聞こえてきそうだった。「被害者が警察に届けないなんて、あり得ない」

「でも、実際に起こってしまったんですから……何だったら今の作戦は、俺から提案させてもらってもいい」

「冗談じゃない。お前を捜査会議に加えることはできない」

「だったら、柴田さんのアイディアとして提案して下さい」

「お前、警察の外にいるくせに、俺たちをコントロールするつもりなのか？」

「柴田さん」長年一緒に仕事をした先輩に文句を言うには勇気がいる。しかし、無駄に遣り合う時間を短縮するためには、ちょっとした勇気を振り絞る必要があった。「面子《メンツ》なんか、クソ食らえです」

「何だと」

「そんなもの、捨てて下さい。子どもを助けるのが第一じゃないですか」

「俺に説教する気か」

「何と考えてくれてもいいです。とにかく、俺の話を聞いて下さい。今のところ一番有効な方法はこれしかないんです」

一課の中では激しいやり取りがあったのだろうが、柴田は結局「オーケー」の返事をくれた。それを受けて自宅に戻ったが、部屋には入らず、郵便受けに向かう。わたしが引っ越してくる前、このビルでは盗難が多発した時期があったようで、郵便受けには全て鍵がかかるようになっている。自分の部屋の郵便受けではなく、下の階に入居している弁護士事務所の郵便受けをマスターキーで開けた。犯人が見張っていることを見越してのダミー工作だ。打ち合わせ通り、紙包みが入っている。地下の駐車場に停めた車に戻って、中身を確認した。中身はＧＰＳの端末が二つ。携帯電話程度の大きさのもので、一つはわたしが持ち、もう一つは身代金を入れたバッグに忍ばせる予定である。そのために、バッグには細工を施した。丁寧に調べられたらばれてしまうかもしれないが、金に夢中になっている犯人は気づかないかもしれない。破った紙を丸めて後部座席に放り投げ、端末をＮ‐３Ｂのポケットに落とし込んで車を出した。

山手町に戻る道すがら、奈津の顔がふと頭に浮かぶ。昨夜決めた、「言えないということだけを明かす」というルール。今夜もそれを適応すべきだろうか。いや、彼女は既にこの捜査に巻き込まれている可能性もある。今夜は連絡はなしにしよう。彼女と話す代わりに長坂に電話を入れて、計画を簡単に説明した。彼が完全に理解したかどうかは分からなかったが、一応、頭に入れておいてもらわなくては困る。何かあった時に、結城に説明する役目は彼に回ってくるからだ。

煙草を銜《くわ》えて火を点け、窓を細く開ける。吹き込む寒風に小さな焔《ほのお》が赤く燃え上がり、ちぎれた火の粉が車内に舞った。中華街の東門をかすめ、山下公園と平行して走るこの道は、夜間になると急に人通りが少なくなる。この近くにあるのは県庁、地裁、地検、中区役所。それに新聞社の横浜支局が固まっている。昼の街なのだ。中華街の賑《にぎ》わいは、派手派手しい明かりの形でわたしの横顔を照らし出したが、そこでの浮かれ騒ぎははるか遠い世界の出来事のように思えた。夜は深く、長い。疲れているのに神経が昂《たか》ぶり、足が地面から数センチだけ浮いている感じだった。

## 4

十一時。シャワーを浴びに行った結城が、五分もしないうちに戻って来た。上半身裸のまま、汗と湯が混じって広い肩を流れ落ちている。体を洗うというよりは、眠気覚ましのために冷たい水を浴びただけのようだった。無謀だ。今は肉体的にも精神的にも自分を追い込むべきではないのに。

それからの約一時間、誰も口を開こうとしなかった。耐え難い沈黙だったが、煙草を吸う気にすらならない。電話が鳴りだす気配もなく、一分が一時間にも感じられた。いつの間にか、四人の目が壁の時計に集まる。秒針が一秒ずつを刻み、それに鼓動が重なった。ということは、わたしの心拍数はそんなに上がっているわけではない。いい調子だ、このまま落ち着いていけと自分に言い聞かせ、三本の針が頂点で重なる瞬間を待つ。その時が行き過ぎると、途端に鼓動が緩やかになった。小さく吐息を漏らし、三人を見やる。全員が一気に弛緩《しかん》した様子だった。結城が両手で顔を擦る。絵美は頬杖をついたまま、何度も溜息を零《こぼ》した。長坂は天井を仰ぎ、首を二度、三度と回す。枯れ木を踏むような音が、沈黙に塗り込められた部屋に響いた。

「まあ、何だよ」誰に対するでもなく、長坂が言った。「とにかく少しリラックスしようよ、な？　電話はいつかかってくるか分からない――」

彼の言葉を寸断するように、ダイニングテーブルに置いた電話が鳴りだした。一番近くにいた絵美が、まるで毒蛇が襲いかかってきたように体を捻って距離を置く。疲労の極みにあったはずの結城が立ち上がり、外野を抜けようという打球を追いかけるようなスピードで電話を取った。わたしは反射的に壁の時計を見上げたが、秒針は真下にあった。

「はい……はい、ああ」結城が受話器を右手から左手に持ち替え、ジャージの腿に右の掌《てのひら》を擦りつけた。秒針が一秒を刻む度に苦悩の色が濃くなる。ほどなく、完全に黒く塗り込められてしまうだろう。

結城がちらちらとわたしを見る。助けを求める一方で、この場の主導権を放したくないとまだ考えているようでもあった。無言で手を差し出す。結城は一度耳から離した受話器をもう一度耳に近づけたが、結局無言でわたしに電話を渡した。

「もしもし」

「真崎薫さんだね」前回と同じ作った声だったが、内容ははるかに衝撃的だった。どうして名前が分かった？

「ノーコメント」

「ノーコメントはなしだ。もう分かってるんだから」

何度もこのマンションを出入りしているから、顔を見られた可能性はある。しかし、名前はどこで割り出したのか。前回電話で話した時、わたしは名乗っていない。どうやらこっちの動きは、丸裸になっているようだ。警察と通じていることも察知されていると考えた方がいいだろう。

「あんたを信用していいものかね」

「信用してもらうしかない」

「元刑事を信用するほど呑気じゃない」

「信用してもらうしかない」

「刑事ってのは、辞めてもずっと刑事なんじゃないのか」

「俺は今回、結城の古い友だちとしてこの件に付き合っている。他意はない」

「他意ね」相手が鼻で笑った。「あんたの意図はこの際関係ない。どうせ警察とも通じてるんだろう。俺にはどうでもいいことだ」

「だったら、早く指示してくれ」

「まあ、そう焦るな」

「被害者をいたぶって楽しいのか？」言ってしまってから失言に気づいた。いたぶる。誰を？　結城と絵美の視線がわたしに突き刺さっているのを感じた。「とにかく指示してくれ。身代金は間違いなく渡す」

「結構だ。車は用意できるか？」

「ああ」

「あんたの車？」

「そのつもりだ」

犯人が淡々とわたしのＢＭＷのナンバーを読み上げる。この男はどこまでわたしのことを知っているのか。それを考えると背筋に寒いものが走った。

「ではまず、車に乗ってくれ」

「どこへ行けばいい」

「あんたが車に乗ってから指示する」

「つまり、俺の携帯の番号も知ってるわけだな」

「ノーコメント。連絡を待て。とりあえず、マンションの近くで待機してもらおうか。金を忘れずにな」

「――分かった」短くそう答えざるを得なかった。軽口はなし。相手を挑発してもいけない。掌が汗でじっとり濡れているのを意識した。

「それから、サツには伝えておけ。マンションの周辺でうろうろするなってな。ばればれなんだよ」

相手は何人いるのだろう。わたしの個人情報を割り出し、警察の動きについても把握している様子だ。となると、一人や二人ではないだろう。俺は警察とつながっていないと言いたかったが、余計な言い訳で相手を刺激したくはなかった。

「分かった」

「結構だ。じゃあ、金を持って車で待っててもらおうか」

「一つ、質問がある」

「一つだけならな」

「子どもはどうする？　どこで解放してくれるんだ」

「それは、金を受け取ってから教える」声の調子は一切変わらない。翔也は生きている、とその瞬間に確信した。仮に殺してしまっていたら、もう少し声に動揺が現れるはずである。もちろん中には、人を殺しても何事もなかったかのように振る舞える人間もいる。だが、一見落ち着いて見える人間も、よく観察してみればどこかに異常を抱えているものだ。そして一番異常が表出しやすいのは声である。やけに興奮する、あるいは逆に沈み込む。普段無口な人間が能弁になり、お喋りな男が台詞に詰まる。

「それじゃ何の保証にもならない。あんたを信じるわけにはいかないな」少しだけ挑発することにした。怒りは人の顔を覆った分厚い仮面に穴を穿《うが》ち、そこから本音が漏れることもある。

「保証も何も、あんたはこっちを信じるしかないんだ。主導権は誰が持ってる？　勘違いするなよ」

悔しいがその通りだった。追撃の言葉を思い浮かべることができぬまま、わたしに「車で待機する」とだけ言って、相手が電話を切るのを待った。わずかな間が空く。まだ何か言い足りないのか？　しかしかすかに吐息が漏れるような音が聞こえた後、静かに電話は切れてしまった。

「どうなんだ」結城が詰め寄ってきた。その手に電話を返し、肩を軽く二度、叩いてやる。鍛え上げた筋肉は萎《しぼ》み、死肉のように弾力が感じられなかった。

「焦るな。ここから先は俺の仕事だ」

「どういうことだ」

「車で待機しろ、という命令だ。俺の携帯電話に指示がくると思う。余裕があれば、逐一こっちにも報告するよ――それで、その電話は長坂に受けてもらいたい」

「俺に直接電話してくれ」結城がわたしの両肩を持って揺さぶった。脳震盪《のうしんとう》を起こすのではないか、と心配になるほどの激しさだった。彼の手を摑んでゆっくりと下ろし、同じ台詞を繰り返す。電話は長坂に受けてもらいたい、と。

「どうして」不満をぶつけるように、結城が受話器で腿を何度も叩いた。

「面倒な電話を受けるのも、代理人の仕事じゃないか」

「そんな馬鹿な――」

「じゃあ」軽く手を挙げ、三人に向かって順番にうなずきかける。一番真摯《しんし》な眼差しで見返してきたのは絵美だったが、もしかしたら半分朦朧《もうろう》としているのがそう見えただけかもしれない。

「薫」カーテンの隙間から外を覗いた長坂が、不安気に振り返った。「雨だ」

普段なら気にすることもない。この季節の雨は、滅多に激しくならないからだ。しかしわたしは、奇妙な胸の高鳴りを感じていた。降り始めた雨がやがてわたしの行く手を阻《はば》み、全てをぶち壊しにする序曲であるかのように、窓にぶつかって砕け散る。

ふいに、申し訳ない、という気持ちを感じる。車に乗り込んだ瞬間、血液が沸き立ち、体が熱くなる感覚を覚えてしまったのだ。長年馴染んだアドレナリンの噴出。複数の手がかりがたった一つの方向を指し始める時、闇の中で犯人を追い詰めている時、わたしの体温は確実に高くなっていたはずだ。結城たちの思いを考えれば、興奮している場合ではないのだが、意思で抑えることもできない。

しかしその興奮は、ほどなく平常レベルに下がった。ガソリンを節約するためにBMWのエンジンは切ったままで、車内はしんと凍りついている。寒さはいつでも、興奮を醒《さ》ますための即効的な薬だ。携帯電話は左手に握り締めたまま、N－3Bのポケットに突っ込んでいる。そのために手だけは暖かかったが、足元から這《は》い上がる寒さはいかんともしがたい。立って張り込みしているのであれば、足踏みして体を解《ほぐ》すことができるのだが、今のわたしははるかに悪い状態にいた。BMWの唯一の問題はこの狭さだ。セダンとしては圧迫感のある車内は、運転している時は車との一体感を感じさせてくれるが、長い間座っていると閉所恐怖症に襲われる。

時折、腕時計で時間を確認する。その都度念のために携帯電話の時刻表示も見た。何度かそんなことを繰り返した後、腕時計の時刻表示の方が携帯電話より二分遅れていることに気づく。途端に焦りの脂汗が滲《にじ》み出始めた。犯人が細かく時間を指定してきたら、どちらを当てにすればいいのか。携帯電話で時報を聞き、腕時計の方が合っていることを確かめた。

コイン式の駐車場には屋根がなく、BMWのルーフをリズミカルに叩く雨音が眠気を誘った。思い切ってエンジンをかけると、エアコンが暖気を吐き出し、凍り始めた体が生気を取り戻す。それでもしつこく忍び寄る眠気を追い払うために、CDをかけた。威勢のいい曲が欲しかったが、よりによってリンダ・ロンシュタットが流れ始める。音楽性のかけらもなかったパンク全盛期の一九七七年に、アメリカ西海岸から吹いた涼風。わたしの音楽仲間であるバア「M」のマスター、松田勝《まつだまさる》は「七五年以降のロックはロックと認めない」という極端な持論を持つ七二年生まれの男だが、わたしはそこまで厳密ではない。エレクトロニクス技術とMTVが音楽界を席巻する以前の曲が肌に合うのは事実だが、「何年以前——」という切り方をするのは無意味だ。

　せめて元気のいい曲をと、バディ・ホリーのカバーである『イッツ・ソー・イージー』を選んでボリュームを上げた。少し歪んだ音の軽快なギターリフが耳に飛び込んでくる。この何年か後、リンダ・ロンシュタットはジャズやスタンダードナンバーを歌う歌手になってしまった。何ということか。

　恋をするのは簡単だ、という最後のリフレインが終わった瞬間、計ったように携帯電話が鳴りだす。一息つき、暴れ始めた心臓を宥《なだ》めながら電話に出た。

「車だな？」犯人だ。当然ながら、相手の番号は非通知になっている。

「ああ」

「スタートだ。ガソリンは満タンだな」

「問題ない」ただし、大阪へ向かえと言われたら拒否せざるを得ない。ＢＭＷの直列六気筒エンジンは、二リットルクラスとしては燃費が悪いのだ。

「首都高に乗れ。湾岸線で東京方面だ」

「どこまで行かせるつもりだ？」

「また連絡する」いきなり電話は切れた。こいつはゲームをしようとしているのではないか？　わたしを走り回らせて体力を奪い、判断力が鈍くなってきたところで金を奪うつもりかもしれない。

金の入ったバッグの中、それに助手席に置いた二つのGPSの電源が入っていることを確認してから、シフトレバーを「D」に入れる。ワイパーが濡れたフロントガラスを拭ったが、降りしきる雨は平然と戦いを挑んでくる。どうやらワイパーの方が分が悪い。駐車場を出たところで一度車を止め、柴田に電話を入れる。手の中で電話を握り締めて待っていたのか、呼び出し音が一回鳴っただけで出た。

「今、駐車場を出ました」

「行き先は」

「首都高湾岸線。東京方面へ向かいます」

「何だ、それは」

「分かりません。警察の尾行を警戒しているのかもしれない。長距離を走らせれば、尾行を振り切れるとでも思ってるんじゃないですか」

「GPSがあれば見逃さないさ」

「切ります。また連絡があるかもしれない」

「了解。お前はよく見えてるよ。小さな点だけどな」

電話を切り、慎重にアクセルを踏んで車を出す。今度は長坂に電話を入れた。

「動きだしたぞ」状況を短く説明する。一方的に喋って切ろうとしたが、長坂はまだ情報があるのではないかとしがみついてきた。

「俺に何か隠してるわけじゃないよな」

「何でお前に隠さなくちゃいけないんだ」彼の疑心は、わたしの神経を逆撫でした。「とにかく、次の動きがあったらまた連絡する。この電話は空けておかないと」

「ちょっと——ちょっと待て。結城に代わるから」

一刻も早く電話を切りたかったが、すぐに結城が電話に出てきた。

「俺だ」言葉が続かない。怒りと興奮の時間は終わりを告げ、彼の脱力感だけが伝わってきた。

「ああ」

「頼む」

それだけ言って、結城が電話を切った。頼む、か。あいつは滅多にこんなことを言わない。例えば高校三年の夏、県大会の四回戦。二対二の同点で試合は進み、わたしたちのチームは九回裏ツーアウト二、三塁とサヨナラのチャンスを摑んだ。バッターは結城。その試合でも既に三安打を放っており、相手チームは当然敬遠策に出た。ツーアウト満塁。バットを置いて一塁へ向かいかけた結城が振り向き、打席に向かうわたしに向かってかけた一言——「頼む」。あの傲慢な男がどうして、とわたしは耳を疑った。自分で打って決めたかっただろう。打つ自信もあっただろう。それが叶わず、さほど当てにならない五番バッターに後を託す悔しさ。しかしあの時のわたしは、そうは考えなかった。結城は俺の力を信じて、自分のパワーを送ってくれたのだ、と確信していた。今思えば、顔から火が出る勘違いである。何しろあの日のわたしは、それまでの四打席で三回三振していたのだから。だがわたしは、結城の声にこたえることができた。五球ファウルで粘った末、押し出しの四球。打点一。五回戦への切符。

「頼む」と言わない人生。自分の腕一本を信じ、チームスポーツの中でも我を貫き通した日々。自分以外は信じるな、というスローガンを心の中に掲げていたのではないだろうか。そんな強い気持ちがなければ、プロであれだけ安定した成績を残せるわけがない。

　結城の人生は永遠に変わってしまった。人に頭を下げた事実は、死ぬまで頭から離れないだろう。これからは、どんなに傲慢に振る舞っても、屈辱だったこの瞬間を忘れることはないはずだ。普通の人にとっては当たり前の出来事であり、遅かれ早かれ、誰でもいつかはそういう壁にぶち当たる。ただし結城の場合は、遅過ぎたのかもしれない。年を取ってから罹《かか》った麻疹《はしか》は、子どものそれとはまったく違う悪影響を人に与える。

　雨で、首都高は五十キロ制限になっていた。難しいドライブになる。制限速度を守る車はほとんどなく、どうしてもそれに合わせなければならなかったからだ。犯人は、わたしがどの程度のスピードで走っていると想定しているのだろう。何時にどこへ行かせるつもりなのか、まったく読めなかった。ひりひりとした緊張感が全身を波のように洗う。ベイブリッジを渡り、ひたすら都心を目指す。大黒《だいこく》ジャンクション、東扇島《ひがしおうぎしま》のインターチェンジを通り過ぎ、浮島《うきしま》を越えて多摩川を渡り、東京に入る。空港中央のインターチェンジを過ぎた時、電話が入った。

「東京に入ったか?」

「空港を過ぎた」

「飛ばし過ぎだな」

「緊張で足の自由が利かないんだ」

犯人が低く笑う。既に金を手中にしたと確信しているように、声に余裕があった。

「今夜は雨がひどいな。飛ばし過ぎて事故を起こされたら困る」

「安全運転を心がけるよ」

「結構だ。レインボーブリッジ経由で環状線に入って、そのまま三号線に出ろ」

「金はどうする」

「抱いててくれ」

「それじゃ運転できない」

　今度はさらにはっきりとした笑い声が届いた。相変わらずボイスチェンジャーを使っているようだが、ひどく耳障りで神経を逆撫でする。

「とにかく三号線に入れ」軽口を打ち切り、犯人が繰り返した。「また連絡する」

「腹が減ってきたんだが」相手にどこまで余裕があるのか測るために、封印してきた軽口を見舞った。「六本木で降りて飯を食っていいかな。今夜は長くなるんだろう？」

「三号線に入れ」笑うわけでもなく怒るわけでもなく、淡々とした口調で三度目の指示を与え、犯人が電話を切った。

　即座に柴田に電話を入れる。現在位置を伝える前に、こちらの居所を摑んでいるかどうか、訊ねた。

「湾岸線の東京湾トンネルを抜けた辺りだな」

「正解です。GPSは頑張ってるみたいですね」

「ああ……指示は？」

「首都高環状線から三号線へ入れ、と。そこから先の指示はまだです」

「犯人はどんな様子だ」

「落ち着いてますね」

「お前もかりかりするなよ」

「俺は大丈夫ですよ。一課の皆さんの方がかりかりしてるんじゃないですか」

「火花が散りそうだよ。煙草に火を点けたら爆発するかもしれん」

「いい機会だから禁煙したらどうですか」

「ほざけ……切るぞ。電話を空けておかないとまずいだろう」

「一人でドライブしてるだけだから暇なんですよ」

「自分の役目を果たせ」

「俺はもう警察を辞めた人間ですよ。必要以上の指示は受けません」抗議したが、既に電話は切れていた。間髪を入れず長坂に電話を入れ、状況だけを短く伝える。彼は「分かった」とだけ言って電話を切った。

　雨のせいで、環状線は所々混み合っていた。特に路面が傾斜しているところではスピードを殺され、テールランプが赤い列を作っている。相手が想定している時間に遅れているのではないかと焦りながら、ダンスを踊るように足首を小刻みに動かして、アクセルとブレーキを操作する。三号線への合流路では車が長い列を作っていたが、そこを抜けて六本木のビル群の中に飛び込むと、流れはようやくスムースになった。カーナビもこの先東京と神奈川の境まで、渋滞がないことを示している。ダッシュボードの時計は十二時五十五分を指していた。雨脚が弱まる気配はなく、時折自分の車が跳ね上げる水が窓を濡らす。ラジオも音楽もなし。雨の音とロードノイズが混じり合って車内に入り込んできたので、携帯電話が鳴るのを聞き逃すのを恐れ、ハンドルを握ったまま左手で持っていることにした。継ぎ目を踏んでハンドルを取られ、ひやりとすることもあったが、運転と携帯電話、両方に何とか意識を集中する。

電話が鳴る気配はなかった。ビルの間を縫うように平坦なルートが続き、運転に気を遣わなくなる。おかしい。このまま東名に乗れということなのだろうか。しかし、用賀《ようが》出口まで八百メートルという看板が見えた瞬間、電話が鳴りだした。

「どうだ、池尻辺りか」

「間もなく用賀だ」

「随分早いな。そこで降りろ」

出口付近の道路は緩い右カーブになっていた。慌ててハンドルを切って左車線に飛び込み、環八へ続く出口に入る。

「どうした」犯人の声にわずかに焦りが混じる。慌てて事情を説明した。

「用賀を通り過ぎる寸前だったんだ。環八に出たらどうする」

「左へ――大森方面へ向かえ」

「それで第三京浜に乗るわけか」

一瞬犯人が沈黙する。図星か、とも思ったが、指示は別のものだった。

「瀬田の交差点——分かるか」

「環八と玉川通りの交差点か？」

「それじゃなくて、用賀駅へ向かう旧道と環八の交差点だ。そこを左折して、用賀駅へ向かえ」

カーナビで地図を確認する。五差路になっているようで、玉川通りの直前で左折することになるようだ。目印はないが、大きな交差点だから見間違えることはないだろう。

「それで？」

「百メートルほど行くとコンビニエンスストアがある。そこの電話ボックスだ」

「コンビニエンスストアの電話ボックス。了解した」

「そこを覗け」

「電話ボックスを？」

「そう言ったはずだが」

「分かった」

分かっていなかった。電話ボックスがどんな役目を果たすのか、想像もつかない。しかし、わたしに質問する猶予を与えず、一方的に電話は切られた。車をゆっくり走らせながら、柴田と長坂に電話を入れる。そうしながらも、わたしの頭はめまぐるしく回転していた。犯人は——少なくとも共犯者はすぐ近くにいる。そして現場は警視庁の管内に移動した。ややこしいことになったことを悟り、思わず舌打ちをする。警視庁と神奈川県警の不仲は長い歴史を持ち、容易には解決できないものである。この件で、神奈川県警から警視庁に連絡は入っているのだろうか。入っているにしても、警視庁はきちんと動いてくれるだろうか。柴田たちはわたしの車を尾行しているはずだが、それほど大人数ではあるまい。何かあった時に、神奈川県警だけで対応できるとは思えなかった。

犯人が指示した電話ボックスはすぐに見つかった。すぐ脇に車を停め、電話ボックスへ五メートル歩いただけで頭からずぶ濡れになる。ボックスに入ると、電話機の上に一台の携帯電話が置いてあるのが見つかった。わたしがそれを見つけるタイミングをどこかで見ているように鳴りだす。慌ててハンカチを引っ張り出して取り上げ、電話に出ると、すっかり馴染みになった犯人の声が耳に飛び込んできた。

「電話は見つけたな?」

「ああ」

「お前の電話をそこに置いて、今話している電話を持っていけ」

「困るな。彼女から電話がかかってくる予定なんだ」

「おふざけはお終《しま》いだ」声は冷徹さの度合いを増した。「自分の電話を置いてそこを出ろ。第三京浜に入れ。五分やる」

「待ってくれ。環八は渋滞がひどい」

「五分あれば十分だ」

「分かった」逆らいようがなかった。クソ、犯人はすぐ近くでわたしの動きを見張っているに違いない。柴田に連絡する暇もなく、自分の携帯電話を公衆電話の下、電話帳が乗った金属製の台に置いてボックスを出る。髪から雨の滴《しずく》が零れ落ち、頬を伝った。その冷たさが、わたしの焦りと怒りに拍車をかける。犯人が寄越した携帯電話で柴田に連絡を入れることを考えた。駄目だ。余計なことをすれば、犯人側に知れてしまうかもしれない。この闇と雨のどこかに、犯人は身を潜ませている。そして都会は——用賀は都心というわけではないが——悪が隠れるのに最も適した場所なのだ。

狡猾《こうかつ》だ。自分の携帯電話がないだけで、ここまで不安になるとは。わたしはGPSの他に無線を要求したのだが、それは柴田に却下されていた。もう少し粘っておけばよかった、と悔やむ。その気持ちを何とか断ち切り、三点ターンで車の向きを変えて環八を目指す。フロントガラスを叩く雨は、この事件の行く末のように視界を曇らせていた。

第三京浜に入ってすぐ、多摩川を渡る橋に差しかかる直前になって電話がかかってきた。着信音が古めかしい黒電話のそれになっていたので、一瞬混乱する。犯人は遊んでいる、と確信した。

「そのまま走れ」

「第三京浜か、横浜新道か？」第三京浜は総距離が短い上に、雨が降っていても車の流れは速い。二つの道路の分かれ道になる保土ヶ谷インターチェンジまでは十五分で着いてしまうだろう。

「第三京浜だ。十五分」それだけ言って相手が電話を切る。

口の中で悪態を押し潰し、両手をハンドルに添えたまま携帯電話をチェックした。通話ボタンを押してから耳に当ててみたが反応がない。機械的に発信を規制しているようだ。どこかをいじればそれを解除できるはずだが……雨の中、運転しながらそれをするのは至難の業《わざ》だった。諦め、助手席にあるＧＰＳを命綱と決めた。とにかく柴田たちは、わたしの居所を掴んではいるだろう。

車が神奈川県内に入ると、途端に緑が濃くなる。昼間は青々とした光景が運転の疲れを癒してくれるのだが、今は暗闇を一層濃くする効果しかなかった。十五分。第三京浜を走っている状態で金の受け渡しはできないから、一般道路に降りる指示があるはずだ。向こうは保土ヶ谷辺りを想定しているのではないだろうか。間に合わなかったら……犯人の思惑だけで焦《じ》らされるのは気にいらなかった。非常に気にいらなかった。しかし今は、向こうの言い分に従うしかない。

バックミラーを覗き込む。雨で、後続の車のヘッドライトがぼんやりと滲む光景しか目に入らなかったが、柴田たちは近くにいるのだろうか。あるいは犯人も。二台の車が平行して走っている可能性もある。想像するとかなり笑える光景だったが、笑いは封印することにした。全ては身代金の受け渡しが済んでからである。助手席に置いたバッグを見やる。夜目にも目立つ真っ赤なジムバッグはビニール製で、雨には強そうだったが、それをさらに大きい目のゴミ袋二枚でくるんでいた。GPSは、シューズ用のポケットの奥に突っ込んである。そこに布を当て、一見しただけでは分からないようにしておいた。犯人は、すぐには気づかないだろう。何よりも先に、金をバッグから取り出そうとするはずだ。その間にこのバッグのありかを特定できれば……しかし犯人がGPSに気づけば、翔也の命が危ない。極めて細いロープの上で曲芸をしていることに、今さらながら気づいた。

保土ヶ谷料金所の短い列に並んだ途端、電話が鳴りだす。

「三ツ沢だ」

「で？」

「浅間下《せんげんした》の交差点へ向かえ」

　その先は、緩やかなカーブを描きながら横浜の中心部に向かう道路だ。浅間下交差点の近くには自動車教習所があったはずだが、それ以外は一戸建ての家が建ち並ぶ住宅地である。何ということはない、わたしは大きな円を描いて、スタート地点の近くに戻って来ただけだった。深い闇に迎えられ、わたしは背筋に冷たいものが流れだすのを感じた。一般道路に合流してアクセルを踏んだ途端、また電話が鳴りだす。

「軽井沢《かるいさわ》中学校のところを左に曲がれ」

「自動車学校の手前だな？」

「そうだ」

「その後、どこまで行く？」

「二百メートルほど行くと空き地がある。そこまで行け」

「分かった」

　今度は三分ほどのドライブだった。空き地とは言っても、すぐ側に団地がある。人気《ひとけ》はなかったし、わたしの気配を消すように雨が降っているが、ここで一騒動起こせば誰かが気づく可能性もある。空き地は鉄条網で道路から遮断され、中には背の高い雑草が生い茂っていた。鉄条網には連絡先として不動産屋の看板がかかっているが、既に錆《さ》びつき、書かれている文字は読み取れない。エンジンをかけたまま、次の連絡を待った。無意識のうちに腕時計に目をやる。サイドブレーキを引いてから五秒……十秒。電話が鳴った。

「子どもは空き地の脇の空き家にいる」

「見えてる。あれは民家か？」雨の中、ほとんど崩れそうになっている平屋建ての家に見えた。

「元民家だ。子どもはその中にいる」

電話は切れた。わたしは電話を握ったまま車を飛び出し、足元の水溜りを派手に蹴飛ばしながら走った。十秒後、ドアに辿り着いて手をかける。鍵がかかっていた。クソ、嘘なのか。ゲームはまだ続いているのか。

エンジンが叫びを上げる音に振り向く。わたしのＢＭＷが動き始めていた。慌てて追いかけようとした瞬間、背後で空気がふいに揺れた。闇から飛び出した気配が迫ってくる。気配ではなかった。明確な意思を持って狙っている。雨が切り裂かれ、空気が動く気配がした。足が滑る。瞬時に体を捻《ねじ》り、直撃を避けることができたのは、逮捕術で鍛えた勘と反射神経があったからだ。衝撃を受け止めた頭蓋骨《ずがいこつ》は、何とか脳を守ってくれたが、意識を保ったままでいることはできなかった。濡れた地面に突っ伏す寸前にわたしが見たのは、暗く、深く空いた穴だった。

# 第三章　沈滞

## 1

目覚めて最初にわたしが見た——感じたのは光だけだった。朝なのか？　しかし視界を埋める光は鋭く、朝の柔らかさとは無縁だ。

薄目を開けていたのだと気づき、意を決して思いきって瞼《まぶた》を開いてみる。途端に光が奔流になって頭に流れ込み、天地がひっくり返った。慌てて目を閉じ、歯を食いしばる。眩暈《めまい》は潮が引くようにゆっくりと去っていったが、目を開けた時に周囲の光景を何一つ認識できていなかったことに気づいた。後頭部を殴られたはずだが、そういうショックは、視神経に致命的な影響を及ぼすことがある。視力を奪われたまま残りの人生を送ることを考えると、吐き気が込み上げてきた。

「おい、起きろ」

耳は無事だった。だが何故か、誰のものとも分からないその命令に背きたくなる。声を無視して、自分の犯したヘマについてしげしげと考えていると、肩を揺さぶられた。

「とっとと起きろ、この間抜け」

「それはないんじゃないですか、柴田さん」何も考えていないのに声が出た。自分を粗末に扱っているのが柴田だということは認識できている、と気づいて少しだけ安心する。

恐る恐る目を開くと、またもや光が飛び込んできて脳に突き刺さったが、今度は何とか周囲の状況が把握できた。そうしてようやく三つの要素——視覚と聴覚と触覚——が一つにまとまる。後頭部には鈍い痛みが残り、眩暈で体を正しい位置に保っておくことさえ難儀する。布団が暑苦しく、額に汗が滲んでいるのを感じた。病室だ。消毒薬の臭いが鼻を刺激する。反射的に腕時計に目を落としたが、二時過ぎで止まっており、針はぴくりとも動かない。

「この野郎、やっと生き返ったか」柴田のいかつい顔に安堵の表情が浮かぶ。

「今、何時ですか?」

「九時だ」

「朝の?」

「当たり前だ」

　あれから七時間ほどが経過してしまったわけか。七時間。全てがどぶに流され、取り戻せなくなるには十分過ぎる。そっと頭を振ってみると激しい頭痛が襲ってきたが、致命傷でないことは今では分かっている。自分が死んでから行く場所に、柴田がいるはずはないのだ。徹底したリアリストであるこの男は、天国にも地獄にも存在し得ない。

「謝罪します」機先を制して頭を下げる。

「まあ、何だ」わたしがあっさり謝ったので、柴田も毒気を抜かれたようだ。「今回は向こうが一枚上手だったな」

「子どもはどうしました」

　柴田が無言で首を振る。一日分の無精髭《ひげ》が顔の下半分を蒼く覆い、目は真っ赤だった。目の下の隈《くま》も色濃い。

「結城は？」

「今、家でうちの連中が事情を聴いてる」

「事情聴取に応じたんですか」

「この状況なら仕方ないだろう。もう手遅れかもしれんが」言ってしまってから、失言を取り消そうとするように首を振る。

「金は？」

「あんたの高級外車と一緒に行方不明だ」

「GPSはどうしました？」彼の皮肉を無視して訊《たず》ねる。

「役に立ってくれたさ、途中までは」深い溜息。「一台は綱島近くの鶴見川で行方不明になった。もう一台は港北署のすぐ近くで発信が消えた」

「犯人は港北区内で車を処分して、金をバッグから引き出した」

「あるいはGPSは捨てて、車で逃げているのかもしれん」

「車で逃げているなら、見つかっているはずでしょう。車は処分されたんですよ。今頃どこかの川に沈んでいるかもしれない」クソ。ローンを払い終えたばかりなのに。

「保険屋は渋い顔をするだろうな」

「そんなことはどうでもいい」

「ああ、そうだな」柴田が顔を逸《そ》らした。勝率十割の刑事など、どこにもいない。常に敗北と背中合わせだと言ってもいいぐらいだが、今回の負けは痛過ぎる。事件の端緒を摑んでいながら被害者の両親の説得に失敗し、警察と関係のない人間に身代金の受け渡しを任せた上で金を奪われたのだから。刑事部長レベルではなく、本部長の首が飛んでもおかしくない失態である。自分もその輪の中にはまり込んでしまったことを、強く意識せざるを得なかった。しかもわたしはこの捜査における異分子であり、警察も処分に困るだろう。

「体はどうだ」

「生きてますよ。生きてる価値もないけど」

「自棄《やけ》になるなって。話せるな？」

「今、馬に食わせるほど話したじゃないですか」

「後で問診がある。それで何でもなければ、本部に来て喋《しゃべ》ってもらうことになるからな。了解してるな？」

「——ええ」顔に不満を滲ませたつもりだったが、柴田には通じなかった。

「何か欲しいものは？」

「人質の子どもの笑顔」

唇を引き締めた柴田が、わたしの顔を長々と見つめていた。わたしの望みは絶対に実現しないということを、その表情は露骨に告げている。追い込んではいけないと、わたしは一つ溜息をついて小声で言った。

「できれば濃いコーヒーを」

「分かった。奢《おご》ってやるよ」

「ところでここはどこなんですか？」

「けいゆう病院だ」ということは、わたしはみなとみらい地区に運ばれたことになる。「下の喫茶店で買ってきてやるよ」

『アット！』にスターバックスがあるでしょう。そっちがいいんですけど」

「遠いぞ」柴田の顔が歪《ゆが》んだ。

「俺はこれから一課でこってり絞られるんでしょう？　スターバックスのコーヒーを飲まないと、耐えられそうもない」

「勝手な奴だ」

「エスプレッソをダブルでお願いします。後で請求書を回してもらってもいいですよ」

「減らず口を叩くな」

肩をすくめて非難をやり過ごし、暖かな病室の中でじっと動きを潜めていた。スターバックスまで、往復で十分はかかるはずだ。意識が次第に鮮明になる中、わたしはどうして柴田をこの部屋から追い出したかったのだろう、と訝《いぶか》った。一人になって考えたいことがあったのは確かだ。だが情報は、誰かがわたしの頭に一撃を加えた地点で切れている。奈津に会いたい、と思う。だが彼女に会わないことこそ、この失態に対する罪滅ぼしになるのではないか。

罪を償う機会はなかった。突然ドアが開き、奈津が顔を見せたのだ。途端に鼓動が跳ね上がり、血流が頭痛を増幅させる。彼女は椅子を引いてベッドの脇に座り、無言でわたしの手を取った。ひんやりとした手の感触で、外は今日も寒いのだと知れる。

「生きてるよ」十秒ほど続いた沈黙に耐え切れず、わたしは言った。奈津の顔に、ささやかな笑みが浮かぶ。

「一課に呼ばれるわよ」

「もう呼ばれた。さっきまで柴田さんがここにいたんだ」

奈津が溜息をついた。自分がここで何を言っても無駄だということに気づいている。その顔を見て、自分が何をしたいか、何をすべきかをわたしは悟った。

「俺の車も金も、まだ見つかっていないみたいだな」

「そうね」

「人質の手がかりもなし？」

「残念だけど」奈津が肩をすぼめる。体のラインに綺麗に合ったスーツに細い皺《しわ》が寄った。「先に言っておくけど、犯人の手がかりもゼロよ」

「俺の携帯は――」

「没収」唇を歪ませて、奈津が短く宣した。「昨夜はこっちと警視庁で衝突寸前だったのよ。あなたが警視庁の管内に入って動き回ったことが、向こうには全然伝えられていなかったから。公衆電話を現場保存しようとして、一悶着《ひともんちゃく》あったらしいわ」

「またやっちまったのか」わたしは顔が歪むのを意識した。長年続いている警視庁と神奈川県警の縄張り争い——下らない面子《メンツ》をかけた喧嘩は、捜査の効率を限りなくゼロに近づける。「相変わらずだな。現在の状況は？」

「ほとんど何も分かっていないわ。途中でＧＰＳを追跡できなくなったから、あなたが車を停めた場所を捜索した。それで、あなたが倒れているのが見つかったのよ。でも、車と犯人に関する手がかりはなし」

「結城のところに電話は？」

「今のところは何の連絡もないみたい」

「これからの捜査は、犯人から十歩遅れたところで始まるわけだ」

　奈津がハンドバッグを探り、車のキーを取り出した。手を伸ばしてベッドの上に差し出したので、掌《てのひら》を広げるとそこに落とし込む。二か月前に買ったばかりの、彼女のミニのキーだった。意外なことに彼女にとっては初めてのマイカーで、車種選定に際しては、わたしが強く推した。さほど大柄ではない彼女には、あのサイズがぴったりだと思ったから。その予感は当たったが、わたしは数回しか乗っていない。彼女にとって適正サイズということは、わたしには窮屈なスーツに無理に袖を通すようなものだから。

「車が必要でしょう」

手を握ると、キーが掌に食い込んでかすかな痛みを呼ぶ。それは頭に巣くう嫌な痛みと違い、自分が生きていることを感じさせるものだった。

「ルールなんて、簡単に破れるのね」奈津が柔らかい笑みを浮かべる。「わたしは、知らないふりをしているべきなのに」

「そうだよ。立場が悪くなるかもしれない」

「知らぬ存ぜぬで押し通すわ」

「だけど、どうして？」

「わたしが言わなくちゃ分からないことかな。あなたにはもう、答えは分かってると思うけど」

「——これは俺の事件だから」

「そういうこと」

布団を撥ね除ける。怒りと興奮で気持ちが昂《たか》ぶり、一際激しい眩暈が襲った。ベッドの上でゆっくりと体を回転させ、足を下ろす。ひんやりとした床の感触が足の裏に伝い、意識を鋭く尖《とが》らせた。

「着替えを手伝ってもらうわけにはいかないかな」

「それは、パス」奈津が立ち上がった。手を貸すべきところとそうでないところの間に彼女なりの線引きをしているようだが、わたしにはまだそれが読めない。

「それがルールの一つ？　着替えを手伝わないということが？」

「そういうことにしておきましょう」奈津がちらりと腕時計を見た。「時間がないわよ」

　彼女が出て行った後、着せられていた浴衣のような服を脱ぎ捨て、事件の名残《なごり》をまとった服に着替える。まだ湿った服は嫌な感じがしたが、着てしまうと気にならなくなった。ドアから顔を突き出して廊下の左右を見渡し、一歩を踏み出す。それは警察にがんじがらめにされることを避けるための一歩でもあり、より困難な道を歩み出す一歩でもあった。


　ミニのシートポジションを自分の体型に合わせるのに、ひどく苦労した。足元は狭く、頭上にもほとんど余裕がない。棺桶《かんおけ》に入るのは、こんな気分ではないだろうか。頭の中でこの車のスペックを再現した。エンジンは一・六リッターのキャパシティから百七十五馬力を搾り出すのに対し、車重は一・二トンしかないから、昔懐かしのコンパクト・ハッチという言葉がよく似合う。何度か助手席に座ったのと、自分でハンドルを握ったのでは、運転感覚はまったく別物だった。同じＢＭＷグループの車だから、重厚な軽快感とでも言うべき特徴的なハンドリングを引き継いでいるのではないかと想像していたのだが、ＢＭＷの技術陣、経営陣は、イギリス車の伝統をドイツの技術で継続させることを選んだようだ。ミニは滑るような走りを見せる。かくしてわたしは、折り畳んだ膝と伸び切った腕という不自然なポジションを我慢したまま、この小さな車を振り回す羽目に陥った。

雨は上がっていたが、雲は低く横浜の街を覆っている。とにかく結城、あるいは長坂と連絡を取らなくてはならないが、携帯がないと何もできない。あれほど何回も長坂の携帯電話に連絡を入れたのに、番号は頭からすっぽり抜け落ちていた。結城の家の番号は覚えているが、今かけるわけにはいかないだろう。家に詰めている刑事が受話器を取る可能性がある。即座に切っても、その瞬間、わたしは姓名不詳のまま容疑者のリストに加えられるかもしれない。

一つだけ方法がある。自宅に取って返し、ビルを監視できる場所にしばらく車を停めておいた。煙草を二本灰にしたところで、誰も見張っていないと確信し、地下のガレージに車を入れる。そこから部屋まで直通で上がれるエレベーターがあるのだ。ドアの前で誰かが待ち構えている可能性を想定したが、誰もいない。わたしを探し回るほどの人手がないのだろう。

部屋に入り、このままベッドに倒れ込みたいという欲求と戦いながら、コーヒーの準備をした。普段より濃くして、ポットが満たされるのを待つ間に、長坂に貰《もら》った名刺を探す。袖机の一番上の引き出し、Ａ４サイズの名刺フォルダの一ページ目にあった。事務所と携帯電話の番号が書いてある。名刺をフォルダから引き抜いて財布に落とし入れ、引き出しを漁《あさ》って両切りのラッキーストライクを見つけて火を点《つ》けた。いつもの煙草よりきつい吸い味が眩暈を呼び起こしたが、それが去った時には意識が明瞭《めいりよう》になっていた。コーヒーを二つのカップに注ぎ入れて両手に持ち、そろそろと階段を下りる。この部屋で電話をかけていると、警察に感づかれるかもしれないから、下の弁護士事務所で電話を借りるつもりだった。「横浜中央法律事務所」の文字が入ったすりガラスの向こうに、人影が見える。世の中はとうに動き出していて、一息ついている人もいる時間だ。

安東は予想通り自分の部屋に籠《こも》って、十時のおやつを楽しんでいた。何故かこの男はいつも事務所にいて、わたしが会いに行く度に何かを食べている。今日も、口の端に白いクリームをつけていた。

「『かもめパン』のクリームパンですか」

「は？」

コーヒーが零《こぼ》れそうになっているカップをデスクに置くと、何も聞かずに音を立てて啜《すす》った。

「ここにクリームがついてますよ」自分の口元を指差した。

「こいつは下のコンビニで買ったシュークリームですよ」

「何であなたが糖尿病にならないのか、さっぱり分からないな」

「気合ですよ、気合。気合があれば病気にはならない」傍らのペン立てから花のように生えたスティックシュガーを抜き取り、コーヒーに加える。一口啜って顔をしかめた。「えらく苦いですね」

「眠気覚ましですよ」

「何時だと思ってるんですか」

「世の中、規則的に働いている人ばかりじゃないんです」

「こっちはとっくに目は覚めてますよ。で、ご用件は？」両手を組んでデスクに置き、ぐっと身を乗り出す。やる人によっては相手に威圧感を感じさせる仕草だが、この男の場合は威厳のかけらもなかった。

「電話を貸して下さい」

「は？」

「電話」デスクの左端にある内線電話のＰＨＳ端末を指差した。「分かりますか？それが電話っていうものです」

「自分の電話を使えばいいじゃないですか」

「携帯をなくしましてね」言ってから、警察がわたしの携帯を調べたら困ったことになる、と悟った。事件の関係ではない。着信も発信も、かなりが奈津の番号なのだ。わたしと付き合っていることが表沙汰になったら、奈津の立場が揺らぐ可能性もある。

「自分の部屋にも電話ぐらいあるでしょう」

「それを使いたくないいんですよ」

「何言ってるんですか、いったい」憤然として安東が腕組みをした。鼻が二度、大きく膨らむ。「あのね、こっちは仕事中なんですよ。邪魔しないで下さい」

「シュークリームを食べるのが仕事？　初耳ですね。とにかく、コーヒーを奢ってあげたでしょう。電話ぐらい貸して下さい」

安東がカップを見下ろした。しまった、という表情が浮かんでいる。この男は、バランスシートを異常に気にする男なのだ。コーヒー一杯で負債の天秤《てんびん》が自分の方に傾いたのに気づき、安藤が電話を取り上げてわたしに差し出す。受け取り、右手をドアの方に向けた。

「まだ何か？」彼の顔に怪訝《けげん》そうな表情が浮かぶ。

「聞かれたくない話なんです」

「出て行けと？　自分の部屋なのに？」

「はっきり言わないと分からないんですか」

「これは一回、貸しですよ」椅子を蹴飛ばすように安東が立ち上がる。必要以上に大きな音を立て、ドアを閉めた。十数え、さらにドアに耳を押し当てて彼の気配がないことを確認してから長坂の携帯の番号を打ち込んだ。出ないかもしれない、と想像していたのだが、呼び出し音が二回鳴っただけで出てきた。こちらの番号が表示されていないのだろう、声に露骨な不信感を滲ませる。

「俺だ」

「薫！」叫び声は「かお」までで、「る」はほとんど聞こえなかった。何かを擦《こす》るような音、それにばたばたと足音が続く。どこかへ移動しているのだ。おそらく彼はまだ結城の家にいて、近くを刑事たちが固めているのだろう。聞かれないために部屋を出たのではないか、と想像した。もっとも刑事の勘は馬鹿にできない。「かお」という中途半端な言葉だけで、電話の相手がわたしだと悟った人間がいる可能性もある。

「大丈夫なのか、お前」

「ああ、電話できるぐらいには」

「事情は聞いたよ。怪我はどうなんだ」

金のことより先にわたしの体を心配してくれている。胸に熱いものが込み上げてきたが、それを無理に噛み殺して続けた。

「俺のことは心配いらない。それより結城はどうなんだ」

「刑事が怪我をした」

「は？」

「夜中から——お前が襲われた後から、警察が家に入り込んでるんだ。その中に、何か奴の癇《かん》に障《さわ》るようなことを言った人がいたらしい。ぶちのめしちまったんだよ」

「勘弁してくれ」わたしはやんわりと額を揉んだ。「そういうことを止めるのも代理人の仕事じゃないのか」

「無理だ。俺とあいつじゃ体のサイズが違い過ぎるよ。それにあいつは昔から格闘技が好きだったから……相手の刑事は危うく腕を折られるところだったんだぜ」

「腕ひしぎ逆十字か？　家の中で？」

「関節大魔神」

そんな場合ではないのだが、思わず頬が緩んでしまった。結城は高校生の頃から格闘技ファンだったが、見るだけではなく自分でやることも熱心で——事実、野球を始めるよりも、街の道場で空手を習い始めた方が早かった——柔道でも黒帯を取るほどの実力者だった。高校生ぐらいだと、どんなに練習で疲れていてもその後の「おふざけ」があるもので、結城もしばしばチームメートを血祭りに上げていた。

その頃から飛び抜けて体が大きかったから、時には悪ふざけというには度を越したものになってしまったのだが。

「まあ、さすがにあいつも頭を冷やしたと思うけど……まったく、どうしたらいいんだ」

「翔也の情報は何もない？」

「残念だけど」

「勝負はこれからだ」

「え？」長坂が間の抜けた声を出した。延長十八回を戦い、明日は再試合だと告げられた後で、それは間違いでこれからまだ延長戦が続くと教えられたようだった。

「このまま終わらせてたまるか。翔也は俺が必ず見つけ出す」

「無理するなよ。結城も、警察が捜査することに関しては納得したんだ。これ以上お前を危ない目に遭わせるわけにはいかない」

「そう言ってもらうのはありがたいけど、俺としては黙って見ているわけにはいかないんだ」

「何言ってるんだ」

　意地。プライド。様々な言葉を連ねて説明することはできたかもしれないが、わたしは敢えて沈黙を選択した。しばし無言の時間が過ぎた後で、わたしは淡々と今後の連絡方法を決めた。

「携帯電話はできるだけ早く手に入れる。その時点でまた連絡するから、いつでも出られるようにしておいてくれ……それと、結城と話したいんだけど、無理かな」

「しばらく無理だと思う。刑事がべったり張り付いてるんだから」

「分かった。できるだけ早く連絡する」

「これから何をするつもりなんだ？」

「ケツを上げて聞き込みに行くんだよ。俺には、他にできることはない」

　電話を切り、あちこちをいじってリダイヤル機能を呼び出して、かけたばかりの長坂の番号を消去する。通話記録を調べれば一目瞭然なのだが、一目で分かるような証拠は残したくなかった。

　ケツを上げて聞き込みに。やることは分かっていたが、あちこちで警察とぶつかることを考えると気が重かった。気が重いだけならともかく、行く手を阻《はば》まれ、有《う》象《ぞう》無《む》象《ぞう》の形で妨害されることは目に見えている。それでも行かなければならないことは分かっていた。わたしはもう、組織の人間ではない。自分で落とし前をつけなければ、救い上げてくれる人は誰もいないのだ。

　新しい携帯電話を手に入れ、すぐに何か所かに連絡を入れた。長坂、それに奈津。二人とも電話に出なかったので、新しい番号をメッセージとして残す。話したい相手と話ができなかっただけで、世界中から爪弾《つまはじ》きにされてしまったような気分になった。既に昼を過ぎていたが、一向に食欲は湧かない。かすかな眩暈も消えなかった。悪い兆候だ。しかし気合を入れ直し、まず自分が襲われた現場に向かう。ミニはまだエンジンとシャシー、操作系が全てぎくしゃくと硬く、常にワンテンポ遅れて動きがついてくるようだった。

現場周辺を流す。東京方面から第三京浜で横浜の中心部へ向かう人が、首都高の料金を節約するために三ツ沢で降りて使うルートなので、いつも混み合っている。この日も例外ではなかった。現場は細い道の途中にある。カーナビで行き止まりでないことを確認してから、車を乗り入れた。案の定、空き地とその脇にある空き家の周囲は、警察車両で埋め尽くされている。随分入念に調べるものだ。わたしが襲われてから、随分時間が経っているのに。あるいは、どれほど時間をかけてもいいほど、手がかりが豊富な現場なのか。

ちらりと横を見た瞬間、鑑識の係員の一人と目が合ったような気がした。わたしより二年、年次が上の渡海《とかい》という男だった。何度も現場で一緒に動いているから、互いに見知っている。一瞬見た彼の顔に浮かんでいたのは疑念ではなく、夜中に出動を要請されて以来延々と続く超過勤務に対する、不満と疲労だけだった。わたしに気づいた様子はない。車が変われば印象も変わるのだ。五年落ちとはいえＢＭＷを手に入れた時は、仲間から「分不相応だ」とさんざんからかわれたものだが、それは今になってプラスに転じている。真崎薫、イコールＢＭＷに乗ったふざけた刑事。ミニは、わたしのそんなイメージから程遠い車である。

見られなかった、と確信してから現場を離れた。運転しながら様子を頭の中で再構築する。しかし、空き地という以外に何もイメージすることができなかった。あの土地も空き家も、所有者を割りだすことはできるだろうが、そこから犯人につながる材料が出てくるとは思えない。

電話が鳴りだした。ちょうどコンビニエンスストアがあったので、駐車場に車を乗り入れて電話に出る。液晶表示に浮かんでいた番号を見た途端、わたしは強い悔恨の念に襲われた。すっかり覚えてしまった結城の携帯電話の番号。

電話口で、彼は「会えないか」と短く言った。

## 2

指定された時刻の五分前に、ＪＲ横浜駅近くにあるスポーツジムに到着する。ゲームセンターやカラオケボックス、レストランも入った雑居ビルで、地下の駐車場にミニを乗り入れると、結城のメルセデスがすぐに見つかった。できるだけ離れたところにミニを停める。わたしは彼の行動を、はっきりと疑っていた。金を奪われ、子どもも帰って来ない状態でトレーニング？　あり得ない。体を動かすことは、彼にとっては冷静でいるための手段かもしれないが、家に絵美を一人で残したことについて、わたしは憤りを感じていた。こういう時こそ一緒にいるべきではないのか。仮にも夫婦なのだから。

エレベーターで最上階に上がると、すぐ前がジムの受付になっていた。広いホールを贅沢に使い、受付のすぐ前に応接セットがゆったりと二つ、置かれている。その頭上、ソファに座ると自然に目に入る位置には薄型テレビがぶら下がっていた。そジムの宣伝用の映像なのか、ダイエットの必要などまったくなさそうな金髪の外国人女性が、軽々とトレッドミルをこなす姿が映っている。高そうなトレーニングウエアを扱う売店の奥には、喫茶室もあるようだった。

結城の名前を告げると、キャビンアテンダントを彷彿《ほうふつ》させる制服姿の女性が、丁寧に喫茶室の席まで先導してくれた。このジムが高級であり、その中で彼がＶＩＰ扱いされているのが分かった。

結城は、白に赤のパイピングが入ったトレーニングウエア姿で、窓際の席にぼんやりと腰かけていた。もちろん体も人一倍大きいが、その佇《たたず》まいを見れば、この男がプロのアスリートだということは誰にでも分かるだろう。シャワーを浴びてそのままなのか、髪がまだ湿っているのが離れた場所からでも見える。頬は上気して赤くなっているが、それは単純に体を動かしたために生じた生理的な変化にすぎないようで、顔にはいかなる表情も浮かんでいない。

彼の前にはオレンジジュースのグラスが置いてあった。まだ手をつけておらず、ストローは紙袋の中だ。わたしに気づくと小さくうなずいたが、依然として表情は窺《うかが》えない。前触れもなしにわたしの顔面に拳《こぶし》を叩き込むつもりかもしれないと身構える。しかし一瞬後には、それを甘んじて受け入れようと覚悟した。たとえ強烈な右ストレートを食らって窓ガラスを突き破り、九階にあるこのジムから下の歩道に転落することになろうとも。

予想に反して、結城の態度は穏やかだった。前に座ると、ちらりとわたしの顔を見て、微笑みに近い表情を浮かべる。それはすぐに引っ込んだので、恨みがましい本音が飛び出してくるのを覚悟したが、彼の口から出てきたのは意外な台詞《せりふ》だった。

「ひどい顔してるな」

「そうか？」

「頭の包帯」

言われるまですっかりその存在を忘れていた。鏡を見る暇もなかったのだと意識しだすと、また頭痛がぶりかえしてくる。

「大したことはない」言葉を切り、彼の反応を窺う。向こうも言いあぐねている様子だった。やがて口を開いた時には、またしても予想もしていなかった台詞が飛び出す。

「馬鹿だよな、俺」

「何言ってるんだ」

「体を動かさないと爆発しそうでさ……不安で仕方ないんだ。トレーニングをサボると体が錆《さ》びつく。そうなったらもう、先がないからな。俺は金を稼がなくちゃいけないんだよ。一億は戻ってこないんだから」一億という金額を口にする時だけ声を潜める冷静さは残っていた。

「よく家を出られたな。警察に止められなかったか？」

「止められたけど、知ったことか。出かけないでくれって、絵美には泣かれたけどな」苦痛を思い出したように顔をしかめ、巨大な両手で擦る。

「一緒にいてやるべきだと思うぜ」

「ああ……ああ、そうだな。分かってるよ、そんなことは。だけど――」両手を顔の高さに挙げるジェスチャーは、何の意味もないようだった。真意は読めず、奇妙な振りつけを試しているようにしか見えなかった。「翔也は、俺が野球をやってることをようやく分かるようになったんだ。だから、もう少し長く続けたい。あいつの記憶に残るように。野球選手なんて、どんなに頑張ったって四十歳までだ。子どもが生意気になる頃には、とっくに引退してるんだよ。後から自分の成績を話したって、生で見てなかったら説得力がない。翔也の記憶に、俺のバッティングを残したいんだ」

「分かるよ」

「だけどこのままじゃ、全部お終《しま》いだ」結城がオレンジジュースに手を伸ばした。果肉が浮かんで泡立っており、いかにも美味《うま》そうだったが、手が震えてテーブルを汚してしまう。しばらくオレンジ色の小さな水溜りに視線を注いでいたが、ゆるゆると顔を上げると低い声で断言した。「俺は破滅する」

「そんなことにはならない」言葉の空疎さを意識しながらも、否定せざるを得なかった。

「翔也がこのまま帰って来なかったらどうなる？　俺はどうしたらいい？　こんな状態で来年もプレーできると思うか？　無理だ。プレーできなかったら、全てお終いだ」

「声がでかい」唇の前で人差し指を立てた。「誰が聞いているか分からないぞ」

喫茶室に人気《ひとけ》はなかった。本来は店員がいるべきなのだろうが、結城が人払いをしたのか、スタッフの方で自発的に遠慮しているのか、レジも無人である。しかし、ロビーとの間を遮る壁はない。

「どうしろって言うんだ」苛立《いらだ》ちをぶつけるように、結城が指でテーブルを叩く。

「諦めるな」両手を組んでテーブルに載せ、身を乗り出した。「絶対に諦めるな。そして慎重になれ。この件はまだ、秘密にしておく必要がある。情報が漏れたら、何が起きるか分からないんだ。冷静になれ。これからは絶対に外へ出るな」

「――分かった」本当に分かっているかどうかは疑問だったが、わたしは彼の言葉を信じた。

「よし。俺もついてるから」

結城がわたしの目を正面から覗き込んだ。かすかな疑念が浮かんでいるように見えたが、それを吹き飛ばすために続ける。

「正直言って、俺としては、最初から警察に相談してもらいたかった。今回の件は、俺がヘマをやったせいで最悪の方向に進んでる――捜査の上では、という意味だぜ」慌てて言い直す。最悪、という言葉に敏感に反応して、彼の耳が見る間に赤く染まったのだ。「最初から警察が入っていれば、今頃お前は翔也を取り戻していたかもしれない」

「今さらそんなこと、言わないでくれ」

「正直に言えば、警察はこれからお前に対していい顔をしないと思う。だけど連中は捜査はする。きっちりやる」

「どうしてそう言える？」

「お前が有名人だから。それに、高額納税者だから」

笑っていいのかどうか分からない様子で、結城の頰が引き攣《つ》った。わたしは彼のオレンジジュースを取り上げ、コップに口をつけた。酸味よりも甘みが強く感じられる味付けで、喉を心地よく刺激して胃に滑り落ちる。

「警察官の給料の一部は、お前の税金で賄われてるんだぜ」

「それは……慰めにはならないな」

「とにかく、俺はお前を見捨てない。事件が解決するまで面倒をみる」

「だけどお前には、散々迷惑をかけた。怪我までさせて」

「これは俺の失敗だ。誰かのせいじゃないんだよ」頭を振ると、棘《とげ》の生えた輪に締め付けられるような痛みが走った。「だから自分で落とし前をつける。お前のためでもあるけど、俺のためでもあるんだ」

「すまん」テーブルにつくほど低く頭を下げる。わたしの中にあった結城のイメージが、次々と崩壊していった。「確かに今は、お前だけが頼りなんだ……長坂ももう、当てにできないかもしれないし」

「どうして」

「あいつは引き上げた。どういうつもりか知らないけど」

「引き上げた？」先ほど電話で話したばかりだ。確かに長坂は、これまでさほど役にたってはいない。しかし、最初にこの話を持ってきたのは彼なのだ。途中で逃げ出すとは――金の問題なのだろうかと考えて、怒りが湧き上がる。結城の銀行口座からは、一気に預金額が減ったはずだ。これ以上金を搾り取れないと打算的に考え、逃げ出したのでは――いや、そうではないと信じよう。それに一緒にいて結城を慰める以外、長坂にできることはないのだ。いくら重要なクライアントだからといって、かかりきりになるのは無理だろう。その辺りの推測を、適当にぼかしながら説明した。結城は一々うなずいて話を聞いていたが、納得しているわけではなく、単なる肉体の反応にすぎないようだった。

「しっかりしろ、結城」自分で言ってしまってから驚いた。結城も、いきなり頬を張られたように大きく目を見開く。しっかりしろ。それは彼にとって、最も縁遠い言葉だったはずだ。誰に言われなくてもしっかりしている、それが結城という男なのだから。わたしは本当に、一人の男の崩壊を目《ま》の当たりにしているのかもしれない。声の調子を落として続けた。「家に帰れ。絵美ちゃんと一緒にいてやれよ。夫婦なんだから」

「あいつが泣いてるのを見るのが辛《つら》いんだ」

「一人で泣いてる彼女の方がもっと辛いんだぜ。夫婦なんだから、こういう時こそ支え合えよ。独身の俺が言うべき台詞じゃないかもしれないけど」

「ああ」

「よし。じゃあ、家に帰ってくれ。一人で帰れるか？」

「よせよ」苦笑を浮かべて顔の前で手を振る。「ガキじゃないんだぜ」

「大人なら大人らしく、嫁さんを守ってやれよな」

結城がきつく指を絡ませる。怒りが爆発するかと思ったが、その口から漏れたのはわたしのアドバイスに同意する「そうだな」という短い台詞だけだった。警戒警報を解除し、本来の仕事に戻ることにする。

「しつこいと思うかもしれないけど、お前、本当に誰かに恨まれてないか？」

「ない」返事は早過ぎ、彼は自分の殻の中に閉じ籠り始めた。蓋《ふた》が完全に閉まり切らないうちにこじ開ける。

「どんな些細《ささい》なことでもいいんだ。例えば、結婚する前の女関係とかさ」

握り締めた結城の拳がさらに白くなる。適当に口にした言葉が、ピンポイントで彼の傷を突いたことが分かった。

「心配するな。絶対に外へは漏らさない。特に絵美ちゃんにはばれないようにする」いい加減な保証であることは、自分でも分かっていた。仮に結城に恨みを持つ者の犯行であった場合、裁判になれば動機は明らかになる。絵美も知ることになるだろうし、新聞も雑誌も喜んで書きたてるだろう。まだ書く価値があるはずだ、この男には。しかし今は、針の先ほどの小さなものであっても手がかりが欲しかった。

「どうなんだ、結城」

「確かに……ちょっと気になってることはある」しわがれた声で認めて、わたしから取り戻したオレンジジュースを一口飲んだ。冷たいものが入ったせいか、急に冷静になって自説を否定する。「いや、まさか……何年も前の話だし、あり得ない」

「何年も前って、いつ頃なんだ」

「もう七……いや、八年前だ」

「何があったんだ。女か？」

「女だけど……いや、やっぱり関係ないんじゃないかな。話が古過ぎる」わたしにというより、自分を納得させるために喋っているようだった。

「関係ないかどうかは俺が考える。教えてくれ。お前はツーストライクまで追い込まれてるんだぞ」

高校時代から早打ちが好きだった結城が、ツーストライクという言葉に反応してようやく喋りだす。その事実は、わたしの中にあるセンサーを激しく刺激した。女だ。その女に会わなくては。席を立った時、わたしは「事件の動機の三分の一は異性だ」という、警察に伝わる至言を思い出していた。残る三分の二はそれぞれ、金と名誉である。そしてその三つは、密接に関係している。女が原因で失敗した男は、金も名誉も失うのだ。結城の皮肉な立場をわたしは理解したが、同情するまでは至らなかった。

人は様々な種を撒きながら生きている。時に幸せの種を、時に不幸の種を。普通の人はそれを意識し、誇りや後悔を胸に刻み込んで一歩一歩進んでいくものだ。しかし結城は違う。彼は、自分が何をしたかさえ理解していなかったのだ。

すぐに結城の情報を確認したかったが、打つ手がなかった。彼は女の連絡先も知らなかったし、手がかりはほとんどない。走りながら考えることにし、知り合いの多い横浜を避けて東京へ向かった。ミニは地面に張り付くように安定した走りを見せる。時折強い横風が吹きつける日だったが、ハンドルを取られることは一度もなかった。スピードが乗ると、操作系の硬さも気にならなくなる。

第三京浜から用賀へ。今日未明にわたしが携帯電話を置いた現場では、既に鑑識活動は終わっているようで、周辺に警察の車両は見当たらなかった。もちろん、まだ周辺の聞き込みはしているはずだが。しかし、誰かに見つかったらその時はその時だ。覚悟を決めて車をコイン式の駐車場に入れ、聞き込みを始めることにする。

まずは、携帯を交換した電話ボックスだ。昨夜は闇の中、しかも強い雨という悪条件が重なって不気味な感じがしていたが、昼間見ると非常に明るい、瀟洒《しょうしゃ》な住宅街である。この辺りに犯人が潜んでいたのかと考えると、背中を冷水が伝うような不快感に襲われた。周囲を見回しながら電話ボックスに入る。昨日は焦っていたので気づかなかったが、コンビニエンスストアの陳列棚の隙間を通して、レジがはっきりと見えた。昨夜はひどい雨が降っていたとはいえ、レジからもこのボックスの中が見えたのではないか。電話ボックスを出て店に向かいかけたが、昨夜レジについていた人間がこの時間帯にいるわけがない、と思い当たった。それでも聴いてみない手はない。

客が途切れるタイミングを見計らい、レジに近づいた。用件を告げると、高校生のアルバイトにしか見えない若い女性店員が、疑わしげな視線を向けてくる。

「警察の人ですか？」

「そういうわけじゃないけど、昨夜この近くにいたんだ」

「何ですか、それ」

「詳しく話すと長くなるけど、全部聞きたい？」

「結構です」店員が面倒臭そうに顔をそむけた。「……あの、店長を呼びますから」

裏にあるはずの事務室には引っ込まず、携帯電話を取り出した。つながるとわたしに背を向け、聞き取れないほどの小声で話し始める。ほどなく電話を切って、こちらに向き直った。

「店長、機嫌悪いですよ」その不機嫌さが乗り移ったようにわたしに告げる。

「それは分かってます。警察が調べに来たんでしょう」

「来ました。朝は全然仕事にならなかったみたい」

「それはご愁傷様ですね」

「本当ですよ」

「だけど俺は警察の人間じゃないから」少しは信用を得ることができるのではないかと思って強調してみたが、彼女は軽く肩をすくめるだけだった。

五分後、爆撃に遭ったかのように四方八方に髪が突き出た男が、足早に店に入って来た。震えがくるほどの陽気なのに、Tシャツ一枚という格好で、しかも素足にサンダルを突っかけただけなのでさらに寒々しく見えた。年の頃五十歳ぐらい。何の迷いもなく、雑誌のコーナーの前に立っていたわたしの方に向かって来る。

「またですか？　警察にはもう何度も話しましたよ。これ以上話すことなんてないんですけどね」

「わたしは警察の人間じゃありません」

「じゃあ、何なんですか」充血した目に不信感が浮かぶ。「ほとんど寝てないんですよ。下らん話だったら勘弁して下さい」

「とにかく、ちょっと話を聴かせて下さい。どこか、落ち着いて話ができるところはありませんか」

「まあ、いいけど」その他にも何かぶつぶつつぶやきながら、「従業員以外立ち入り禁止」の札がかかったドアを押し開ける。ドアが閉まらぬうちに、わたしは後に続いた。事務室兼倉庫のようで、段ボール箱がうずたかく積まれた隙間に、無理矢理デスクと椅子が押し込められている。店長は椅子に座ると、喉の奥が見えそうな欠伸《あくび》をし、デスクの上の煙草に手を伸ばした。引き出しを開け閉めしてライターを探していたが見つからないので、ジッポーを差し出してやった。ちょこんと頭を下げて火を点けると蓋を閉じ、素早くもう一度開けてまた閉じる。普段この男もジッポーを使っているのだろう、と推測する。ジッポーの愛好家の中には、内部に煙が籠るのを嫌って、こうやって火を消した後に素早く開け閉めする人も多い。

わたしも煙草を銜《くわ》え、火を移した。それを見て、店長が少しだけ表情を緩める。今や喫煙者は成人男性の四割弱だ。弱者は互いに共感し、庇《かば》い合う。わたしはジュースとポテトチップスの入ったダンボール箱の山に挟まれて立ったままだったが——座るところがないのだ——店長はデスクの上に乗った灰皿を十センチほどこちらに滑らせてくれた。無言のままでしばらく掌で髪を撫でつけていたが、それはシーシュポスの神話にも似た、無益で終わりのない戦いになりそうだった。

「昨夜はわたしが夜勤をやってましてね」

「店長なのに？」

「家族経営だから。地獄ですよ。急にアルバイトが休んだりすると、こっちでカバーしなくちゃいけないんだから」

「それで朝まで仕事をして、寝ようと思ったら警察に襲われたんですね」

「少しはこっちの都合も考えてほしいよね、まったく」ぼやきながらまた欠伸をした。煙草も眠気覚ましにならない様子である。「仕事だって言えばどんな無理でも通るって考えてる奴が多くて困る。あんたもそうなんですか？　いや、警察の人じゃないって言いましたっけ？」

「そうです。わたしは警察官じゃありません。それで、警察はどういう話を聴いていったんですか」

「昨夜、この辺に怪しい人がいなかったかって」

「昨夜ここにいたのはわたしですよ」

店長の唇の端で煙草がゆらゆらと揺れた。目を細めて立ち上る煙をやり過ごしながら、からかわれているのかどうか見極めようとしているようだった。ほどなく、その努力を放棄する。

「何言ってるんですか」

「わたしは――言ってみれば被害者なんです。携帯を奪われました」

「それぐらいで、警察があんなに大騒ぎするもんかね」

「それは事件のごく一部にすぎないんです。わたしの口からはっきり言うことはできないけど」

「警察に口止めされている？」

「そういうことです。あなたは、どういう事件かは聞いていないんですね」

「そう」店長が煙草をつまみ、火先をまじまじと見詰めた。わたしに視線を移すと、困ったように首を振る。「何なんですか？　ニュースでも、この辺で事件があったなんて言ってなかったと思うけど」

「申し訳ない、わたしの口からは言えないんですよ」言い訳を――言い訳にはなっていなかったが――繰り返し、質問を続ける。「店のすぐ外に電話ボックスがありますよね。レジからあそこが見えますか」

「ええ、見えますよ」

「昨夜の午前一時過ぎ、わたしはあそこにいたんです。覚えてませんか？」

「まさか」店長が乾いた笑いと一緒に否定の台詞を吐いた。「あなたを見るのは初めてですよ。そんな、頭に包帯を巻いた人を見れば覚えてるはずだし」

「その時はまだ無傷だったんです」

「まだ？」

「その後で襲われて、この体たらくですよ」包帯を手で擦ると、店長の喉仏が上下した。襲われる、という言葉が何かのスイッチを入れたらしい。

「襲われたって、どういう……」

「後ろからいきなり殴られました」

「実は、わたしもなんです」

「はい？」

店長が、Tシャツの袖をまくって見せた。筋肉の少ない、貧相な右肩に細い傷跡が残っているのが見える。

「三年前。ここに強盗が入ったんですよ。金を渡して……店を出るのを追いかけようとしたら、いきなり包丁で切りつけられましてね。店の床中、血だらけになって、あの時は死ぬかと思った」

「分かります」

「あの時の犯人、まだ見つかっていないんですよ」店長の声が甲高《かん》くなり、まだ消えていない怒りが噴き出し始めた。どうやらわたしは間違ったスイッチを押してしまったらしい。警察の怠慢を責める彼の声を聞く時間だけが、だらだらと流れた。

結局店長は何も見ていない、何も聞いていないということが分かっただけだった。他の目撃者を探すのは、極めて困難だろう。深夜の住宅街を歩いている人は少ないのだ。それでも何軒か、ドアをノックして回ってみたが、全て空振りだった。不在、あるいは何も知らない。一人で五つほどのアウトを稼いだ後、方針を転換することにした——一度現場を離れる。最後に襲われた横浜の現場は気にかかるが、あの周辺ではまだ警察が動いているだろう。ＧＰＳが捨てられていた辺りも同様だ。そこに飛び込めば、事情聴取と称して身柄を拘束され、動きが取れなくなるのは目に見えている。

女だ。女を探せ。

瀬戸麻美《せとあさみ》。後味が悪かった、と結城は言った。人とは少しずれた彼の感性を考えた場合、結城にとっては後味が悪いという程度でも、向こうは地獄の淵を覗いたと感じているかもしれない。

しかし手がかりは乏しかった。結城が覚えていたのは、当時彼女が三軒茶屋に住んでいたということだけである。ここからわずか三駅しか離れていないが、今もそこに住んでいる保証はない。結城には、「実家は多摩地区のどこかだったはずだ」という程度の記憶しかなかった。一年付き合ったと言っていたが、それぐらいの情報しか持っていないことに驚かされる。最大の手がかりは、テレビの情報番組などでレポーターの仕事をしていたということだが、わたしはその名前にまったく覚えがなかった。顔を見れば思い出すかもしれないが、そもそも結城は彼女の写真を一枚も持っていなかった。結婚した時に処分したのか、あるいは最初から持っていなかったのか。しかしテレビの仕事をしていたとすれば、どこかに手がかりはあるはずだ。

携帯電話から検索をかけようかと思って、すぐに思い直した。わたしの指は太い。電話番号を入力する以外の目的では、ほとんど役に立たないのだ。誰かに代行してもらおうと考え、横浜中央法律事務所へ電話をかける。幸いなことに、応対してくれたのは事務職員の花田真希《はなだまき》だった。目がくりくりとした、仔犬を連想させる可愛い子で、安東が駄目な弁護士だという一点においてわたしと完全に意見が一致している。

「真崎さん、大丈夫なんですか」声から涙が滲みそうな口調だった。「怪我されたんですよね？　今朝こっちへいらっしゃった時、わたし、事務所にいなくて……」

「ああ、大丈夫」何故か真希は、わたしに対して愛想がいい。今回はその好意に甘えることにした。「一つ、調べものをお願いしたいんだけど」

「はい」

「検索してほしい名前がある」

「どうぞ。用意してますよ」

「瀬戸麻美」漢字を説明する。

「はい」コンピューターがインターネットの海から情報を拾い上げるよりも早く、真希が反応した。「聞いたことのある名前ですね」

「昔、テレビでリポーターをやってたらしいんだ」

「ああ、はいはい」キーボードを打つかちゃかちゃという音が聞こえてきたが、この分では真希の記憶に頼った方が早いかもしれない。「そういえば、いましたね。朝の情報番組で、天気予報とかやってたんじゃないかな。結構人気がありましたよ。最近見ないけど……はい、出ました」

「どんな感じ？」

「うーん」口調が渋くなる。「それらしいのはありませんね。ちょっと待って下さい」再びキーボードを打つ音。十秒後に反応があった。「あ、これかな」

「あった？」

「本人のホームページやブログがあるわけじゃないですけどね……ええと、これ、そういうファンのページですね」

「そういうファンって？」

「女子アナとか、レポーターとか。うわ、凄いな、これ。日本の女子アナが全員載ってるんじゃないかしら」

「で、瀬戸麻美は？」

「ごめんなさい……ええと、どこまで信用していいか分からないけど、ここ何年かは仕事はしていないようですね。三年前までは出演番組の情報がありますけど……所属事務所なら分かりますよ」

「オーケー、それだ」ぱちんと指を鳴らし、ミニのルーフの上で手帳を広げる。「俺に必要なのは事務所の方だ……」

「もう調べてます……出ました。ええと、住所とメールアドレスは載ってますけど、電話番号はありませんよ」

当然かもしれない。一々ファンの電話に応えていたら、きりがないはずだ。

「両方教えてくれ」

情報を書き込み、真希に礼を言う。彼女は大袈裟《おおげさ》に「どういたしまして」と答えた後、もう一度心配そうに「大丈夫なんですか」と訊ねた。

「頭蓋骨の硬さには自信があるんだ」

「でも、頭ですから。これって探偵の仕事絡みなんですよね」

「一応は」

「そんな危ない目に遭うようなものなんですか？　いったい何をやってるんですか」

「それが、自分でも分からないから困る」もう一度礼を言って電話を切った。手がかりが一つ。事務所の住所は西麻布だった。既に夕暮れが迫っているが、ここからだったらさほど遠くないだろう。それに芸能事務所は、それほど早く店じまいするわけではないはずだ。急に胸が膨れ上がるような感覚を覚える。空手で動き回っている状態から、ヒントを手に入れた時の高揚感。ミニのアクセルを踏む足に、無意識のうちに力が籠った。

3

玉川通りの池尻付近、そして渋谷駅の近くで渋滞にぶつかったものの、用賀から一時間もかからずに、探していた西麻布の住所に辿り着いた。古いが、いかにも高級そうなマンションだった。ロビーの郵便受けで確認すると、事務所は五階にある。問題はどう切り出すか、だ。嘘をつくわけにもいかないし、そもそも適当な方便を思いつかなかったので、正面からぶつかることにする。中に入りさえすれば、何とかなるだろう。

ホールからインタフォン越しに話した相手は女性だった。落ち着いた声を聞いた限りでは四十歳ぐらい、事務全般を切り盛りする担当者ではないか、と想像した。しっかりしてはいるが、少し疲れた感じ。

「探偵、ですか」疑わしそうな口調で言われると、自分でも自信がなくなってきた。

「そうです。ある事件の関係で、人を探しています。こちらで助けてもらえるんじゃないかと思ったんですが」

「結構です」

「はい？」

「結構です。今、ドアを開けますから」インタフォンを置く乱暴な音が耳に飛び込むのと同時に、目の前でオートロックのドアが開いた。

「オフィス関《せき》」という小さな看板がかかった部屋を探し当て、インタフォンを鳴らした。「開いてます」という返事が返ってきたので、鍵のかかっていないドアを開ける。失礼します、の一言に対する返答はなかった。玄関の先はじゅうたん敷きの廊下。靴を脱がなければならないことに気づき、小さく舌打ちした。きっちり足首のところまで紐を締めているレッドウィングのブーツを素早く脱ぐのは不可能である。しばし躊躇《ちゅうちょ》していると、廊下の向こうから女性が顔を見せる。

「真崎さんですか」声の調子から、先ほど話した女性であることは分かったが、イメージは違った。四十歳ぐらいと推測していた年齢を、十歳ほど上方修正する。美しさの名残はまだ濃厚に漂っていたが、年齢と美しさの戦いは、これから数年が正念場だろう。

「そうです」

「お入り下さい」

「ブーツを脱ぐ時間を貰えますか」

無言でうなずき、彼女が左の方へ消えていく。事務室はそちらにあるようだ。やっとの思いで足を解放し、スリッパを突っかけて中に入る。築三十年ほど経っていそうなマンションだが、民家から事務所に完全に改装され、手入れは行き届いていた。壁紙も相当古くなっているはずなのに、煙草の汚れなどは目立たない。

最初に通された部屋は、二十畳ほどの事務スペースだった。元々はリビングルームだったのだろう。扉の数を数えた結果、今この物件に値をつけても、まだ軽く億は超えるはずだと推測する。事務スペースにはデスクが四つ並び、女性が三人、無言で仕事をこなしていた。壁にはわたしも見知っているタレントの写真が額に入れて飾られているが、ここが芸能事務所だということを意識させるのはそれぐらいだった。

　わたしを迎え入れてくれた女性が、無言で奥の部屋に向かって手を差し伸べる。後に続き、後ろ手にドアを閉めた。事務スペースがシンプルで素っ気ないものだったのに比べ、こちらには色がある。腰の高さに濃褐色の羽目板が張り巡らされ、調度類も落ち着いた茶系で統一されている。卓球ができそうなほど広いマホガニーのテーブルの上には、ディスプレー一体型のアップルのパソコンが一台載っているだけ。おそらく二十四インチのディスプレーだろうが、デスクはそれが小さく見えるほど広かった。

「どうぞ」ソファを勧め、わたしがその柔らかさを自分の部屋のソファと比較している間、彼女はデスクの引き出しを探っていた。わたしの向かいに腰を下ろすと、膝丈のスカートから伸びた形のいい脚を組んで斜めに流す。ソファは、そうするのにちょうどいい高さのものが選ばれているようだった。頭の中で小さな火花が飛ぶ。

「関《せき》みどりさん、ですね」名前を言うことで完全に記憶が蘇《よみがえ》った。ずっと昔、女性アナウンサーがタレント扱いされる前に、民放でニュースを読んでいたはずだ。いつ頃のことだったか……彼女がどうしてここに座っているか、いろいろ想像を巡らせてみたが、自分で合格点を与えられる答えは出てこなかった。

「思い出してくれた？　ありがたいわね」皮肉に鼻を鳴らす。

「ええ。子どもの頃、テレビでよく拝見してました」

「なるほど」彼女は硬い表情を崩そうとせず、わたしの前のテーブルに封筒を置いた。前屈みになったまま十センチほどこちらに押しやり、上目遣いにわたしを見る。

「何ですか、これは」

「これでお引き取り願えませんか」

「はい？」

「こういう時は、黙ってポケットに入れるものでしょう。それで後は、お茶を飲んで雑談をしてお終い。違いますか？」

「仰《おつしや》る意味が分かりませんが」

「事件の話って仰ってたわね」みどりが背中をソファに預け、腕と脚を同時に組んだ。テレビの画面で見た限りでは、非常に冷静で落ち着いた雰囲気しか感じられなかったが、初めて生で会う彼女からは、鉄をイメージさせる硬さと冷たさが漂いだしていた。「そういう人、多いんですよ。わたしも慣れています。大抵はこれで納得してくれますけどね。中身を確認してもらっても結構ですよ」

封筒をテーブルに置いたまま、指先で口を開いてみる。厚さから見て五十万、と見積もった。しかし十数時間前まで一億円とねんごろな関係にあったわたしには、さほどの大金とは思えなかった。

「この程度で済むような話じゃないんです」

みどりの顔が蒼ざめる。わたしにも、ようやく事情が摑めてきた。面白い情報を摑んだ、スキャンダルのネタを握っている——そう言ってこの事務所に脅しをかけてきた人間は、一人や二人ではないのだろう。だから彼女は、帳簿に載らない金を常に用意しているに違いない。

「ご心配なく。本当に事件の話なんです」人差し指一本で封筒を彼女の方に押し戻し、名刺を取り出す。名前と、自宅と携帯電話の番号しか書いていないものだ。新しい携帯の番号を書き足してから渡す。受け取ったみどりはしげしげと名刺を眺めていたが、そこには自分の求める回答がないことにすぐ気づいた様子だった。

「これではあなたの身元は確認できないわね。名刺ぐらい、いくらでも——」

「心配なら神奈川県警に確認して下さい」彼女の疑念を遮る。「今年の春までそこにいましたから。でも、できればこのまま、わたしを信用して話を聞いていただきたい」

「どうして」

「神奈川県警の中では評判が悪いんです。今も追われていますからね」

「どういうこと？」

「被害者が逃げ出したら、警察はいい顔をしないでしょう」極めて内容をぼかしたまま、事件の概要を説明した。誘拐の事実を明かせないので、話は指示代名詞の羅列になってしまったが、それでも彼女は何となく納得してくれたようだった。

「人を探していると言ったわね。うちの関係者なの？」

「そうだと話が早いんですが」

「誰？」

「瀬戸麻美さん」

「ああ」ふいにみどりの体から緊張感が抜けた。ソファに身を沈め、「お茶でも飲む？　それともコーヒーがいいかしら」と軽い口調で言った。

「コーヒーを。ご面倒でなければ」

　みどりが立ち上がり、サイドボードに置いてあるコーヒーメーカーで用意を始めた。ほどなく、眠気と疲労を吹き飛ばす香りが漂い始める。デスクに目を向けると、パソコンのディスプレーに隠れる形で写真立てが置いてあるのが見えた。家族の写真だろう。取っかかりとしては悪くない。仕事場に家族の写真を置く人間は、家族の——特に子どもの話を振ると、こちらが「許してくれ」と言うまで喋り続けるものだから。後は、割り込むタイミングさえ間違えなければいい。

「ご家族の写真ですか？」

「ああ」デスクの方を振り向き、初めて柔らかい笑みを見せる。「そう。旦那と、娘が二人」

「娘さんはもう大きいんですか」

「嫌なこと聞くわね」苦笑を浮かべたが、嫌がっている様子ではなかった。「上が大学生で下が高校生。もう大人なんだけど、相変わらず甘いママをやってるわ」

「たまげたな」目を大きく見開いてみせると、みどりが声を上げて笑った。

「気を遣ってくれてるみたいだけど、別にいいわよ。訊《き》かれる前に言っておくけど、あと一か月で五十歳」

「こんな事務所をやってらっしゃるとは知りませんでした」

「そうね、今は自分では表に出ないから。あなたの年で、わたしがブラウン管——ブラウン管っていうのも古いわね——に出てるのを覚えてるとしたら、局アナとしては晩年の頃よ。三十二で辞めてフリーになったから」

「それでこの事務所を作った？」

「人に頼まれたからでもあるけどね。今はここの仕事がメイン。若い子たちの面倒をみて、もう十年になるわ……砂糖とミルクは？」

「ブラックで結構です」

大振りのマグカップで出てきたコーヒーは薫り高かった。その香りがぼろぼろの体に染み込むのを感じながら、一口啜る。酸味がやや強く、背筋が伸びるような味だった。

「ここ半年に飲んだ中で、一番美味いコーヒーですね」

「それはどうも」

彼女はミルクを少し加えていた。立ったままゆっくりスプーンで掻《か》き回していたが、ようやくわたしの正面に座ると、「で？」と短く訊ねる。

「瀬戸麻美さん」

「瀬戸麻美」鸚鵡《おうむ》返しに言ってカップを口元に運び、縁越しにわたしを見た。「彼女が何か？」

「まだこちらの事務所にいらっしゃるんですか？」

「辞めたわ、二年前に」

「どうして」

「結婚したの」

「ああ」

しばらく無言が漂った。みどりはそれが気にいらない様子で、カップをテーブルに置き、また腕組み／脚組みモードに入る。

「予想してた答えじゃなかったの？」

「そういうわけじゃありません。今は専業主婦ですか？」

「だと思うわ。仕事をしていれば、わたしの耳にも入ってくるはずだから」

「結婚したから辞めたんですか」

「まあ……そうね。仕事がなくなれば、事務所にいる必要はないでしょう」

「そういうことだったんですか？」

「あのね、この業界は厳しいの。彼女はフリーで、爆発的に仕事が入ってきたことはなかったわ。それに何年か前に急にやる気が見えなくなって、レギュラーだった情報番組の契約が切れたら、その後は定期的な仕事を入れようとする努力もしなかった。事務所としては随分頑張って営業したんだけど、本人が全部話を蹴っちゃってね」

「それは、いつ頃ですか」

「七年……八年ぐらい前かしら」

結城と別れた頃だ。ヒントを摑んだ、とわたしは確信した。焦りを悟られないよう、コーヒーを一口飲んで間を置いてから続ける。

「その頃彼女は——」

「二十六歳ぐらいね」質問が終わらないうちに答えが返ってきた。「何かを諦めるにはまだ早い。そう思わない？」

「同意します」

「でも彼女は、何かを諦めてた」

「年齢のことを意識していたんじゃないですか？　この辺が限界かもしれないって」

「それは分からないけど……その後は、ぽつぽつと仕事をするだけだったのよね。それで三十歳を超えたら、あっという間に仕事が減って。本人もすっかりやる気をなくしちゃって、結婚に逃げ込んだのよ。こんな言い方をしちゃ悪いけど」

「最近は連絡を取ってるんですか？」

「ほとんどないわね。もう契約は切れてるし、こっちとしては電話をかけるような用事もないから……わたしから年賀状は送ってるけど、返事がきたことは一度もないわ」人の関係はこんなにも簡単に切れてしまうのだろうか。トラブルを起こしてクビになったのでもない限り、もう少し糸がつながっているような感じがするのだが。

「ということは、住所は分かっているんですね」

「あなたに教えるとは言ってません」突然、彼女の前に高い壁が聳《そび》え立った。「人のプライバシーに関することだからね」

「人命がかかっていると言っても？」

「それが本当かどうか、分からないでしょう」

「残念ですけど、わたしも証明できません。ニュースでもまだ流れていない話なんです。つまり、マスコミが知っていても報道できない事件ということですが……ただ、この一件で深く苦しんでいる親がいます」

どこまで事情を理解したかは分からないが、「親」というキーワードで彼女の態度が急変した。立ち上がり、ファイルキャビネットを開ける。わたしのところにあるのと似たようなものだが、違いは金儲けの材料がぎっしり詰まっていることだろう。一冊のファイルを取り出すと、無造作にテーブルに置いた。

「打ち合わせがあるのを忘れてたわ。五分か十分で戻りますけど、その間はお相手できないわ。申し訳ないけど」

「お構いなく。仕事は大事ですよね。煙草を吸ってもいいですか？」

「それは駄目」

ドアに向かいかける彼女の背中に声をかけた。

「一つ、教えて下さい」

「何？」

「瀬戸麻美さんはどんな人ですか？　いや、とりあえずあなたが知っている彼女はどんな人でした？」

「不安定」

「嫌な言葉ですね」

「精神の不安定さが、彼女の持ってるいい部分を潰してしまったんだと思う。そうじゃなければ、今もテレビで活躍してたかもしれないわよ」

情緒不安定――何かが引き金になって犯罪に走るほどに？　しかしそれをみどりに確認するわけにはいかない。

「確か、五枚目ね」

「それぐらい、分かると思いますけど」

「怪我している人にハンディをあげるぐらいの気持ちはあるわよ」

優しさなのかからかっているのか、にわかには判断できなかった。

高樹町《たかぎちょう》から首都高に乗り、環状線を使って四号線に入る。初冬の陽は落ち、わたしの胃袋は悲鳴を上げ始めていた。二十四時間近く放ったらかしにしていることになる。空腹を感じるのは体調が回復している証拠だが、ある程度手がかりを掴むまでは、このまま突き進むつもりだった。

電話がかかってきた。無視しようかとも思ったが、液晶表示を見ると奈津だったので、通話ボタンを押す。

「大丈夫？」さほど心配している様子ではなかった。

「今、運転中だ」

「後にしようか」

「いや、大丈夫」渋滞が道路を埋めていた。電話しながら運転するのも難しくはない。「何か動きでも？」

「ないから困ってるみたいね、一課は」

「そうか」

「動きと言えばわたしの方に」

「何だって？」

「柴田さんがあなたを探してるわよ」

「それで君に連絡してきた？」まずい状況だ。二人の関係は、既に県警の連中にも知れ渡ってしまったのか。

「切羽詰まって、ということみたい」わたしを安心させるつもりなのか、奈津はわざとらしくのんびりと丁寧な声を出した。「どこを探しても見つからないから、わたしにまで電話してきただけだと思うわ」

「それならいいけど」

「手がかりは？」

「まだ何とも言えない」

「わたしには秘密、ということ？」

「秘密にするだけの材料もないんだ」一人で動くのは厳しい、と言おうとして言葉を呑み込んだ。弱音を吐いている場合ではない。「今、多摩に向かってる」

「川崎の？」

「いや、東京の。ちょっと会ってみようと思う人がいるんだ」

「分かった。何か食べてる？」

「いや」

「それは……」初めて奈津の声に深刻さが刻まれた。「食べないと駄目よ。あなた、どんな時でも食事は大事にするでしょう」

「時間がないだけだ。後で食べるよ」言われて改めて空腹を意識したが、努めて軽い口調で話すことで忘れようとした。

「分かった……でも、柴田さんには電話した方がいいわよ」

「そうだな」

「本当に」奈津が念押しをした。「捜査も行き詰まってるし、あなたの協力が必要なのよ」

「話すことはあまりないんだけどね」

「それでも。先輩として心配もしてるわよ」

「分かった。でも、君からはこの電話の番号は教えないでくれ」

「了解」

電話を切り、すぐに柴田に電話すべきかどうか検討した。話せば確実に、厄介な状況に巻き込まれるのは分かっている。しかし彼がわたしを探すのに精力を注いでいる分、本筋の捜査に割けるパワーが減るのも間違いない。賭けをすることにした。県警の捜査一課に電話を入れる。それで柴田が摑まれば話すし、いなければそのまましばらく彼の網から逃れ続ける。自分に分のいい賭けだった。誘拐事件が動いている限り、彼が捜査一課に立ち寄る可能性はほとんどないのだから。現場に出ているか、所轄の山手署に詰めているはずだ。

わたしは賭けに負けた。

「この野郎」歯嚙みする音まで聞こえてきそうだった。「どういうつもりだよ、ええ？　勝手にトンズラしやがって。今どこにいるんだ？」

「俺がいないと捜査が進まないわけじゃないでしょう。俺が話すべきことは、柴田さんはみんな知っているはずですよ」

「話しているうちに、また何か思い出すこともあるだろうが」

「俺の車は見つかりましたか」押し寄せる怒りの波を無視して質問をぶつける。

「まだだ」

「携帯は返してもらえないんでしょうね」

「それどころじゃない」

「通話記録を調べたんでしょう？　犯人がどこから電話してきたか、もう分かってるんじゃないですか」

「分かってたとしても、お前に言う義務はない」既に摑んでいるのだ、と理解した。おそらく公衆電話。場所も特定できているはずだが、犯人に直接結びつく手がかりにはなっていないのだろう。「それより、いい加減にこっちへ出頭しろ」

「話すことなんてないですよ」

「ふざけるな！」何かが倒れ、割れる音がした。まずい。柴田の気の短さは、一課でも伝説になっている。一度、捜査方針を巡って上司とぶつかった時に、傍らにあったノートパソコンをいきなり窓に投げつけたことがある。大抵の人間は、どんなに腹が立ってもそんなことはしないものだ。あの時彼は、パソコン本体の価格をはるかに上回る金を弁済しなければならなかった。破損したハードディスクからデータを回収するのに、専門のサルベージ業者に頼まねばならなかったから。それと引き換えに、彼は伝説を背負うようになった。この男を怒らせてはいけない、と。

しかしわたしは、彼の宥《なだ》め方を知っている。滅多にそういうことはしないのだが、自分の身を守るために、今その手を持ち出すことにした。

「柴田さん、俺にも面子があります。顔に泥を塗られてそのままってわけにはいかない。警察におんぶに抱っこのまま、事件が解決するのを待ってるわけにはいかないんですよ」

電話の向こうで柴田が沈黙した。この男は、面子やプライドというキーワードを持ち出されると弱い。自分なりに「男はかくあるべし」という芯を持っているのだ。「必ず連絡します。それまでは自由にやらせて下さい」

「おい——」

「はい？」

「無理するなよ。怪我は軽くないんだ。医者も心配してる」

「その医者は、あまり腕が良くないようですね。俺は元気ですよ」

「余計なことを言うな、馬鹿野郎」

電話を切り、大きく溜息をつく。額には薄《うっす》らと汗が滲んでいた。上手くやり過ごしたことを確信すると同時に、前が開いた。暗い空間に向かってアクセルを踏み込み、待ち構えているはずの謎に向かって突進した。

中央道を調布インターチェンジで降りて、甲州街道に入る。右手に味の素スタジアムと調布飛行場、続いて警察大学校を見ながら西へ進んだ。西武多摩川線を越えてすぐに左へ曲がり、一戸建ての家が建ち並ぶ住宅街に入る。電柱の住居表示を見て、自分が「白糸台《しらいとだい》」にいることを確認した。ほどなく、カーナビの音声案内が「目的地周辺です。案内を終了します」と女性の声で告げる。

駐車場を探したが見つからない。この辺りなら警察もあまり駐車違反の取り締まりをしないだろうと決めつけ――所轄署からかなり離れている――車を残したまま家を探す。手帳に書きつけた住所は、既に頭に入っていた。ほどなく、三階建ての古いマンションを見つけ出す。壁には細い罅《ひび》が走り、全体に黒ずんでいた。ホールに足を踏み入れると、床のタイルが磨《す》り減っているのが一目で分かる。テレビという華やかで金銭的な収入も約束されている業界にいた人間が住むにしては、地味な場所に思えた。結婚した相手にそれほど収入がないのか、それとも別の事情があるのか――別の事情のようだった。郵便受けには彼女の名前がある。彼女の名前だけが。

エレベーターはなく、三階まで階段で上がっていくだけで拷問されているような気分になった。頭痛がぶり返し、空っぽの胃も悲鳴を上げる。後で必ず頭痛薬を手に入れること、と頭の中のメモ帳に書き込んだが、この痛みは記憶力を弱めるだろう。

部屋はすぐに分かった。ドアをノックする前に、玄関脇にある窓から部屋の様子を窺う。暗い。そして誰かがいる気配はない。案の定、ノックに答える声はなかった。みどりから借り出してきた瀬戸麻美の写真を取り出す。事務所にいた頃、プロモーション用に撮られたものだという。数年前のものだし、当然かなり修正しているのだろうが、それほど大きく変わってはいないはずだ。特徴的な切れ長の目を、細い顎《あご》を頭に叩き込む。

他の住人の目もあるから、部屋の前で張り込むわけにはいかない。外で待つことにして、部屋の位置を簡単な図にして手帳に書き込んだ。表通りに面している窓があるはずで、帰って来れば明かりが点くから分かるだろう。念のため、手帳のページを破ってドアの下に挟み込む。

外へ出て、想像した通り窓を見上げられることを確認してから、今のうちにエネルギーを補給しておくことにした。空腹は激しいが、具体的に何かを食べたいという欲求はない。京王線の武蔵野台駅の近くに出てマクドナルドを見つけ、チーズバーガーを二つ、デザートにアップルパイ、それにコーヒーの大きなカップを買った。

　マンションに戻って窓の下に車を停め、一人きりの夕食に取りかかる。頭痛が引き起こす吐き気を抑えながら最初のチーズバーガーを食べるのにひどく苦労したが、胃が少し落ち着くと、今度はさらに激しい空腹に襲われ、あっという間に二つ目を食べてしまった。とろとろとした食感のアップルパイも簡単に胃に納まり、シンプルな食事をコーヒーが最後に引き締めてくれた。張り込みも久しぶりである。かつては、汗の臭いが染み付いた覆面パトカーの中で暮らしていたようなものだが、その頃の感覚が自然に蘇ってきた。もっとも奈津のミニは覆面パトカーよりもずっと清潔で、居心地も良い。狭い室内空間も体に馴染み、彼女の気配を感じているだけで気持ちが落ち着いた。

　七時半。まだ手がかりを摑めないまま、時間だけが過ぎていく。外の空気を吸うために外へ出た途端、頭に沁み付いた顔が目の前を過《よぎ》った。声をかけ損ねたが、まあ、いい。路上で呼び止めるよりも、部屋のドアをノックした方がいいだろう。

　後を追うタイミングを計りながらその場で煙草を一本灰にしたが、その間わたしが考えていたのは、わずか数年の間でどうして麻美はこんなに磨り減り、年を取ってしまったのだろう、ということだった。みどりから貰った写真は、麻美本人ではなくその娘と言っても通りそうである。

窓に明かりが灯《とも》った。試合開始、だ。

# 4

麻美は簡単には部屋のドアを開けようとしなかった。中に入るための様々な嘘はいくらでも浮かんだが、わずかに残った刑事としての良識が、それを使うことを躊躇《ためら》わせる。結局、正面からくだくだと事情を説明するしかなかった。それで彼女が納得しているとは思えなかったが、結局最初にノックしてから五分後、ドアが細く開いた。

「外でもいいですか」顔の半分だけを見せながら、彼女が細い声で言った。かつてテレビで喋っていた人間とは思えないほどかすれ、ピッチも不安定だった。

「もちろんです」本当は部屋を覗きたかった。今のところ、容疑者と言える人間は彼女一人だけなのだ。もしかしたら、この部屋に翔也を監禁しているかもしれない。

「下のホールでいいですよね」わたしを露骨に疑う口調だった。あるいはわたしだけでなく、自分も含めた世の中全てを。

「ええ」

一度ドアが閉まり、三十秒後いきなり開いて麻美が外へ出てきた。帰って来た時は短い丈のコットンのコートを着ていたのだが、今は腰まである薄いダウンジャケットを羽織っている。コートから突き出た手の甲には血管が浮き、目は細くなって、ひどく神経質な気配を漂わせた。彼女の後に続いて、無言で階段を下りる。逃げ出す気配はなかった。しかしそれだけで、彼女を犯人ではないと決めつけることはできない。こちらの予想以上に落ち着き、何事もないように振る舞える犯罪者もいるものだ。先入観は抜きにしろ、と自分に言い聞かせる。

玄関ホールには座る場所もなく、隙間風が吹き込んでわたしの襟足を冷たく撫でていった。彼女は寒さが気にならない様子で、壁に背中を預けるとわたしを値踏みし始める。無言で視線の尋問に耐えながら、こちらも彼女を観察した。年齢なりの、というだけでは説明できない外見の変化に襲われたようだ。顔の筋肉は力をなくし、全体に緩んでいる。そして摂食障害を疑わせるほど痩せていた。不安定、というみどりの言葉が脳裏に蘇る。

麻美の目は最後にわたしの頭の包帯に止まった。

「怪我してるんですか」

「ええ、でも大丈夫です。基本的に頭は硬いですから」

奇矯なスタイルは話のとっかかりになる。そういえば数年前、大学を出たてで横浜支局に配属された全国紙の記者が、県警を回り始めて数日後に、いきなり坊主頭で現れたことがあった。それだけでその記者は刑事たちの注目の的になり、ライバル紙の記者たちよりも早く名前を覚えてもらえたものだ。

「事件、と仰いましたよね」

「ええ。わたしは被害者です」

「被害者？　警察じゃないんですか」

「探偵です」

「探偵？」

「そうです。本物ですよ」

「別に偽者だなんて言ってませんけど」素っ気なく言い放ってそっぽを向いた。ちらりと目線を送ってきたが、嵐の予兆はまだ感じられない。

「あなたは昔、結城亮平と付き合っていましたね」

「何、それ」突然目の色が変わった。

「七年か、八年ぐらい前。あなたたちは交際していた」

「何でそんなこと、あなたに言わなくちゃいけないの？」

「彼が事件に巻き込まれているんです」

「わたしが何か関係しているとか言うんじゃないでしょうね」

「全ての可能性を視野に入れています」

「ふざけないで！」いきなり吐き捨て、殴りかかってきた。弱い明かりを受けて、長く伸ばした爪がきらりと光る。掌で拳を受け止めてぎりぎりと下へ下ろすと、麻美の顔が蒼ざめ、唇が細かく震えだした。

「よしましょう。こんなところで揉み合っていたら、変に思われます」

「ふざけないで。そっちが因縁《いんねん》をつけてきたんじゃない」繰り返した言葉に力はなかったが、麻美は腕から力を抜こうとはしなかった。細身の割には力強い。わたしはちらりと外を見た。釣られて彼女も表に視線を投げる。マンションの住人だろうか、ロビーの前で足を止めた女性が、怪訝そうな表情を浮かべてわたしたちを観察していた。

「ほら、まずいですよ」

麻美がゆっくりと力を抜いた。まったく突然笑顔を浮かべる。わたしはその笑顔を思い出した。確かにテレビで見たことがある。どんな場面だったかは記憶になかったが、その笑顔は何故か頭の片隅に残っていた。そしてその瞬間、彼女の笑顔は明らかに演技として作られていたものだということを悟った。

車に移って話を続けることにした。助手席に座ると、麻美はようやく落ち着いた様子だった。しかし、ここまでくるくると変わり続けた態度が気になる。まるでスイッチが切り替わるような変容だったから。嵐が襲うタイミングを事前に察知できない。

ドアを閉めるなり、彼女が鼻をひくつかせ始める。

「何か臭うわね」

「ハンバーガーでしょう。車の中で夕飯にしたんで」

「随分貧乏な生活をしてるのね、探偵って」

「張り込みの友に、ハンバーガーは最適なんですよ」

「窓、開けるわよ」

「結構です。あなたが叫びださなければ」

「わたし？」形のいい鼻を指差す。急に軽い声で笑いだしたが、子どものように邪気が感じられないものだった。「何でわたしが」

「分かりました。今のは、なしにします」

「煙草、吸っていい？」

「少数派の一人としてお付き合いしますよ」

彼女は細長いメンソールの煙草に火を点けた。窓をさらに広く開け、煙を外に追い出す。わたしもラッキーストライクを銜え、ライターの火を移した。煙に隠れて彼女の様子を垣間《かいま》見る。一刻も早く灰にしてしまわないと何かひどく悪いことが起きるのではないかと恐れるような、忙《せわ》しない吸い方だった。切り替えは完全に上手くいってはおらず、先ほどの怒りがまだ燻《くすぶ》っていることにわたしは気づいた。刺激しないように言葉を抑えること、と自分に言い聞かせて話を続ける。

「結城と知り合ったきっかけは何だったんですか」

「合コン」

「ああ」

「何か馬鹿にしてない？」気の抜けたわたしの反応を、彼女は敏感に受け止めた。

「とんでもありません。なるほど、と思っただけです」

「あの頃、合コンは散々やったわね。パーティアニマル？　違うか。そんなに大層なものじゃなかった……とにかく、きっかけはそういうこと。一年ぐらい付き合ったかな」

「結婚しようという話にはならなかったんですか」

「なかったわね、一度も」灰皿を引き出し、煙草を押しつけた。奈津はこの車を禁煙車にしているのだが、この吸殻をどう言い訳したらいいのだろう。麻美はわたしの焦りにまったく気づかない様子で、二本目に火を点ける。狭い車内が白く染まり始め、わたしも運転席の窓を全開にした。寒風が容赦なく吹き込み、エアコンの温度設定を二度上げざるを得なくなった。

「写真週刊誌なんかには、嗅《か》ぎつけられなかったんですか？」

「残念ながら、一度も」右手の中指と人差し指に煙草を挟んだまま肩をすくめる。

「そんなものに載っていれば、少しは進展があったかもしれないけど」

「あなたは、進展してほしかったんですか」

「彼は上り調子だったから」掌をぴんと伸ばし、指先を斜め上に向けた。「男としても、プロ野球選手としてもね。そういう波に乗るタイミングは、それほど何度もないのよ」

随分打算的ですね、という言葉を呑み込む。ここはあくまで慎重にいかないと。

「どうして別れたんですか」

「聞きたい？」

「ええ」

「話したくない」

声が震えているのに気づき、慌てて横を見た。いつの間にか彼女の頬を涙が伝い、鼻が赤くなっていた。黙ってハンカチを渡してやる。水溜りに突っ伏してびしょびしょになったのが自然に乾いたものだと気づいたが、麻美はそんなことは知らないわけで、ハンカチに顔を埋めて涙をこらえていた。嗚咽《おえつ》は長く流れだし、わたしは窓を閉めざるを得なかった。途端に車内が白く煙る。わたしはまだ長い煙草を灰皿に押しつけ、自分の側の窓をもう一度、今度は細く開けた。泣き声が外に漏れ出ない程度に。

「子どもができたの」話したくないと言っていたのに、麻美は唐突に打ち明け始めた。「わたしは産むつもりだったけど、あの男は突然別の女との婚約を発表したのよ。いきなりよ？　まるでわたしなんか存在していなかったみたいに。ひど過ぎると思ったけど……ひど過ぎて、わたしはすぐに立ち直った。ショックが大き過ぎると、悩んでる暇もなくなるのね」

「大変だったでしょうね」頭痛が激しくなる。結城に対する怒りで。

「その時はもう、わたしも意固地になってたから。子どもを堕《お》ろして、体調を崩したのに無理にたくさん仕事を入れて……でも、気合があれば何とかなるのね。本当は入院してゆっくり休まなくちゃいけなかったのに、わたしは何とか乗り切った。馬鹿な男に引っかかったと思って、あんな形だったけど別れたのは正解だと自分を納得させようとしたわ。でもそれからね、わたしがゆっくりおかしくなったのは」

　おかしくなった、という言葉が車内に微妙な緊張感をもたらした。自分の精神状態を把握しているのは、正気であることの何よりの証拠ではないのか？　あるいは彼女の言葉は、全てが虚構なのか。「クレタ人は全て嘘つきであるとクレタ人が言った」というパラドクスを思い出す。

「それからは、何だか仕事をする気もなくなっちゃって。自分なんか、何の存在価値もないと思った。あの男を恨みたいと思ったこともあったけど、そんなことをしても無駄なのよね。わたしなんか、その辺に生えてる雑草みたいな存在だったんでしょう。恨む意味もないわよ」

「きちんとした説明はなかったんですか」

「突然『俺、結婚することにしたから』って、それだけ。それも電話でよ。とりあえず義務を果たしたっていう感じだった。ああいう男って、いるのね」

「それは否定できません」

「わたしも二年前に結婚したけど、上手くいかなかった。たぶん、わたしの相手をするのは大変なのね。仕方ないわね。離婚したのはわたしの責任。だから今は、派遣の仕事をしながら食いつないでる。こんなおんぼろマンションに住んで」

「今でも結城を恨んでますか」

「むしろ結城じゃなくてあなたを恨んでるわ。あなたがこんな話をしなければ、思い出さずに済んだかもしれないのに。でも、そう、今でも恨んでると言っていいと思う。そんなに簡単に忘れられるものじゃないから。あいつ、何か事件に巻き込まれたの？」

「詳しくは言えませんけど、そういうことです」

「じゃあ、伝えてくれない？　ざまあみろって」

「わたしの口からそんなことは言えません。彼も打ちのめされてるんだから」

「勝手なことばかりして、罰を受けないで済む人間はいないのよ。あの男も例外じゃないでしょう」

一呼吸入れてから、核心を突く質問を繰り出した。

「昨日の夜、あなたはどこにいましたか？」

「何よ、それ。わたしを疑ってるの？」再び彼女の怒りが燃え上がる。

「単なる確認です」包帯を指差して見せた。「あなたぐらい力があれば、わたしの頭にでかい瘤《こぶ》を作るのは簡単かな、と思いまして」

「残念でした。昨夜は友だちと二時ぐらいまで飲んでたわ。その後彼女の家に泊まったから。これでアリバイは成立でしょう」

「おそらく」

動機はある。動機を犯行に結びつける狂気も内在している。だがわたしには、彼女がやったとは思えなかった。おそらくわたしは、彼女に同情している。結城なら、恨みを買いそうなことぐらい平気でするだろうということも分かっていた。

アリバイが完全に証明されるまで、彼女を容疑者のリストから外すことはできない。しかし、ここから先を調べるのは警察に任せよう、と思った。同時に、結城に対して腹を立てている自分に気づいた。あいつは、他人の痛みを感じることのできない人間になってしまったのか。傲慢さは度を越すと、人の目を曇らせてしまうのか。

午後九時。長坂と話をしたかった。あいつは本当に結城を見捨てたのだろうか。そうだとしたらわたしたちの味方はさらに少なくなり、今後はさらに苦しい戦いを強いられる。どうしても真意を確かめておかなければならなかった。

多摩川を渡って川崎街道を走り、第三京浜の京浜川崎インターチェンジに向かう。何度か長坂の携帯電話に連絡を入れたが、その都度留守番電話に切り替わった。思い切って、中野にある彼の事務所を訪ねてみることにする。第三京浜の手前、東名の川崎インターチェンジから高速に乗り、首都高を使って中野へ向かう。一般道を北へ走るのが、直線距離にすれば一番短いが、この時間であっても環七や環八を走るのは無謀だ。ぐるりと大回りすることになっても、首都高を走らざるを得ない。

十時過ぎ、名刺に書かれた住所に辿り着いた。山手通りと青梅街道の交差点近くにある、鉛筆のように細いマンション。ワンルームだ、ということは外から見ただけで分かった。長坂のビジネスはまだ小規模なのだ。この時間なら駐車違反の取り締まりもあまり厳しくないだろうと考え、青梅街道沿いに車を停めてビルに入る。入り口はオートロックになっていたので、インタフォンで五〇一号室を呼び出した。呼び出さなくてもドアの前まで行く方法はあるが、何も長坂を驚かさなくてもいい。

「はい？」警戒感を滲ませた声で長坂が応じた。苛立ちも感じられる。

「俺だ。真崎だ」

「薫？」長坂は心底驚いた様子で、声が裏返っていた。「どうした」

「入れてくれないか」

「あ？　ああ、ちょっと待ってくれ」受話器をフックに戻す音がすると同時に、目の前のドアが開く。あの驚きようは何だろう、と訝った。もちろん、わたしが訪ねて来ることなど予想もしていなかっただろうが、この反応は過敏過ぎる。

長坂の事務所は、エレベーターを降りてすぐ目の前にあった。内廊下の両側には狭い間隔でドアが並んでいる。住んでいるのは学生か独身のサラリーマンばかりだろう。インタフォンを鳴らす前に、待ち受けていた長坂がドアを開けてくれた。薄手のトレーナーにジーンズというラフな格好に着替えており、髪にも脂っ気がない。

「入れよ」

少しだけ長く、彼を見過ぎたようだ。長坂の顔に不信感が浮かぶ。無言で、彼を押しのけるように玄関に入った。五人以上の来客があったら靴の置き場がなくなりそうだったし、部屋には三人以上の人間を生かしておくための酸素を保持する余裕もないだろう。玄関を入ると、短い廊下に続いて十畳ほどの部屋が広がっていた。廊下の右側は作りつけのキッチンだが、お湯を沸かす以上の調理を行った形跡は一切ない。左手にはクローゼットがあるが、そこにはファイルキャビネットがいくつか、それにファクスとコピー、プリンタが一緒になった大きな複合機が並んでいた。それに加え、四人が打ち合わせのできるテーブル、彼のデスクと一人がけのソファ、さらには三十二インチの液晶テレビを軸にしたAVセットがきっちりと収まっている。残った床の部分には、鉢植えのオリーブさえ置いてあった。壁には、彼が契約しているらしい選手の写真が額に入れて飾ってあったが、スペースにはまだまだ余裕がある。

音を消した状態でテレビがついている。夜のニュースの時間で、中東のどこかでまた揉め事が起きている様子だった。神と金。戦争の原因は九十パーセントがそれで占められる。あるいはこの二つの言葉は同義語かもしれないが。長坂は丁寧にソファを勧めてくれ、飲み物はいるか、と訊ねた。断り、室内にかすかに煙草の臭いが漂っているのを嗅ぎ取った。

「禁煙じゃないんだ」そう言って自分の煙草を引き抜く。

「スポーツ選手がどれだけ煙草を吸うか知ったら、驚くよ」白けたように言って、長坂が袖机からガラス製の灰皿を取り出した。綺麗に拭《ぬぐ》い取ってはあるが、複雑にカットされた部分には灰が残っている。膝の上に載せて安定させ、煙草に火を点けた。それを見て、長坂が一番下の引き出しからアイリッシュ・ウィスキーの瓶を取り出す。誰でも同じことをやっているのだと心の中で笑い、彼がグラスを二つ、デスクに並べるのを眺めた。

「酒はいい」

「具合が悪いのか？」酒瓶を置いて、心配そうに身を乗り出す。

「いや、車だから」

「大丈夫なのかよ。もう完全に警察に任せたと思ったけど」

「ニュースでは何もやってないのか？」

「ああ」

　ということは、県警はまだマスコミを抑え続けることに成功しているわけだ。しかし、いつまでも続けられるものでもないだろう。誘拐事件は、発生から解決までさほど時間がかかるものではない。犯人側にも焦りがあるからだ。そしてこのまま事件が長引いた時、マスコミ側がどんな要求をしてくるかはわたしにも想像がつかなかった。翔也が戻らないまま時間が過ぎたら、記者クラブに加盟している新聞やテレビはともかく、週刊誌などが嗅ぎつけて記事にする可能性もある。

「どうなるのかね、この件は……」長坂がウィスキーの瓶を膝に置いたまま、溜息をつくように零した。

「お前は手を引いたのか」

「え?」蓋を開けようとした長坂の手が止まる。

「結城がそんなふうに言ってたぜ」

「そういうわけじゃない。もちろん結城は大事だけど、俺には他にもクライアントがいるんだ。今日はどうしても外せない約束があったんだよ」

「あいつは、お前に見捨てられたみたいに感じてる」

「まさか。動揺して、現実をきちんと理解できてないだけだよ」吐き捨ててボトルを傾け、グラスに一センチほど、琥珀《こはく》色の液体を注ぐ。目の高さに掲げておいてから「本当にいらないのか」と確認した。首を横に振ると、彼は小さくうなずいて一気にグラスを干した。香りを楽しむアイリッシュ・ウィスキーの嗜《たしな》み方としては、褒められたものではない。ボトルが三分の二ほど空になっているのを確認して、この男の孤独な宴会は毎晩続いているのだろうと推測した。

「俺があいつを見捨てるわけないだろう」

「誰かが側にいてやらなくちゃいけない。あいつは強い男だけど、今は相当弱ってる。不安定になってる」

「警察がいるじゃないか」

「警察はあいつにいい印象を持ってないよ。当然だろう？　何度も手を差し伸べたのに、拒否したんだから。何を今さらって感じる刑事がいても責められない」

「お前、警察に肩入れし過ぎじゃないか」

「ああ」いつの間にか煙草が半分ほど灰になっているのに気づき、さほど吸いたくなかったのだ、ということを意識した。そのまま灰皿に押しつける。一筋の煙が立ち上り、天井に届く前に拡散して消えた。「そうかもしれない。まだ刑事の感覚が抜けないんだ。今回は、俺のそういう意識が失敗の原因かもしれない」

「失敗なんて……」

「金だけ取られて翔也は戻って来なかったんだから、失敗だ。まだ挽回《ばんかい》するチャンスはあると思うけど」

「なかったら困る」

うなずき、この会話はどこか上滑りしている、と意識した。彼は、これ以上どうしようもないと心の底で分かっているのだ。だから結城から手を引くことにしたのかもしれない。複雑な事件に巻き込まれれば、どんな跳ね返りがあるか分からない。友情とビジネスの板挟みになって、彼が自分の評判や財布の中身の方を優先することになっても、少なくともわたしは責めることができない。

「一つ、手がかりになるかもしれないことがあったんだけど……」

「そうなのか」グラスを肘《ひじ》で押しやり、長坂が身を乗り出した。麻美との関係を、固有名詞を出さずに簡単に説明してやる。

「その女がやったのか」

「俺の印象ではシロだ。かなりエキセントリックだし、感情的にも不安定なんだけど、アリバイがあるみたいだから。それにどんなにひどいことになっても、何年も前の恨みをいつまでも持ち続けて子どもを誘拐するなんて、ちょっと考えられない。やるならもっと早くやってるさ」

「そうかな」長坂が椅子の背に体重をかけた。この部屋で一番高価そうな家具であるアーロン・チェアが、音もなく傾く。「世の中には、執念深い人もいるぜ」

「大抵のことは、時間が解決してくれるんだけどな」

「でもその女の場合は、結城との出会いが転落の始まりになったんじゃないのか」

「否定できない」

「そういうことは忘れられないと思うよ」

長坂の言い分も理解できないではなかった。幸せな時には、過去の失点は忘れることができる。ただ麻美にすれば、坂道の頂点に立っている時に背中を押したのが結城だという意識は決して消えないだろう。それに彼女のアリバイが成立したとしても、他に仲間がいた可能性は捨て切れない。実際、犯人グループは三人から四人いるのではないか、とわたしは想像していた。それでも、容疑者リストで彼女の名前に引いた線を取り消す気にはならなかった。それは単なる勘としか言いようがないのだが。


「その件、結城が自分から喋ったのか」

「強引に喋らせた」

「恨みね……」長坂が顎を撫でる。

「他に何か、思い当たる節でもあるのか」

「絵美ちゃんの方とか、な」

「そういえば彼女、結城と結婚する前に付き合ってた人がいたって言ってたな」

「勤めていた頃のことだろう？　随分昔の話だし、そんなにどろどろしたことじゃない」

「随分詳しいな」

「俺はお前と違って、昔の仲間とは連絡を取り合ってるから」

「皮肉か？」

「まさか」長坂の目の端がひくひくと動いた。「とにかく、その件は関係ないだろう」

「それ以外には？」

「うん、まあ……ちょっと話しにくい」

「話せよ。大事なことだぜ」

「……そうだな」

言葉を濁し、長坂が窓に目を向けた。道路を挟んで向かいにある高層ビルが視線に入る。こんな時間でも仕事をしている人間は大勢いるようで、ガラス張りの壁面のかなりの部分が照明で明るくなっている。白が優勢なオセロの盤面を想像した。長坂は空になったグラスにウィスキーを注《つ》いで持ち上げ、手首を軸にゆっくりと回した。先ほどより量は増えている。それをまた一気に呑み干した。つい、忠告が口を突いて出る。

「悪い呑み方をするようになったな」

「何で？」

「一気呑みは胃や喉に良くないらしいぜ」

「俺の体を心配してくれるのはお前ぐらいだな」寂しげな微笑を浮かべ、長坂がグラスをそっとデスクに置いた。天板《てんばん》を汚した丸い水の輪に気づき、人差し指をティッシュ代わりに拭い取る。

「そんなことないだろう」

「いや」力なく首を振って、わたしの否定をさらに否定する。「クライアントは俺にできるだけ金を分捕ってくれって言う。チームは一円も余計に払いたくない。いつも板挟みだし、話がこじれると、最後は感情論になる。こっちは冷静に金の話だけをしたいのに、人間性まで攻撃されることもあるからな……日本では、こういう代理人業なんて成立しないのかもしれない。五十年ぐらい経って、人間関係がもっとドライになれば別かもしれないけど。疲れるよ、本当に」

笑顔を浮かべて話している相手が、一瞬後には鬼に変わる。こんな毎日で、疲れないわけがないだろう。ことあるごとに皮肉や弱音を吐きたくなるのも分かる。一人きりで仕事をしているという点では、彼はわたしにとっての先輩だが、決してロールモデルにはできないと確信する。

「それよりさっきの絵美ちゃんの話。詳しく教えてくれ」

「ああ」グラスにさらにウィスキーを注ごうとしてボトルに手を伸ばしたが、一瞬躊躇った後に引っ込めた。酔いが回ったら話せないことらしい。「あのさ、絵美ちゃんってどう見える」

「固い感じ、かな」

「高校の頃のイメージだとそうなんだろうな……実際そうなんだろうし。でも、あの顔にあのスタイルだ。本人の意思とは関係なく、目をつける人間はいるわけだよ」

「浮気か」

「違う」

「ストーカー？」

長坂が素早くうなずく。それを言葉で認めるのは辛そうだった。

「お前、クライアントの家庭にそこまで食い込んでるのか？」

「あの二人は古い友だちだぜ」慌てて首を振った。「この件はたまたま聞いただけだ。仕事の話じゃなくて、雑談の中で」

「彼女はそんなこと、全然言ってなかったぞ」

「本人もそんなに気にしてなかったらしいんだよ。アメリカに行く前でばたばたしてる時期だったし、さすがに海外に行けば相手も追いかけられないからな。実際、渡米してからは完全に切れてたらしい」

「日本に戻ってからまた始まったとか？」

「具体的には聞いてないけど、その可能性は捨て切れないんじゃないかな。ストーカーって、そういうものだろう」

「彼女、この件は警察に話してるかな」

「してないと思うよ。今も言ったけど、本人が気にしてないんだから。よく『どんな小さなことでも』って言うけど、彼女にとっては小さなことですらなかったんだよ、きっと」

「お前はその相手を知ってるのか」

「いや、詳しくは」

「彼女に直接聴いてみる必要があるな」

「引っ搔き回すつもりかよ」

「可能性があることなら、何でも調べてみる……彼女に電話してくれないか？」

「いや」

「どうして」

「まあ、俺は……」手首を突き出す。シャツの裾から覗いたロレックスに目をやり「これから何本か、ややこしい電話をしなくちゃいけないんだ」と言った。

「こんな時間に？」

「アメリカなんだ。向こうは昼だよ」

「そうか」膝を叩いて立ち上がる。たっぷりベッドに横になっていたはずなのに、今になって疲労感が遠慮なしに襲いかかってきた。気絶しても睡魔が消えるわけではないのだ、と改めて思った。見上げる長坂と視線がぶつかる。「結城と一緒にいてやってくれよ」

「すまん、緊急の仕事なんだ」わざとらしく携帯電話を振ってみせる。

人には人の事情がある。誰でも生きていくためには金を稼がなければならないし、それを邪魔する権利は誰にもない。だが彼の態度の微妙な変化は、わたしの心に小さな楔《くさび》を打ち込んだ。金にならず、さらに傷口が広がる可能性がある相手は、さっさと見捨てるのか。この男は、ビジネスに徹したドライな人間関係を望んでいるのか。しかし彼は彼なりに傷ついているのだろうと思うと、捨て台詞を吐く気にはなれなかった。黙って頭を下げて事務所を辞去し、わたしは夜の中で一人になった。

# 第四章　渦に呑まれる

## 1

夜中の電話は寿命を縮める。特に子どもを誘拐された親にとっては。しかしここは、正面から行くしかない。絵美の携帯に電話を入れると、走り終えたばかりのように弾んだ声で彼女が出てきた。

「絵美ちゃん？　真崎です」

「ああ、か……」薫君、と言いかけたのだろう、言葉を呑み込む。送話口を擦《こす》るような音に続き、短い沈黙が訪れた。

「話しにくければ、イエスかノーでいい、答えてくれ」

「はい」

「警察は今も家に張り込んでる？」

「はい」

「結城はどうしたかな？　休んでる？」

「はい」

「君も休まないと駄目だよ」

「いいえ」

　クソ。彼女の体力はとうに底を尽き、精神的にも追い込まれているだろう。結城は一人で高鼾《たかいびき》をかいているかもしれないが、それは許されることではない。

「実は、君と話をしなくちゃいけないんだ」

「無理です」イエス、ノーで回答できない質問に、彼女が声を潜めて答える。

「何とか時間を作ってくれないか？　今夜じゃなくて明日の朝でもいい。警察には聞かれたくないんだ」

「だけど……」

「頼む。大事なことなんだ。電話では話せないから、直接会いたい。できるだけ不自然にならないように、家を出られないかな」

「どうしても？　電話が……」

「それは分かってる。だけど会いたいんだ」

「これは、あの、何か関係あるんですか」もどかしさ故か、声がかすれた。

「そうかもしれないけど、調べてみないと何とも言えないことなんだ。そのために君の助けがいる」

「でも、家を空けるわけには……」

「買い物はどうかな」

「ええ？」

「この事件が起きてから、ずっと買い物に行ってないだろう。冷蔵庫の中は空っぽじゃないか？」

「それはそうだけど」

「元町まで降りて来られないかな。二十四時間営業のスーパーがあるだろう？　そこで明日の朝落ち合う。それでどうかな」

短い沈黙。絵美はまったく突然に「大丈夫」と答えた。気取《けど》られないよう静かに溜息を漏らし、彼女に指示を与える。

「七時。俺を見つけられなかったら携帯に電話してくれ」念のために新しい携帯電話の番号を伝える。彼女がメモしている様子が伝わってきた。

「ええ。これ、大事なことよね」

「たぶん。それより今夜は、絶対に休んでほしいんだ。結城を叩き起こして電話番をさせておけばいいから」

「そうはいきません」

そんなことはない。結城は他人に気を遣ってもらえるような男じゃないんだ、と非難の言葉が出かけた。しかし絵美は、麻美の一件を知らないだろう。秘密は秘密のままにしておくべきだ。特に麻美が誘拐事件に関係していない可能性が高い現状では。

「分かった。とにかく、明日の朝七時に」

電話を切り、今度は自分の面倒をみなければいけない、ということに気づいた。とりあえず今晩寝る場所を探さなければ。


銀行預金の残高がどれぐらいあったか——急にそんなことが気になりだした。財布は薄く、贅沢にホテルを使うのは心もとない。結局、横浜に戻ってカプセルホテルに泊まることにした。頭の傷に気をつけながらシャワーを使い、棚のような個室に潜り込む。前後左右に泊まり客はおらず、静かだった。携帯電話のアラームを六時に合わせ、横になる。すぐに襲ってくるはずの眠気を待ったが、気持ちが昂《たか》ぶり、様々な想像が脳裏を過《よぎ》って、眠気をどこかに運び去った。

ストーカー。その心理状態は多様であり、一くくりにするのは危険だ。敢えて定義すれば、他人との自然な交わりができない人間の暴走と言える。自分の妄想の中で全てのストーリーを組み立て、現実をそれに合わせようとするのだ。断片と飛躍と現実との結びつき。その間にある化学変化は、本人にも説明できないだろう。それ故に、どんなことでも起こり得る。ストーカーは、数年ぶりに絵美が日本に戻って来たことを知って、邪悪な気持ちに再び火が点《つ》いたのかもしれない。そこから誘拐に至るプロセスを論理的に推測することはできないが、あり得ない話ではないだろう。問題は金だ。身代金、というのはストーカーの思考にはないような気がする。

無限に思考が回る。一巡する度に新たな考えが加わり、眠気はさらに遠ざかった。

どこか遠くで鳴るアラーム音で、浅い眠りから呼び戻される。眠ったつもりはないのに、いつの間にか寝ていたのだろう。体のあちこちが痛み、特に頭にはまだ鈍痛が居座っているのが気になったが、わたしより辛《つら》い思いをしている子どもがいると思い、気力を振り絞った。ここがカプセルホテルだということを忘れて跳ね起き、天井に頭をぶつけた痛みで完全に目が覚める。シャワーを使い、昨夜コンビニエンスストアで買っておいた新しい下着とシャツに着替え、戦闘準備を完了した。早めに約束の場所に行くことにして、六時半にカプセルホテルを出る。中途半端に伸びた髭《ひげ》が気になったが、人相を変えるのに役立つかもしれないと思い、そのままにしておくことにした。

朝の横浜は、わたしが世界で一番好きな場所だ。官庁街も繁華街も目覚める前で、全国各地から集まってくる観光客の姿もない。静まり返った街は、ほんの短い時間、幼児のように無垢《むく》で清潔な表情を見せる。ミニの窓を開けると、港を吹き渡ってくる冷たい風が、背筋をしゃんと伸ばしてくれた。ビルの合間からちらりと港が覗き、初冬の弱々しい朝日が反射して優しく目を刺激する。こんなひどい状況だというのに、少しだけ心が和む。

元町に駐車場は少ない。一番大きいのは元町・中華街駅に近い第一駐車場だが、ここは周辺の店舗が開く十時にならないとオープンしない。首都高狩場線を挟んで反対側にある中華街の外れにコイン式の駐車場を見つけ、停めた。長い信号をいらいらしながら待ち、最後は駆け足でスーパーに駆け込む。約束の時間より十分早く着いたのに、絵美は既に店に来ていた。入り口を入ったところにある買い物籠の山の前で、所在なさげに周囲を見回している。

「絵美ちゃん」声をかけると、二度、肩を上下させた。気が抜けたように小さな笑みを浮かべたが、疲労感の方が勝っているようだ。近づき、周囲を見回す。一番暇な時間帯なのだろう、客は見当たらなかった。

「上手く抜け出せた？」

「大丈夫。正直言って、少しだれてるし」

「警察が？」わたしは眉を吊り上げた。「冗談じゃないぞ」

「仕方ないわよ、ずっとだから」そんなことをする必要などないのに、絵美は警察を庇《かば》った。

「何か食べないか？　あまり食べてないんだろう」店の一角にベーカリーのコーナーがあり、食事ができるようにテーブル席も用意されている。食べるとも食べないとも言わなかったが、誘われるまま、絵美はわたしの後に続いた。棚に並んだ焼き立てのパンを吟味する余裕もなさそうだったので、席に座らせてから、手当たり次第にパンをトレイに載せ、コーヒーを二つ頼む。薫り高く立ちのぼる香気にわたしは食欲を刺激されたが、絵美にも同じ効果をもたらすとは限らない。

「取り過ぎじゃない？」彼女の前にパンのトレイとコーヒーを置くと、絵美がすっと微笑んだ。

「確かに」領収書を見せると、彼女の笑みが大きくなった。パンとコーヒーで二千円を超えている。「とにかく食べてくれ。朝ぐらい、ちゃんと食べないと」

「そうね」力なく溜息を漏らしてクロワッサンに手を伸ばす。端を小さくちぎって口に運んだが、ただ機械的に噛んでいるだけだった。わたしも最初にクロワッサンを選んだ。焼き立てで、バターの香りが口中に広がると同時に、さらりと解《ほど》けて溶ける。スーパーの中にあるベーカリーとしては上出来の部類だったが、彼女の食欲は一向に刺激を受けないようだった。構わず食べ続ける。クロワッサンをやっつけ、薄くスライスしたブールにツナサラダを挟み込んだサンドウィッチを頬張り、ブルーベリーの載ったデニッシュをデザート代わりにした。絵美はクロワッサン一つを持て余し、コーヒーばかり飲んでいた。わたしがパンを三つ食べ終えた時には、彼女のコーヒーはほとんど空になっていた。

「コーヒーのお代わりは?」

「いい……やっぱり飲もうかな」一瞬だけ唇を歪《ゆが》ませるように微笑んだが、かなり無理をしている感じだった。

「了解。お持ちしますよ」

レジに行って、今度は紅茶を買った。お湯の入ったカップとティーバッグを見て、絵美が不思議そうな表情を浮かべる。

「コーヒーじゃないの?」

「少しは胃に優しいものを飲んだ方がいいよ。それに、コーヒーはあまり好きじゃないんだろう? この前、そう言ってたよな」

「覚えてたんだ……ありがとう」紅茶の助けを借りて、彼女がようやくクロワッサンを食べ終える。話に入るタイミングがきた。

「ストーカー」

「え？」

「アメリカに行く前、君はストーカー被害に遭ってた」

「ストーカーっていうか……そんな大袈裟《おおげさ》なものじゃないわよ」どうしてそんなことを言われるのか分からないといった様子で、絵美が小首を傾《かし》げる。

「君がそう思ってるだけで、向こうは真剣だった可能性もあるんじゃないかな。君がアメリカから帰って来たことを知って、また悪さを始めたのかもしれない」

「まさか」否定してみたものの、その顔は蒼ざめていた。

「まさか、はやめよう」両手を組み、テーブルに置いた。「この際、あらゆる可能性を考えてみるべきだ。俺の方でその男を見つけて揺さぶってみる」

「でも、何年も前なのよ」

「何年経っても同じことだ。何をされたんだ？　差し支えなければ話してくれないかな」

「あの頃は港北に住んでたんだけど」さほど嫌そうな様子もなく、絵美が話し始めた。「スーパーで待ち伏せされたり、跡をつけられたりしたわ。でも、夜中とかじゃなかったから、そんなに怖い感じもしなくて。家の郵便受けに手紙が入ってたこともあったけど、何だか要領を得なかったわね」

「内容は覚えてる？」

「だから、意味不明なのよ。あなたと暮らしたいとか、一緒に子どもを育てたいとか」言ってから急に絵美の顔が蒼ざめた。「子ども……」

「その頃翔也は一歳か二歳……あの子のことを言ってたんだろうな」こんな状況でなければ、「ビンゴ」と叫んでいるところだ。

「やだ」絵美が両手で頬を挟んだ。「もっと深刻に考えておかなくちゃいけなかったのかしら。でも、その頃はアメリカに行く準備で忙しくて、それどころじゃなかったから」

「そいつの名前は覚えてる？」

「染谷幸保《そめやゆきやす》」

「随分あっさり出てきたね」

「何回も手紙がきたから」

手帳に名前を書きつけ、ボールペンで「幸」の字を叩いた。この男に幸薄かれ、と呪いながら。

「住所はどうだろう」

「そこまでは覚えてないわ」

「手紙には住所も書いてあったんじゃないのか？」

「それが、いつも郵便受けに直接入れてあったのよ」

「それは気持ち悪い」

「一度だけ、住所が書いてあったはずだけど……確かわたしの家の近くだったと思う。でも、はっきり覚えてないわ」当時彼女が住んでいた港北の住所を確認し、それも手帳に書き取った。

「分かった」手帳を閉じてぬるくなったコーヒーを飲み干し、立ち上がる。「とにかく調べてみるよ」

「その人なの？」

「それは分からない。まず、捉まえて話を聴いてみないと。でも、そうするべき価値のある相手だとは思う」

「無理しないでね。怪我も治ってないんでしょう？」

「忘れてたよ」どことなく薄汚れているように感じられる包帯に手をやり、笑顔を浮かべてやった。「昨日はよく寝たからね。睡眠をたっぷり取れば、大抵のきついことは忘れられる。君も少し寝るべきだな。君が倒れたら、翔也だって悲しむ」

「分かってるけど、どうしようもないのよ。自分の体が自分のものじゃないみたい」

「そうか」

他にかけるべき言葉が見つからず、別れるタイミングも失っていた。それを打ち破るように、彼女の携帯が鳴りだす。びくりと体を震わせ、ハンドバッグから取り出す際には落としそうになった。電話を耳に押し当てた途端、絵美の顔から血の気が引く。内容までは分からないものの、相手の怒鳴り声はわたしの耳にまで届いた。結城。絵美が電話を畳んで、消え入りそうな声でわたしに告げる。

「帰るわ」

「どうしたんだ」椅子からハンドバッグを拾い上げて店を飛び出そうとする彼女の腕を掴んだ。「犯人か？」

「そうみたい」

「内容は？」

「分からない。とにかく家に帰らないと」抗《あらが》う彼女を逃すまいと手に力を入れる。

絵美は顔をしかめたが、足は止めてくれた。

「君でも結城でも、どっちでもいい。必ず俺に電話して、内容を教えてくれ」

「あなたが家に来てくれればいいじゃない」

「警察が待ってるところに飛び込む気はない。いいね、必ず連絡してくれ。それでまた、俺も動けるかもしれない。とりあえず、これから港北に向かうから」

二度大きくうなずき、彼女はスーパーを飛び出していった。家まで送るべきだったかもしれない。元町から山手町へは、長い急坂を登っていかなければならないのだ。しかし彼女の後姿には力が漲《みなぎ》り、わたしの手助けなど必要ないと宣言しているようだった。

新横浜駅の周辺は、未完成の街という印象が拭《ぬぐ》えない。わたしが生まれた時には既に新幹線の駅ができており、小学生の頃には地下鉄も通ったのだから、交通網が整備されてからはかなりの年月が経っている。それでも、街全体が今も工事中というイメージが強い。新幹線の西側に当たる北口方面は開発が進んで、ホテルや日産スタジアム、横浜アリーナなど、誰でも知っているランドマークがあり、高層マンションも建ち並んでいるが、それと対照的に、東側にある篠原口には未だにキャベツ畑が広がっており、横浜の田舎の顔が健在なのだ。

絵美たちが以前住んでいたのは、北口にあるマンションだった。駅から徒歩五分の場所にあるスケートセンターのすぐ近くと交通の便が良い上に、静かで環境も悪くない。まず、そのマンションをチェックする。郵便受けを全て確認したが、染谷という名前はなかった。これは当然かもしれない。自分のマンションにストーカーが住んでいれば、絵美ももっとはっきり覚えていたはずだ。一帯を虱潰《しらみつぶ》しにしようと歩きだした瞬間に携帯が鳴り始める。結城だった。

「クソったれがまた動きだしたぞ」前置き抜きでいきなり本題に飛び込む。

「犯人から電話があったんだな」

「ああ」

「要求は?」

「あった……だけど、具体的な話じゃない」

「どういうことだ?」

「もっと金を用意できるかって訊《き》いてきた」

「そういう大人しい喋り方だったのか?」

「あ? ああ、そうだ。それほど高圧的な感じじゃなかった」

「分かった。それなら大丈夫だよ」

「どうして」わたしの台詞《せりふ》が気にいらなかったのか、結城の答えに怒りが滲《にじ》む。「何でそんなことが分かるんだ」

「犯人はそれほど焦ってないんだよ。まだお前から金を搾り取れると思って、余裕で構えてる」

「だけど、翔也が無事かどうかは分からないじゃないか」激しい怒りが感じられたが、声は押し殺したままだった。おそらく、物置に閉じ籠《こも》って電話しているのだろう。

「分かるさ。人質が無事じゃなかったら、金の要求はできないだろう」我ながら穴だらけの説明だったが、不幸な可能性を結城に提示するわけにはいかない。「金額や受け渡し方法で、具体的な話はなかったんだな?」

「ない。でも、また電話するって言ってた」

「クソ、逆探知できたはずだぞ。警察は何をやってるんだ」

「俺が話してたのは、三十秒かそれぐらいだぜ。そんな短い時間で逆探知できるのか?」

「逆探知できるように話を引き伸ばして、なんてイメージだろう? 昔はクロスバー式の交換機っていうのを使ってて、確かにこれは人間が一々目視で確認しないと逆探知できなかったから、時間がかかった。でも今は全部コンピューターで制御してるから、端末を叩けば一瞬だよ」

「だけど警察は、電話のことは何も言ってなかった……それより、女の件はどうだったんだ」結城がさらに声を低くする。

「会えた。でもたぶん、彼女は関係ない」

「そうか……まあ、そうだよな。そんな昔のことなんか、今さら関係ないよな」

そんなことはない、彼女の傷は深いのだ、と言おうとして言葉を呑み込んだ。追い込まれている結城の傷に、さらに塩を塗り込む必要はない。

「とにかく、まだ手がかりはある。俺は今そっちを追ってるんだ。これからも動きがあったら連絡してくれ。俺は警察に会うわけにはいかないからな。見つかったらすぐに身柄を拘束される」

「分かってる……それより、今朝、絵美と会ってたのか？」

「ああ」

「事件と何か関係のある話なのか」

「単なる息抜きのお手伝いだよ。彼女、相当参ってるじゃないか。少し休ませてやれよ。倒れたら何にもならないぜ」

「分かってるけど、あいつは母親だぜ」

「お前は父親だろうが」

無言のうちに、結城の怒りが膨れ上がってくるのを感じたが、辛《かろ》うじて爆発寸前のところで、彼が「そうだな」と短く言って自分でガス抜きをした。一方、結城に対するわたしの怒りを抜く機会はない。いずれ正面衝突することになるだろう、と覚悟した。

「とにかく犯人がまた動きだしたんだから、今度は間違いなくチャンスがある。警察は二回はヘマをしないよ」

「警察はまだ一度もヘマしてないぞ」

「……そうだった」自分を計算に入れていたことで苦笑いした。わたしはもう、警察とは何の関係もないのに。

電話を切った途端、また電話が鳴りだす。奈津だった。小さく溜息をつき、歩きながら電話に出る。

「一日一度ぐらい、電話してもらった方が安心できるんだけど」軽く非難するような口調だった。

「申し訳ない」

「忙《せわ》しく動いてるわけね」

「ああ」

「状況を説明したくない？」

「話せないっていうことだけ話しておくよ」

「確かにそういうルールだけど、言うだけ言ってみたら？」

「ああ……」悶絶《もんぜつ》しそうになった。彼女の手を煩《わずら》わせることはできない。立場も悪くなる。「やっぱりやめておく」

「あなたが調べると時間がかかる。わたしなら、キーボードを叩けば十秒かもしれない」

「それがばれると、君の立場が悪くなる」

「ばれなければいいじゃない」いつの間にか彼女は方針を転換したようだ。「何が知りたいの？」

「君の手は汚したくない」

「だから、言うだけ言ってみて」

「……住所」

「容疑者？」

「まだ分からない」

「一課に調べさせる気はないのよね」

「今のところは。容疑が濃くなれば、柴田さんには話す」

「名前、言ってみて」

五秒間の沈黙を守り、その間に様々なことを考えたが、結局、染谷の名前を彼女に明かさざるを得なかった。時間を節約するために。この辺を管轄にしている派出所を訪ねて、あれこれ言葉を弄して染谷の住所を聞き出そうと考えていたのだが、そうするよりもはるかに早く確実なのは間違いない。しかしその後で、精神衛生上困ったことになるのは分かっている。

「迷惑かけるな」

「大丈夫よ、わたしは」

「でも、どんなに小さな躓《つまず》きでも、君のキャリアには大きな影響を与えるかもしれない」

「自分のキャリアなんて、考えたこともなかったわ。一つだけ考えているのは、絶対にこの事件を解決したいということだけ。わたしは待機中だから直接捜査に加われないけど……」

「代わりに俺を使えばいい、と。それは警察のルールには反することだね」

「そんなもの、クソくらえじゃない？　ごめんね、言葉が悪くて。でもあなたが今も刑事だったら、やっぱりそう言ってたんじゃないかな」

「そうかもしれない」

「一つだけ、お願いがあるの」

「何だろう」

「無理はしないでほしいの。犯人だと確信できたら、警察に情報を提供して。人質を助けるためには機動力が必要よ。それは、あなた一人じゃどうしようもない」

「もちろん分かってる。何も犯人を捕まえて、俺が人質を助け出すなんてことまでは考えてないから」

　嘘をついてしまった。わたしは無意識のうちに夢想していたのだ。自分がヒーローになる場面を。

## 2

奈津が割り出してくれた染谷幸保の住所は、絵美たちがかつて住んでいたマンションから五百メートルほど離れた場所にあった。日産スタジアムの西側にある、一戸建ての家が建ち並ぶ一角である。散歩をしているふりをして家を確認すると、表札には三人の名前があった。幸保は一番左側。普通に考えれば、この家でまだ両親と一緒に住んでいることを意味するが、もしかしたら息子が独立した後も表札を変えていないだけかもしれない。

絵美は、染谷について名前以外のことをほとんど知らなかった。容貌についても大学生風というだけで、年齢も職業も具体的に説明できなかった。その頃本当に大学生だとしたら、今は就職しているのだろうか。あるいはこの表札は家族の実態をそのまま表したもので、家に引き籠って親に面倒をかけ続けているのかもしれない。もしも家にいるなら、引きずり出して話を聴かなければならないが、それは面倒だし、トラブルの原因にもなる。

近所の聞き込みを始める。興信所だ、という言い訳を使った。あながち嘘ではないわけで、こういう時は名刺が役立つはずだ。「総合調査」という、どうとでも解釈できるキャッチフレーズを掲げた「真崎事務所」の名刺をばらまくことにする。

遠い家から始める。最初に対応してくれたのは六十歳ぐらいの女性で、足元が震えるほどの寒さなのに、玄関に出てきた時には額に汗が浮かび、グレイのトレーナーの襟ぐりが黒くなっていた。ワークアウトの最中だったようで、家の中からデジタル臭いヒップホップが聴こえてくる。トレーナーはだぶだぶで、首は血管が浮かぶほど細く、ワークアウトが必要な体型には見えなかったが。

「興信所ですか」名刺とわたしの顔を、交互にしげしげと見詰める。

「調査事務所です」

「染谷さん、ご結婚でもされるの？」

「そこは調査上の秘密ということで、勘弁してもらえませんか」

「結婚ですか。へえ……」勝手に思い込んで、心底驚いている様子だった。

「人生の一大事ですよね」

否定せずに、適当に相手の好奇心を満たしてやる。大変な秘密を共有したとでもいうように、女性が大仰《おおぎょう》にうなずいた。

「染谷さんの人となり……そういうことを総合的に調べているんです。ご近所ですけど、彼のことはご存じですね」

「ええ、子どもの頃から見てますから」

「どんな人なんですか」

「普通の人ですよ。昔は大人しい、色白の子でね。小学生の頃は女の子みたいだった。それで随分苛《いじ》められたりしたようですけど。でも、昔の話ですよ」

当たりかもしれない、と胸が高鳴る。ゴシップ好きの女性に行き当たったに違いない。

「今はお勤めですよね」

「ええ、そう……確か、そうね」調子良く始まった会話が急に頓挫《とんざ》した。喋りにくそうに、組み合わせた自分の両手を見下ろしている。わたしの話に乗ってしまったことを後悔しているのは明らかだった。「詳しいことは知りませんけど」

「三年か四年前まで、学生さんでしたよね」

「ええ」

「この辺りの学校ですか？」

「知らないんですか」

「すいません、まだ調査を始めたばかりでデータが全然ないんですよ」

「確か、そうですね」

「ご家族はご両親だけですね」手帳をめくって確認するふりをした。「一人っ子ですか」

「そうですね」

　会話が一方通行になってきた。何かが彼女の反応を止めたのだ。会話の内容を思い出しながら、そのポイントを探す。昔は――そう、そこを強調して繰り返した後、急に言葉が渋くなった。

「いつ頃から変わってしまったんですか」

「そんなこと、言ってませんよ」口調が明らかに不機嫌に変わる。

「そうですか？」

「話を作らないで下さい」

「でもあなたは、『昔は』とわざわざ強調しましたよね。『昔は』大人しい、色白の子だった。『昔は』苛められてた。じゃあ、今はどうなんですか」

「詳しいことは知りませんから」

「曖昧な話でもいいんです。どんなことでも参考になりますから」

「人のことはあまり喋りたくないですね」

　なおも五分ほど、方向を変えてあちこちから突き続けたが、実のある答えを引き出すことはできなかった。仕方なくその場を辞去して、次の家に向かう。

　ドアをノックしたのが十軒。そのうち四軒では話を聴くことができたが、反応は似たり寄ったりだった。何故か皆、口を濁してしまう。染谷の現状について何か知っているのは明らかなのに、口裏を合わせたようにそれを隠そうとしていた。聞き込みが無為に終わりそうなことによる疲れに加え、焦りがわたしを襲う。こうやっている間にも犯人は着々と準備を整えているはずだ。ふと、染谷と麻美が共謀してこの誘拐を仕組んだのではないか、という妄想が頭に入り込む。結城と絵美にそれぞれ恨みと執着心を抱く二人が何らかの形で手を結び、嫌がらせの度を超えた犯罪を始めた。どんなに突拍子もない想像でも、可能性がゼロになるまでは候補として掲げておく必要がある。麻美に関してはシロ、という心象を抱いていたが、彼女のアリバイを証明してくれるはずの友人にも会っておかねばならないだろう。いずれは警察に任せようと思ってはいたが、自分でも調べておかないと。手帳を開き、住所と名前を確認しようとした瞬間、電話が鳴りだした。

「ちょっといい？」奈津の声は低く、どこかに隠れて電話をしているようだった。

「ああ」

「染谷という男。ちょっと気になって調べてみたんだけど」

「そこまでしてくれる必要はないよ。危ない橋を渡ってほしくない」

「別に危ないことなんかないわよ。人の親切を無にしないの。いい？　この男は二年前に東京で逮捕されてる」

「ストーカー規制法?」正確には「ストーカー行為等の規制等に関する法律」。「等」が二つ重なっているせいで言いにくく、一般には「ストーカー規制法」で通っている。要するにこの男がターゲットにしたのは、絵美だけではなかったのだ。

「そう……あなた、そういう線を狙ってたわけね」奈津の声が心なしか冷たくなった。

「突っ込まないでくれよ。君の鋭さは、時々凶器になる」

「事件の概要が手元にあるわよ」わたしの言葉を無視して彼女が言った。

「手元じゃなくて、君の頭の中にだろう」奈津の記憶力は驚異的だ。調書の内容を暗記してそらんじることなど当たり前で、人相、場所などイメージを正確に再現することもできる。

「とにかく、今の段階で分かってるのはこういうこと。二年前の九月、染谷は勤務先の女子社員に対するつきまとい行為を始めた。内容は、ストーカーの見本市みたいね。退社後に跡をつける、休みの日には家の前で待ち伏せする、メールや手紙を大量に送りつける。ターゲットになった女子社員が精神的、肉体的に不調を訴えて、会社に染谷の処分を要請した。ところが会社側はスキャンダルになるのを恐れて、曖昧な態度を取り続けたのよ。それで被害者が切れて、警察に告訴した。証拠は大量。彼女はメールや手紙をちゃんと保存していたのね。所轄署も真面目に捜査して、警告から禁止命令に進んだんだけど、それでも懲りなかったみたいで結局逮捕されたわ。判決は懲役六月、執行猶予二年」

「当然、会社は馘《くび》」

「警告が出た時点で処分されたみたい。もしかしたらそれで自暴自棄になって、さらにエスカレートしたのかもしれないけど。会社って、いつでも及び腰なのよね。何とか繕おうと思ってるうちに、手遅れになる」

「染谷が今どこにいるかは分からない？」

「残念ながら。さっきわたしが伝えた住所も、古いデータみたいね」

「実家だったよ」逮捕された時は実家に住んでいたのだろう。近所の人たちが一様に口を濁したのも、それで理解できる。ストーカー行為は相手を問わず日常的なものので、近所では以前から噂のタネになっていたのかもしれない。

「今わたしの方で分かるのは、昔染谷が勤めていた会社ぐらいね」

「教えてくれ。取っかかりにはなる」

彼女が教えてくれた会社の名前と住所を書き取った。所在地はみなとみらい地区。ということは、逮捕された当時、染谷はこの会社の東京支社か何かに勤めていたか、被害者が東京在住だったたということだ。

「この会社のことは知らないか？」

「残念だけど、記憶にないわ。ＩＴ系っていう感じはするけどね」

「確かに」サイバー・メディア。もちろん、こういう名前のベアリング製造会社があってもおかしくはないのだが、彼女の推測は外れていないだろう。みなとみらい地区には企業進出が進んでいるし、若い勢いのある企業がその波に乗るのはごく自然な感じがした。

「それだけ分かれば何とかなる。後は自分で調べてみるよ」

「ちょっと待って。ここから先は警察に任せた方がいいんじゃない？　もしも染谷という人間を容疑者だと思っているなら」

「まだ何とも言えないな」

　そう言いながらわたしは、頭の中で染谷の名前に太いアンダーラインを引いていた。人の性癖は簡単に変わるものではない。染谷は留置場で長い時間を過ごしたはずだが、そんなことでは変わらないものもある。執行猶予付きの判決を受けたということは、現在は社会復帰しているはずだ。社会に出れば、ターゲットにしたい女性に出会うこともあるだろう。あるいは、かつてターゲットにした女性をまた狙おうという気にもなるだろう。

　クソッタレを狩る時間がきた。

サイバー・メディアは、オフィスビルの十七階に入居していた。かなり大きなビルだが、十七階に入っている会社は二つしかない。ということは、結構な規模の会社ということになる。

　受付のスペースは真新しく清潔で、空間を贅沢に使っている。エレベーターを降りるとまず目につくのが、大きなガラスのショーケースだ。そこに展示されたソフトウエアのパッケージを見て、この会社の正体が分かった。ネットや雑誌で盛んに広告しているウィルス対策ソフトの会社で、最近はテレビ広告も打っていたはずである。業績は好調なようだ。大きく社名のロゴが入った看板の下にある受付では、制服を着た二人の女性社員が手持ち無沙汰に座っている。ロビーの一角をいくつかに仕切って、打ち合わせ用の小部屋にしている。残りのスペースには、訪問者が座って待てるように椅子やソファが置いてあったが、どれも灰色のカーペットから浮き上がるような派手な色合いで、しかもデザイン的に統一感がまったくない。何に似ているかと言えば、幼稚園の教室だ。

　人事担当者に面会を求めると、予想したよりも簡単に許可された。来る者拒まずという姿勢なのか、防御が甘いのか。受付の女性も、わたしの名刺をろくに確認もしなかった。

「お待たせいたしました」受話器を置いて立ち上がり、深々とお辞儀をする。舌足らずな喋り方はビジネスの場にそぐわなかったが、暇があればデートに誘ってみてもいいと思える容姿ではあった。わたしの人生に奈津がいなければの話だが。

「人事部長がお会いします。窓側の一〇二会議室でお待ち下さい」

礼を言い、短い廊下を歩いて一〇二会議室を見つけた。「空室」になっているのを確認し、ドアを開ける。清潔だが素っ気ない部屋で、染み一つない白いテーブルにLANケーブルが這っているのが妙に目立つほどだった。観葉植物、なし。会社紹介のパンフレットもなかった。もっとも、窓からコスモワールドや赤レンガ倉庫のある新港《しんこう》地区が見渡せるので、室内の素っ気なさを補って余りある光景は提供されていた。

「お待たせしました」五分待たされ、煙草の味が恋しくなってきた頃、人事部長が飛び込んで来た。若いだろうと漠然と予想していたのだが、汗をかきながら部屋に入って来たのは四十代半ばの小柄な男だった。腕にはフォルダを一杯に抱えている。放り出すようにテーブルに置くと、雪崩《なだれ》を起こして滑り落ちそうになった。腕を伸ばして塞《せ》き止めてやると「失礼」と短く言って席に着く。

挨拶すると、彼はわたしの名刺を長々と見詰めた。何かに納得したように一人うなずくと、名刺をテーブルに置く。両手を組んで肘《ひじ》をテーブルに載せ、上半身をぐっと乗り出す。戦闘開始、の合図だ。

「探偵さん、ですか？」

「それはリアリティがないので、調査員と呼んでいただければ」

「やってることは同じですよね」

「調べるという点では」

「そうですか」秋元《あきもと》と名乗った人事部長は、不満そうな表情を浮かべて腕を組み、椅子に背中を押しつけた。最近流行の細身のシャツを着て、ボタンを二つ開けているが、間違った路線に行ってしまっているのは明らかだった。サイズが合わなくなった若い頃の服をクローゼットから引っ張り出してきたようにしか見えない。ジーンズ姿だが、腹がベルトの上にせり出していた。

「調べてどうするおつもりですか」

「それは話せません」

「情報は金になるんでしょうね」

「そういうこともあるかもしれません」滲み出す敵意は何なのだろうと訝《いぶか》りながら、相槌《あいづち》を打った。「今日は、以前こちらにいた染谷さんの件で伺ったんですが」

「そういう人間がいたかどうかは確認できません」

「人事部長なのに？」

「個人情報に属することですから」

「問題を起こして辞めさせた人間の個人情報まで守る必要もあるんですか」

「弊社はコンプライアンスを重視しています。個人情報の保護は、当然その中に入るんですよ。たとえ辞めた人間であっても、守らなくてはいけません。犯罪行為に加担するわけにはいかないんですよ」

「犯罪行為」手を組み合わせた。この仕草は、賢く見える時もある。「意味が分かりませんが」

「この情報は幾らで売れるんですか」

「は？」

ずる賢い笑みを浮かべ、秋元が手元のフォルダを開ける。真っ白な封筒が覗いた。それをわたしの前に置き、十センチほど押し出す。合点がいったが、言い合っている暇はないので上から一気に押し潰すことにした。

「あなたは勘違いしているようだ」

「そうですか？　探偵っていうのは、情報を右から左へ動かして、その過程でお金を発生させるんでしょう」

「わたしが警察の人間だったら、あなたを贈賄の申し込みで現行犯逮捕するところですよ」秋元の耳が赤く染まったが、口調はあくまで冷静だった。

「だけどあなたは警察官——公務員じゃない。どういう用件でここへ来られたのかは、だいたい想像がつきますよ。わたしはこれまで、あなたのような人間を何人も相手にしている。大抵は、こういう封筒で解決できるものなんですけどね」名うてのトラブルシューター。自慢になることとは思えなかったが、彼は堂々と胸を張った。

「わたしは例外ですね」封筒を押し返す。何と、二日で二回目である。損をしたとは思いたくなかった。「わたしが欲しいのは情報であって、金じゃない。事件を調べるのは、何も警察の専売特許というわけじゃないですからね」

「そんなこと、弊社には関係ありませんよ」

「二年前、染谷がストーカー事件を起こした時、会社としての対応が遅れたんじゃないですか」

再び秋元の耳が赤くなり、今度は簡単には元に戻らなかった。

「大したことじゃないと思ったんでしょう。たかが女子社員が泣きついているぐらいなら、社内で丸く収められると舐《な》めてかかってたんでしょうね。それは女性蔑視《べっし》だし、今の世の中では許されないことですよ。そういうことだから刑事事件になって、結局会社も恥をかく。違いますか？　当ててみますけど、この時の被害者の女性は自分から会社を辞めてるでしょう。当たり前ですよね。自分を助けてくれなかった会社に勤めたいと思う人なんか、いるわけがない」

図星だったようだ。腕組みをしたまま、秋元が不機嫌に黙り込む。わたしはすかさず二の矢を放った。

「ここでわたしが情報を手に入れられないと、いずれ警察が来ることになります。そうなったら、ストーカー事件の時のように、世間に対して隠しておくことはできませんよ。どうせあの時は、マスコミに発表しないように警察にお願いしたんでしょう。金が渡ったかどうかは知りませんけど」

「冗談じゃない」思い切り首を振ると、緩んだ顎《あご》の肉がぶるぶると揺れる。「警察に対してそんなことをするわけがないでしょう」

警視庁が扱った事件だから詳しい事情は分からないが、本庁の広報課は発表する価値なし、と判断したのだろう。つきまといから傷害事件に発展する、あるいはサイバー・メディアが誰でも知っている非常に有名な会社なら話は別だが、様々な側面から検案してニュース価値はないと判断して切り捨ててしまっても、おかしくはない。誰かが嗅ぎつけて取材してくれば答える、という程度の扱いだったのではないか。もっとも新聞記者も、この程度の話なら触手が伸びないだろう。

「二年も前の話を今さら持ち出されてもね、ですね」秋元がハンカチを取り出し、額に当てた。汗をかいている様子はないのだが、焦っているポーズを見せようとしている。

「今回は、二年前の話は関係ありません。染谷は、新たな犯罪に係わっている可能性があるんです」

「ですから、それは弊社には関係ないことで……」

「彼の居場所が必要です」

「しかし、それは……」

「わたしは警察官じゃありません」残念ながら、という言葉を呑み込む。「強制的に調べることはできない。だから御社の協力が必要なんです。解雇した後、彼がどこへ行ったのか、情報は押さえてないんですか？」

「いや、ですからそういうことは……」

「コンプライアンスを大事にするんでしたら、会社の防衛についても高い意識をお持ちのはずですよね。辞めさせた社員は、いろいろな意味で危険因子になる。情報は摑んでいるでしょう」

「それはですね……」

「わたしが引き下がれば、次には警察が来ます。警察は容赦しませんよ。ここで申し上げるわけにはいかないけど、これは非常に重要な事件なんです。どんなに頭を下げても、会社の名前が出ないように済ませることは不可能でしょうね。それに警察の後には、マスコミが大挙して襲ってきますよ。あなたはマスコミ対応には慣れておられるかもしれないけど、テレビカメラがたくさん並ぶ前で釈明するのは大変でしょう。そういうことは避けたいんじゃないですか」

「しかしあなたに話しても、結局警察は来るんでしょう」

「それは大丈夫です」またも嘘。だが、この男に嘘をつくことで、良心がさされ立つことはなかった。「わたしは、警察と協力して動いています。わたしの情報が警察に伝われば、それ以上の追及はないでしょう。もしも心配なら、県警捜査一課の柴田巡査部長に確認して下さい。わたしの話を裏づけてくれるはずです」本当に柴田に電話されたら、わたしは間違いなく、今以上の厄介な状況に巻き込まれるだろう。

「うーん」唸《うな》って天井を見上げたまま、固まってしまった。しかし数分後、わたしは意外なところから染谷の住所を摑んでいた。


個人情報保護、クソくらえ。失敗したらわたしはそう毒づいていただろう。しかしこうもあっさり必要な情報が手に入ると、逆に心配になる。自分の名前がどこにあるか、もう一度見直さなければならないと思った。

「退職社員」という意味では、サイバー・メディアは染谷の行方を摑んでいなかった。しかし染谷は、この会社の顧客だったのである。大きなシェアを誇るウィルス対策ソフトを購入し、アップデートし続けている。住所、電話番号、メールアドレス、勤務先。必要な情報全てが手に入った。それに加えて容貌も。秋元は「見逃すはずがない」と妙に自信たっぷりに言った。潰れた左耳と頬を抉《えぐ》るような長い傷。まだこの会社に勤めていた頃、交通事故で負ったものだという。

家は、南武《なんぶ》線の武蔵溝ノ口《むさしみぞのくち》駅の近く。現在は派遣会社に登録していた。川崎駅前にあるという会社を訪ねてみようと、まず電話を突っ込んでみたが、清掃会社に派遣されているという以上の情報は得られなかった。直接訪問しても時間の無駄になるだろう。方針を変え、武蔵溝ノ口へ向かう。首都高から第三京浜を使い、京浜川崎インターチェンジで下りて駅を目指した。

川崎は表情の変化が豊かな、というよりどこに軸があるか分からない街だ。ＪＲ川崎駅前を染めるのは猥雑《わいざつ》で下品な雰囲気、すなわち歓楽街と競馬場から噴き出す空気である。工業地帯のストレス解消法——分かりやすい構図だ。しかし西の方、多摩丘陵に近づくと高級住宅地が増え、先端企業の本社やラボも見られるようになる。その中で武蔵溝ノ口は、川崎の象徴する二つの顔を併せ持った街だ。中央林間から渋谷へ、さらに都心へ向かう田園都市線と、川崎と多摩をつなぐ南武線という、性格の違う二つの路線が交わる駅を中心に発展したせいだろう。駅前にはロータリーを中心にデパートやショッピングセンターが建ち並んでいるが、その顔は田園都市線沿いの街に共通する小綺麗なものではない。夜になるとネオンが誘いかける街の例に漏れず、ごみごみとした忙しない雰囲気が漂っている。しかしそこを離れると、一見して高そうな家が建ち並ぶ住宅街に出る。

染谷のアパートは、駅と国道二四六号線を結ぶ道路沿いにあった。比較的古いマンションやアパートの多い地域であり、学生の姿が目立つ。アパートの前はコンビニエンスストアであり、上り調子の会社での職を失った染谷が、この店を台所代わりに使っているであろうことは容易に想像がついた。

アパートの前の路上に車を停めたまま煙草を吸いながら、作戦を練る。突撃、という案が大きな文字になって頭に浮かんだ。染谷は執行猶予付きの判決が出てしばらくしてから、現在の派遣会社に登録したらしい。清掃会社への派遣。仕事の終わった夜間にビジネスビルの掃除に入ることも多いだろう。午後一時。わたしの想像通り、夜中に仕事をしているとすれば、今はまだ夢の中ではないだろうか。一気に突っ込むか。寝起きを襲われて、まともに防御できる人間などいない。この男が今のところ一番の手がかりだ。血液が沸き立ち、鼓動が速くなる。落ち着け、と自分に言い聞かせ、車を降りた。初冬にしては強い陽射しが頭を温める。それがさらに興奮を加速させた。

一階にある部屋のドアをノックする。反応はない。今日の朝刊はそのまま郵便受けに差してあった。それを確認してからノックを続ける。小刻みに、どんなに深く眠っている相手でもイライラして布団を飛び出さざるを得ないように。

「何すか？」

いきなりドアが開いた。グレイのジャージの上下という格好で、襟首はだらしなく伸び、全体に毛羽立っている。どこかに穴が空くのも時間の問題に思えた。

「誰？」

「そっちは誰だ」

「はあ？」

染谷は精一杯強面《こわもて》の表情を見せようとしたが、成功の可能性はゼロに等しかった。寝ぼけて半分塞《ふさ》がった眼、台風の真ん中に突っ込んだように乱れた髪では、迫力は微塵《みじん》も感じられない。

「染谷幸保さんだね」

「警察か？」

一瞬、わたしたちの間の空気が張り詰める。逃げ場を奪うために、わたしはドアの隙間から玄関に身をこじ入れた。強引なそのやり方に染谷は怯《おび》え、無意識のうちに身を引いた。後ろ手にドアを閉め、もう一度確認する。

「染谷さん、間違いないね」顔を見た瞬間、これ以上確認する必要がないことは分かった。秋元の言った通り、潰れた耳と醜い傷跡が、何よりの証拠になっている。彼を治療した医師を割り出してブラックリストに載せること、と頭の中にメモした。万が一怪我した時、この医師にかかってはわたしの顔はパッチワークにされてしまう。

「翔也はどこだ？」

彼の顔に、解決不能の難題を突きつけられた人間に特有の混乱が生じた。

3

「何だよ、いったい」何とか威厳を保とうと、染谷が声を荒《あら》らげた。それを無視して耳を澄ませる。家の中は静まり返っており、外を走る車の音がわずかに入り込んでくるだけだった。足元を見ると、履き古したスニーカーが二足、置いてあったが、どちらも大人のものだ。もちろん、こんなところに翔也の靴が無防備に置いてあるとは思えなかったが。

「おい、人の家に勝手に上がり込んで、どういうつもりなんだ」

「お前がドアを開けたんだ。違うか？」

難しい状況に追い込まれていることは分かっている。不法侵入だ、と騒ぎ立てられれば言い訳するのは難しい。どちらが有利な立場に立つか、これから数分間のやり取りにかかっている。

「今の会社、いつから働いてるんだ」

「ああ？」

「執行猶予中っていうのは、いろいろ面倒だろう。よく仕事が見つかったな」

「あんたに関係ないだろう」

ふて腐れて腕を組み、そっぽを向く。もっと粘着質なタイプを想像していたのだが、こうやって相対してみると、むしろ粗暴犯の雰囲気が濃い。ただし、殴りかかってくるほどの度胸はないようだった。

「結城絵美さんを知ってるな」

「はあ？」

「結城絵美さんだ。四年前、あんたが一方的に追いかけ回してた女だよ」

「誰だよ、それ」惚《とぼ》けてみせたが、その演技はあまりにもひど過ぎた。

「知らないとは言わせない。彼女をつけ回して、手紙を送りつけて、散々迷惑をかけただろう。その後彼女がアメリカに行ったから、他の女に標的を変えたのか？要するに相手は誰でもいいんだろう。女に相手にされないと、手当たり次第にストーキングをしたくなるものなのか？」

「ふざけるなよ、おい」染谷が拳《こぶし》を握り締める。「あんた、何を好き勝手なことを言ってるんだ」

「このことが表沙汰になったら、お前はまた職を失うことになる。今はこんなアパートに住んでるけど、ここも出て行かざるを得ないだろうな。行き先はどこだ？　路上だよ。そこで冬を過ごすのは辛いぞ」

「いい加減にしてくれ。昔の話じゃないか」依然として威勢はいいが、声には怯えが忍び込んでいた。

「今度は誰をターゲットにしてるんだ」

「俺は何もやってない」

「ストーカーっていうのは、反省しないんだよ。新しいターゲットは誰だ？　今勤めてる会社の女の子か、それともこの近くに住んでる人か？」

「いい加減にしてくれ」ふいに染谷の目から涙が零《こぼ》れる。演技でないのはすぐに分かった。「俺はもう……目が覚めたんだよ」

「そうは思えないな」反論したが、わたしの希望は大きく揺らぎ始めていた。

「馬鹿なことを……目が覚めたから、こうやってちゃんと仕事してるんだろうが。あの会社だって、事情は分かってて俺を雇ってくれたんだ。世の中、あんたみたいに偏見を持った人ばかりじゃないんだよ」

「一昨日《おととい》の夜、どこにいた」

「あんた、いったい何なんだ？　警察か？」

「警察に協力している者だ」

「じゃあ、警察じゃないんだな」

　無言でいると、染谷の顔に安堵《あんど》の笑みが浮かび、血の気が戻ってきた。急に自信を得たようで、腕組みをして馬鹿にしたような表情を浮かべ、わたしを見やる。

「いいよ。隠すことなんかないからな。俺は今週ずっと夜勤なんだ。毎日夜の十時から朝の六時まで仕事をしてる。ビルの床を舐めるみたいに掃除する辛さ、あんたには分からないだろうな。調べてみろよ。俺が何時にどこのビルで床に這いつくばってたか、すぐに分かるぜ」

「瀬戸麻美という女を知らないか」ふと思いついて訊《たず》ねてみた。

「聞いたこともないな」鼻息荒く言って、足を組む。嘘を言っている気配はない。怒りながら嘘をつける人間はほとんどいないし、この男にはそんな器用な真似はできそうになかった。

「結城の家族のことはどこまで知ってる？」

「だからもう、関係ないって」声に怒気が混じった。「昔の話だよ、昔の話。今の俺には何にも関係ない」

「彼女に息子がいることは知ってるな」

「さあ、どうかな。知ってたかもしれないけど、忘れた」

「子どもに会ったことはあるのか」

「そんなこと、あんたに関係ないだろう。何なんだよ、いったい」いきなり壁に拳を叩き込んだが、音は虚《うつ》ろだった。

「あんたのアリバイは確認させてもらう」

「勝手にしろ。会社にでもどこにでも聞けよ。電話番号ぐらい、俺が教えてやってもいいぜ」完全に開き直っており、今週清掃業務に入っているというビルの名前まで告げた。「だけど、何なんだ？　俺が何かやったとでも言うのかよ」

「ノーコメント」

「気の利いた台詞じゃないな」

　確かに。彼の捨て台詞の方が、よほど気が利いている。

　苦い敗北感を味わいながら車に戻った。煙草に火を点けようとして、パッケージが空になっているのに気づく。手の中で握り潰したが、空疎な感触が得られただけだった。

　胸に顎を埋めたまま、アパートを見る。ドアは閉ざされたままで、つい先ほどまでわたしと染谷が激しくやり取りしていたのが嘘のようだ。自分が失敗したことに気づく。確かに染谷は絵美に対してストーカー行為を行い、その後さらに別の女性をターゲットに行動をエスカレートさせ、逮捕された。それで生活が全て破綻《はたん》した結果、かつて追い回していた絵美に対して捻《ねじ》れた気持ちを持つようになるのも当然だ——そんなシナリオはあっさり粉砕された。あの男はドブの中から這い上がって人生をやり直そうとしている。逮捕され、司法の場に引き出されたことで、本当に目が覚めたのかもしれない。ぎりぎりのところで踏み止まり、己を立て直すために毎日歯を食いしばって生きている。わたしは、そんな男の頭に冷水をぶちまけた。

何かがずれている。この情報の出所は長坂だ。もちろん彼も、何か根拠があって染谷の存在をわたしに教えたわけではないだろう。しかし、考えてみれば妙な話だ。絵美本人は、染谷の存在をさほど気にしていない様子だったのに。少しでも染谷の存在が頭にあれば、もっと早い段階でわたしに話していただろう。長坂はいったいどんな話を聞いていたのか。

車を降り、目の前のコンビニエンスストアの自動販売機で煙草を買った。いつものラッキーストライクが見当たらないので、代わりにマルボロ。微妙な味の違いが、わたしにずれを強く意識させた。車に戻り、携帯電話を取り出す。しばらく手の中で弄《もてあそ》んでいたが、意を決して長坂を呼び出した。

「どうだった？」染谷に会ったと話すと、長坂は一瞬躊躇《ちゅうちょ》するような口調になった。

「外れ、だな」

「そうか……俺はいい線じゃないかと思ったんだけどな」

「どうして」

「え？」

「どうしてそう思った？　絵美ちゃんは、そんなに詳しくお前に話してくれたのか」

「まあ、いろいろ話のついでに」

「おいおい、だったらあの話は、お前の印象みたいなものだったのか？」

「とにかく、俺はそう思ってたんだよ」口調が強張《こわば》る。「何か手がかりがないかって焦ってたのはお前だろう」

「……それはそうだけど」

「違ってたなら仕方ないじゃないか。捜査って、そういうものなんだろう？」

「途中までは、俺も当たりかもしれないと思ってた。でも、本人に会ったらその印象は変わったよ。アリバイも成立すると思う」

「そうか。だけど、俺にはもうどうしようもないよ」

彼は露骨に、事件から距離を置こうとしている。何故だ？　大事な仕事があるのは分かるが、あまりにも腰が引けてはいないだろうか。最初の勢いは何だったのだろう。何が彼を変えたのか。

「それより、犯人からまた連絡が入ったぞ」

「何だと？」狼狽《ろうばい》ぶりが声から伝わってくる。「まさか、そんな……」

「まさかって言っても、実際そうなんだから。また金を要求してきた。お前は何も聞いてないのか」

「聞いてない」長坂の声が震える。ひび割れた信頼関係について、必死に考えているのだろう。「無理だよ。あいつにはもう、払う金なんかない」

「本当に？」

「俺が知ってる限りでは。幾ら要求されたか知らないけど……犯人はどういうつもりなんだ？」

「分からない。ただ、俺にも責任はある。あまりにも簡単に金を奪えたから、犯人は調子に乗ってるのかもしれない」

「そうか」

「他人事みたいに言うなよ」

「だけどさ、考えてみてくれ。俺は単なる代理人なんだぜ？　事件を何とかしろなんて言われたって無理なんだよ。今回の件は失敗だった。あいつの言う通りにしないで、最初から警察に届けておけばよかったよ。お前のアドバイスに従っておくべきだった」

「まさか、代理人を辞めるなんて言いだすんじゃないだろうな」

「何とも言えないな」溜息が漏れた。「俺が辞めるって言わなくても、あいつの方で俺を放り出すかもしれないし。今回、電話してこないのがその証拠じゃないか？」

「お前が電話してやればいいじゃないか」

「そうもいかないよ。とにかくあいつは、今回の事件でかなり多くのものを失うんだ。もしかしたら全部かもしれない。子どもが帰って来ても、世間は何て言うか分からないからな。警察に届けなかったこともそうだし、犯人の言いなりに金を払ったことに対しても反発する人がいるだろう。野球以外のことでバッシングされたら、これはきついぜ。あいつは世間の荒波に揉まれてないんだ、俺やお前と違って」

「それはそうかもしれないけど、随分冷たくないか？」

「ビジネスなんだよ、ビジネス。俺は金のためにやってるんだぜ。ボランティアでも何でもない」

その捨て鉢な台詞が、わたしの怒りに火を点けた。

「いい加減にしろよ。友だちだろう？　だから最初は、あれだけ親身になって相談に乗ったんじゃないのか。あれは代理人の仕事のレベルを超えてた。それを今になって見捨てるのは、あまりにも打算的だ」

「落ち着けって、薫。考えてみろよ。お前は金の心配をしなくていいんだろう？　家賃で食っていけるんだから」わたしが熱くなるのに反比例して、長坂の声は冷たくなった。「前に言ってたよな、あのビルの管理をしてるって。要するに家賃収入だけで暮らしていけるんだろう？　だから人の世話を焼く余裕もあるんだよな。だけど俺は、自分の食べる分は自分で稼がなくちゃいけないんだぜ。それに比べて、どういう手を使ったか知らないけど、お前は上手くやったよな」

「言い過ぎだ」

「いや――」長坂が言葉を呑む。一瞬後に「すまん」と謝罪したが、さほどの誠意は感じられなかった。「もういいか？　今日は忙しいんだ」

「ああ、悪かった。仕事に戻ってくれ」

電話を切って、自分の言葉には不必要な棘《とげ》が滲んでいたことに気づく。そう、刑事でも探偵でもない長坂に、これ以上結城の面倒をみてほしいと願うのは間違っている。彼はあくまでビジネスの一環としてこの一件に係わっただけであり、あまりにも多くを望むのは酷というものだ。

しかし、納得がいかない。友だちなど、ビジネスと比較すればさほどの問題ではないというのか。

長坂――俺たちが過ごしたあの夏は何だったんだ。

ある人間を犯人だと確信して、その証拠を追う時間は、どんなにきついものであっても高揚感をもたらす。しかし、犯人ではないことを証明するために潰れる時間は、単なる疲労の積み重ねにすぎない。午後から夕方にかけて、わたしは麻美と染谷のアリバイ確認に追われた。心証としてはシロでも、やはり潰しておかなければならない。そして夜が進むうちに、疲れが着実に体を蝕《むしば》んだ。

計算してのことか、怒りに駆られて判断力を失っていたのか、染谷は派遣会社の担当社員の名刺をわたしに寄越していた。こいつに直接聞いてみろ、と。だが、いきなり電話を突っ込んでも怪しまれるだけだと思い、担当社員の名前を使って清掃会社に確認してみる。三十秒ほどの会話の中で、今週ずっと、染谷が夜勤についていたことが確認できた。途中で仕事を抜け出すこともできたかもしれないが、そうなったらあちこちからクレームがついただろう。

バツ印、一つ。覚悟してはいたが、あまりにも大きなバツ印だった。

警察に任せずに麻美のアリバイを確認するには、もう少し手間がかかった。知り合いの女性と呑んでいたというカラオケボックスは三鷹にあるというのでそこまで足を伸ばしてみたのだが、当夜勤務していた従業員は休みだった。重大な事件なのだとしばらくやり取りした後で、ようやく自宅に電話をつないでもらう。しかし、その従業員は麻美の名前を知らなかった。容貌を説明してもピンとくる様子はない。まだ連絡の取れない麻美の友人を摑まえるしかないのだと諦めかけた時、電話が鳴った。

「あの話、どうだった？」絵美。声を潜めているところをみると、家にいるのだろう。

「当てが外れたみたいだ」染谷がその後逮捕されていたことを話す。彼女も長坂とは連絡を取っていないのだ、と気づいた。

「じゃあ、わたしも危なかったかもしれないの？」絵美の声が震えた。たとえ過去から襲ってきたものであっても、恐怖は人を打ちのめす。

「昔の話だよ。本人もだいぶ痛い目に遭って、反省してる。ああいうことは二度とやらないと思う。とにかく今回の件については、アリバイが成立した。奴は犯人じゃないよ。それより、犯人側からはその後何も言ってきてない？」

「ええ」

「結城はどうしてる？」

「何も喋ってないから……ダメージが大きいのよ。たぶん、わたしよりも」

「あいつは今まで痛い目に遭ったことがないから、免疫がないんだ」

「そうね、そうかもしれない。順風満帆でやってきて、どんなに我儘《わがまま》を言っても周りの人は言うことを聞いてくれたんだろうし。こんなこと、想像もできなかったでしょうね……後に尾を引かないといいんだけど」

「それもこれも全て、翔也を取り返してからだよ。今はそんなこと、考える必要はない」自分の言葉の空しさを噛み締める。犯人の尻尾すら見えていない状況なのだ。「犯人から連絡があったら、何時でもいいから連絡してくれ」

「分かった。でも、あなたも無理しないでね」

「まだ余裕たっぷりだよ」強がってみたものの、エネルギーは切れかけていた。頭の怪我はさほど気にならなくなっていたが、代わって空腹と疲れが体を蝕んでいる。電話を切って時計を見ると、いつの間にか十時を回っていた。体に馴染んだ家のベッドが恋しくなる。あるいは奈津の家。古い洋館スタイルの家というのは、妙に気分が落ち着くものだ。

　自宅に戻ることにした。柴田が本気でわたしを摑まえるつもりなら、とっくにそうしているだろう。だいたい、わたしの家に人を張り付かせることができるほど、捜査員の余裕もないはずだ。

眠気と戦いながらミニのエンジンに鞭《むち》をあて、首都高をひた走る。十一時過ぎに横浜に着き、ガレージに車を入れた。そのままエレベーターで部屋まで上がる。部屋の灯りを点けないまま冷蔵庫を漁《あさ》り、賞味期限切れぎりぎりのハムとウチキパンの胚芽ブレッドを見つけ出した。パンは軽くトーストし、たっぷりのバターと粒マスタードを塗りつけて、ハムとレタスでサンドウィッチにする。ベッドの上で食べながらミルクで流し込んだ後には、睡魔は耐え難くなり、パン屑《くず》の散らばるベッドで眠りに落ちた。ずっと香ばしい香りが顔の周りで漂っていたが、それが香り付きの夢なのか現実なのかは判然としなかった。

体のどこかで痛みが自己主張し始めた。頭ではない。ほどなく、痛むのは耳だと気づいた。耳元で電話が鳴っている。携帯電話ではなく、家の電話だ。無視すべきだという考えが浮かぶ前に、反射的に受話器に手を伸ばしてしまう。

「てめえ、そこにいたのか。呑気《のんき》に寝てやがったのか?」柴田だった。声に怒りと焦りが露骨に滲む。

「どこにおかけですか?」

「馬鹿野郎、惚けてる場合じゃないぜ」

体にまとわりついた汗の臭いを嗅ぎながら上体を起こす。既に弱々しい朝日が、ブラインドの隙間から射し込んで部屋を暖め始めている。十年以上も使っている目覚まし時計は七時半を指していた。たっぷり寝たという爽快感よりも焦りが先に立つ。ぶつぶつ文句を言い続ける柴田に適当に相槌を打ちながら、携帯電話を確認した。寝ている間に、誰かからかかってきた形跡はない。ベッドから立ち上がり、眠気覚ましに部屋の中をうろつきまわり始めた。十畳ほどのスペースに、わたしの生活の全てが詰まっている。窓際にあるキッチンスペースには、ガス台が三つついたコンロ。冷蔵庫だけは大きなGE製で、他の家具に比して明らかに浮き上がって見えた。二十インチのテレビの横にはデノンのシステムコンポ。CDとレコードの数はほぼ半々だ。レコードは、給料を貰うようになってすぐ、中古のものを大量に買い集めたのを、今でも大事に保管している。二人で食事ができる小さな丸テーブルに一人がけのソファが二つ、後はベッドが残りのスペースを埋めている。未だに自分の体に馴染んだ感じはしない。

「聞いてるか、おい？」

「もちろんですよ。それより、俺に電話してきたってことは、本当に手がかりが全然ないんですね」

「うるさい」

「犯人からまた電話があったそうですけど」

「何で知ってる？」

「情報源は明かせません」

「俺が首根っこを摑まえて揺さぶったら、お前なんかすぐに吐いちまうだろうよ」

「だけど今、柴田さんはここにいませんからね。それより、犯人の要求は本気だと思ってるんですか」

「冗談で金を要求する奴はいない」

「具体的な受け渡し方法の指示はないんですね」

「それはまだだ」

「そうですか……」柴田の怒りを宥《なだ》めるために、麻美と染谷の情報を伝えようか、とも思った。しかし二人は、わたしの中では容疑者の線から外れている。ここで話せば、関係ない一般市民に対する裏切りにもなるだろう。そう考えた瞬間、自分も事件に首を突っ込む権利のない一般市民なのだと気づく。

「警戒態勢は未だに赤ですね？」

「真っ赤だ。レベルAだ。しかし、このまま続けば、いずれ膠着《こうちゃく》状態に陥るだろうな」

「電話は一回だけなんですね？」

「ああ」

「公衆電話ですか？　それだったら、逆探知はできても、犯人の手がかりにするのは難しいでしょうね」

「お前に言われなくてもそんなことは分かってる」再び柴田の声に怒りが入り込んだ。「それより、もっと厄介なことがある」

「今より厄介な状況なんて考えられませんけどね」

「マスコミだよ」嫌々ながら汚物の名前を口にするように吐き捨てる。「動いてる連中がいる」

「報道協定はどうしたんですか」

「記者クラブ加盟の新聞やテレビの連中は、大人しくしてる。だけど、雑誌の連中はな……被害者は大リーグ帰りのプロ野球選手だぞ。でかい見出しになる」

「さすが柴田さん、マスコミの事情もよく分かってる」

「茶化すな。とにかく、このまま動きがなければ、雑誌の連中は本当に記事にするかもしれない。そうなったらもっと厄介になるし、記者クラブの連中も何を言いだすか分からない。不公平だとか何とかな」

「あの連中は簡単に抑えられるんじゃないんですか」

「そういう事情になったら、そうもいかんだろうが」

「心配し過ぎなんじゃないですか。仮にどこかの雑誌が書いて、それで人質が殺されでもしたらどうなります？　叩かれるなんてもんじゃ済みませんよ。今は、マスコミだって昔みたいに絶対の存在じゃないんだから」

「そんなのは気休めにはならん」

「ええ。とにかく犯人を捕まえるのが先決ですよね」

「こっちに出てくるつもりはないか？」急に柴田の声が柔らかくなり、わたしを懐柔し始めた。「勝手に動くのもいいけど、俺たちと協力してやれば、もっと効率的に調べられるんじゃないか」

「俺は何も摑んでませんよ」

「お前は嘘が下手だからな」

「大変だ、一番の秘密がばれた」

「ふざけるな」彼の巨大な拳が何かに打ちおろされる音が聞こえた。思わず首をすくめる。「昼まで時間をやる。それまでに一課に出頭しろ。そうしないと逮捕状を請求するぞ」

「容疑がないじゃないですか」

「公務執行妨害だ」大真面目に柴田が言った。「お前は俺を苛々させて、仕事の邪魔をしている。立派な公務執行妨害だ」

「柴田さんはそんなにヤワじゃない」

「十二時だ」わたしの言葉を無視して言い切る。「十二時に出頭しろ。いいな」

逃げられないだろう、と悟った。これ以上逃げ回っていると、柴田の立場を悪くする可能性もある。いいだろう。刑事がどんな発想で取り調べをするかは分かっている。どうやって逃げればいいかも分かっている。

わたしは、嘘は下手かもしれない。しかし言い逃れは得意技の一つだ。きりきり舞いさせてやってもいい。

## 4

出頭する前にできることはないか。

電話だ。結城と話をしておかなければ。彼の精神状態が気になる。今後、犯人から具体的な要求があった時にまともに反応できるかどうかが心配だった。冷静な判断力などとうに失われてしまっているだろうが、滅茶苦茶な反応で犯人を怒らせ、それが最悪の結末につながるのを恐れる。一度だけ彼の携帯を鳴らし、そのまましばらく待っていると、コールバックがあった。

「俺だ」声は疲れ切っている。ベッドに横たわったまま電話しているのかもしれない。

「今、話して大丈夫か？」

「ちょっと部屋を出てきたんだ……寒いな、今日も」

「少しは寝てるのか」

「寝たり起きたりだよ。いつ電話がかかってくるかと思うと目が覚める。嫌な夢ばかり見るんだ」

案外まともな――まともという言い方もおかしいが――神経が残っているのだな、と安心する。子どもを誘拐された親として、これは正常な反応だ。

「例の情報だけどな、シロだ」

「そうか……まあ、そんなに期待もしてなかったけど。そうだよな、あれぐらいのことでこんな事件を起こそうなんて、普通は思わないよな」

「そう言うけど、彼女は随分ショックを受けてたんだぜ」

「だけど、昔の話だからな」

鈍い怒りが腹の中で渦を巻く。お前は、一人の女性の人生を大きく狂わせたことに気づいていないのか。ちょっと石に躓いたぐらいにしか思っていないかもしれないが、向こうにすれば、お前の仕打ちは死刑宣告にも等しかったのだ。非難の言葉を何とか呑み込む。どれほどひどいことをしたとしても、彼は今、間違いなく罰を受けている。麻美が与えた罰ではないにしても。

罵詈雑言《ばりぞうごん》の代わりに質問をぶつける。

「他に女はいないのか」

「馬鹿言うな」乱暴に吐き捨てたが、言葉には力がなかった。「結婚してからは綺麗なもんだぜ」

「結婚する前でもだよ」

「そんな昔の話……とにかく、あの女以外に思い当たる節はない」

「男でもいい」

「ふざけるな。俺はゲイじゃない」

「そういう意味じゃないよ。お前は有名人だ。自分では意識してなくても、誰か人を怒らせてるかもしれない」

「意識してなくちゃ分からないだろうが」

「それはそうだけど」

少しの間沈黙を守り、彼から何か意味のある答えが返ってこないかと待った。無駄だった。沈黙は二人の間の距離を広げ、大事な何かがあっという間に遠ざかっていく。

「とにかく俺には、これ以上何も思い当たる節はない」

「分かった」

「絵美の方かな……」

「心当たりでもあるのか？」

「いや、ないけど、俺が知らないことだってあるんじゃないか」

ストーカーの話は知らなかったのだろうか。確認しかけて、慌てて質問を呑み込んだ。今まで知らないでいたことをここで教えて、彼を混乱させるのはまずい。

「思い出してくれよ。夫婦だろう」

「そうは言っても、考えつかない。夫婦って言ったたって別人格なんだし」

この夫婦の、どこか冷めた関係はいったい何なのだろう。強引なプロポーズ、プロ野球選手の妻としての生活、アメリカでの挫折——普通の夫婦が一生かかっても経験し得ないことを、二人はこの数年で味わってきたはずだ。その過程で何か齟齬《そご》が生じたのか。籠の鳥の気分を味わい続けた絵美。そして結城は飽きっぽい。人の気持ちを理解できない。波乱の原因は少なくない、とわたしは思った。

「その後、犯人からの連絡はないんだな」

「ああ」

「警察は相変わらず、そこでだらだらやってるのか」

「そんなこと、俺の口からは言えないよ」

「ところで、マスコミからの接触はないだろうな」柴田の説明を思い出して訊ねてみた。

「ないけど、どうして」

「週刊誌が動いてるっていう情報がある」

「クソ、冗談じゃない……こっちには何の連絡もないぞ」

「気をつけてくれ。取材なんかでお前にプレッシャーを受けてほしくないんだよ」

「分かった……だけどそっちの方は、俺にはどうしようもないな。電話がかかってくるのは止められないし。マスコミ関係は長坂に任せるよ」

あいつはとっくに引いてしまっている。この男はそれをまだ分かっていないのだろうか。どうもこの二人は、最初の身代金受け渡し以降、あまり話をしていないようだ。

「長坂は、そこにはいないんだな？」

「ああ。あいつにも片付けなくちゃいけない仕事があるからな。でも、呼べばすぐ来てくれるはずだよ」一番肝心なことを結城が長坂に話していないのが気になった。長坂は新たな身代金の要求について、わたしから聞いて初めて知ったのだから。二人の気持ちは、今やはるか遠く離れてしまっている。

「球団は、まだ事件のことをまったく知らないんだよな」

「当たり前だ。喋れば喋るほど、情報が漏れる可能性が高くなるんだろう？」

「誰か信用できる人間はいないかな。フロントでっていうことだけど」

「それは、いないでもないけど……」

「その人には話しておいた方がいい。情報が漏れないように、徹底的に釘を刺してね。何だったら、俺が話をしようか？」

「何言ってるんだ、お前」結城の声に不信感が滲み出す。「情報漏れを気にしてたのはお前の方じゃないか。こんなこと、球団には話せないよ」

「いや、球団にだけは話しておいた方がいい。事件が解決したら、向こうにも取材が殺到するだろう。そうじゃなくても、週刊誌の連中が接触してくるかもしれない。その時に何も知らなかったら、かえって混乱する。情報は明かした上で、徹底して隠してもらうんだ。俺が説明するよ」

何しろ長坂は当てにならないのだ。彼ははるか後ろに下がってしまい、わたしたちの背中を見もしないで金儲けに専念している。今頃球団に知らせても、既に手遅れかもしれないが、味方は少しでも増やしておいた方がいい——という理屈は一切説明せず、「俺に任せてくれ」という一点で押し切った。彼はしぶしぶ、編成担当の人間の名前と連絡先を教えてくれたが、まだ納得した様子ではなかった。疑いに満ちた口調で訊ねる。

「お前、俺に隠し事はしてないよな」

「まさか」小さな隠し事の山。それは今後も一切明かせない。明かせないなら、ないことにするしかない。

「それならいいんだ。なあ、翔也は無事だと思うか」

「もちろん」

「どうして」

「人質が無事じゃないと、身代金の要求はできない」何度同じ説明をしただろう。手垢がつき、擦り切れていることは、結城にも分かっているはずだ。「もしもそうじゃなければ……」

「なければ？」辛うじて怒りを抑えていた。

「かりかりするな。万が一のことがあったら、俺が奴らを殺してやる。人質を危ない目に遭わせるようなクソ野郎を生かしておくわけにはいかない」


球団事務所を訪ねることにしたが、いきなり出端《ではな》を挫《くじ》かれた。久しぶりに新しい服に着替えた直後、インタフォンが鳴ったのだ。昼過ぎに出頭しろという約束を反故《ほご》にし、柴田が直接わたしを連行しに来たのかもしれない。覗き穴から外を確認すると、見知らぬ男が立っていた。用心深そうに周囲を見回しながら、返事を待っている。

マスコミ関係の人間、という想像が真っ先に頭に浮かんだ。防寒性だけを追求した茶色いコートに、くしゃくしゃになったコットンパンツ。足元は頑丈そうなウォーキングシューズという格好だった。とにかく大量の荷物が入ることだけを重視したバッグのストラップが、肩に重く食い込んでいる。

無視して何とかやり過ごそうかとも思ったが、相手は動く気配を見せない。どういう理由からか、わたしがここにいることを確信している様子だった。だとしたら、とにかく早く排除しないと、これから先の行動が制限されてしまう。荷物をまとめ、思い切ってドアを開けた。そのままエレベーターまで突っ走るつもりだったが、鍵をかけるのにかかった数秒で、相手に付け入る隙を与えてしまった。

「真崎さんですね？　元神奈川県警捜査一課の真崎薫さん」

「その肩書きで呼ばれてもあまり嬉しくないですね」

相対して、相手の顔をまじまじと見る。理髪店というものがこの世に存在していることを知らないように、ぐしゃぐしゃになった髪。二重になった顎を見ると、だぼっとしたコートの下で波打つ腹の様子が想像できた。三十代半ばぐらいなのだろうが、健康診断の数値は五十代の平均を示すだろう。そして本人は、そういうことをまったく気にしそうもないタイプに見える。

「ご挨拶が遅れました。『週刊ライツ』の杉本《すぎもと》と申します」

『ライツ』か。エロと暴力団関係の記事が中心の週刊誌だ。指先で踊らせるように名刺を差し出す仕草が気に食わない。受け取らず、顔も背《そむ》けたまま「急いでるんですが」と告げたが、もちろん相手はそれでは納得しなかった。

「まあまあ」両手を広げてわたしの行く手を阻《はば》む。殴り倒してやろうかとも思ったが、力の入れ方を間違えたら殺してしまいそうだった。

「わたしに触らない方がいい。暴行か傷害で告訴しますよ」

「そうすると、警察時代のお友だちが動いてくれるわけですか」

「わたしのキャリアについてはノーコメント」

「はっきりいきましょうか。結城選手の子どもさんが巻き込まれた事件について、です。誘拐なんでしょう？　身代金も払ったんですよね。人質の子どもはどうして戻って来ないんですか」

「ノーコメント」

「あなたは事件の捜査に深く係わっているそうじゃないですか」

「ノーコメント」気の利いた台詞で打ちのめしてやりたいのに、こんなことしか言えないのが嫌になる。

「被害者は超がつく有名人ですよ。大事件じゃないですか。なのに警察は、我々には何も言わない。記者クラブの内輪で締め付けて、情報をコントロールしてるんですよ」

「それは、あなたたちマスコミと警察の問題でしょう。わたしには関係ない」

「ニュースバリューがあるんですよ、この件には」杉本が顎に生えた剃《そ》り残しの髭を引っ張った。ひどく汚らしく見える。「知ってしまった以上、書かないで済ませるわけにはいかない。分かるでしょう？」

「ノーコメント」

「勘弁して下さいよ」泣き落としのような台詞だったが、どこか馬鹿にしているような感じもした。

「あなた、お子さんは？」

「結婚もしてないけどね」この会話の行き着く先を想像したのか、顔をしかめた。

「書きたければ書けばいい。今のところ、おたくしか事実を摑んでいないんでしょう？　特ダネだ」

「誘拐の事実は認めるんですね」

「仮定の話です。とにかく、犯人が妙な気を起こして暴走したら、『ライツ』を読んだせいだと分かるんですよ。何しろ特ダネなんだから。そうなったらおたくは、徹底して叩かれるでしょうね。マスコミだって、昔みたいに聖域じゃない」

「そんなもの、無視ですよ。痛くも痒《かゆ》くもない」

「焦って記事を書くと、刷り上ってから発売中止とか、回収なんてことにもなりますよ。そうしたら、億単位で損失が出るんじゃないですか。それでも痛くない？あなたにそんな金は背負えないでしょう」

「今から心配していても仕方ない。失敗がないように記事を書けばいいんですよ」

「仮に『ライツ』の記事を見て、犯人が追い詰められて人質を殺すようなことになったら、俺はあんたを殺す」

「またまた――」

現実味に乏しい脅しだと思ったのか、杉本が鼻で笑ってあしらおうとした。だがわたしの目を見た途端に、笑いはぴたりと止まってしまう。

「あんたを狙う。個人的に。俺は、一度狙った獲物は逃がさない」

「くだらない脅しはやめろ」突っ張っていたが、声は震え、顔は白くなっていた。

「だったらあんたも、くだらない記事を書くのをやめろ。それが取り引きだ。条件は一切なし」

体を動かせばそれだけで静電気がおきそうなほど張り詰めた空気が流れる。最終的に引いたのは杉本だった。それでも、まだくどくどと恨み言を言っていたが。

「あんたが脅したことはちゃんと記録させてもらうよ」

「どうぞ」

「法廷で会うことになるかもしれない」

「楽しみにしてますよ。人の命のことを何とも思っていない人間がいることを、公の場でアピールできる。こんな嬉しいことはないですね」

「ふざけるな」

足音高くエレベーターに向かい始めたので、階段を指差してやる。

「一般の方はあちら。エレベーターはわたし専用なんです。ああ、それと」

「まだ何か?」顔を赤くして振り返る。

「炭水化物の摂取量を減らして、繊維質を多く取るようにして、半年以内に五キロ——いや、十キロは減量した方がいい。そうじゃないと、わたしが何かする以前に、あなたはかなりの確率で病死します。あなたの心臓は、その体重を支えられるほど元気じゃないはずだ」

「余計なお世話だ」

階段を下りる足音が完全に消えるのを待ちながら、わたしはエレベーターのボタンを押した。これであのクソ野郎は排除できただろうか。無理だろう。マスコミの人間というのは、優秀であればあるほど、野球におけるクローザーと性癖が似てくる。大事なのは忘れること。屈辱の、あるいは誰かを怒らせた記憶を遠くへ放り投げ、明日になったらまた誰かの神経を逆撫でしに出かけるのだ。

結城が出戻りしたチームのホームスタジアムは、神奈川県の高校球児にとっては馴染み深い場所だ。ベスト8まで進んで初めて試合ができる舞台。もちろん一度も足を踏み入れることなく終わる選手がほとんどなのだが、わたしたちはここで三試合を戦うことができた。幸運と言うべきだろう。

しかしわたしが覚えているこの球場の顔は、グラウンドとダグアウトだけである。高校生の試合では、ロッカールームは使わせてもらえないからだ。ユニフォームに着替えて球場に入り、汚れたまま帰りのバスに乗り込む。十四年ぶりに足を踏み入れ、初めて試合に直接関係ない場所に入ることができた。

球団事務所はスタジアムの一階、関係者入り口のすぐ横にあり、通路に沿って広がる細長い作りになっている。電話で話した編成担当の副部長、神田《かんだ》は、怪訝《けげん》そうな表情を崩そうとせず、わたしの名刺を弄んだ。しばらく無言で互いにタイミングを見計らっているうちに、この男はわたしが小学生の頃に、チームの外野を守っていた選手だということに気づいた。

「神田さん」呼びかけると、日に焼けた顔を上げる。「ライン際の魔術師の神田さん」

「古い話を知ってますね」自嘲《じちょう》気味に言ったが、彼の顔は綻《ほころ》んでいた。

「ガキの頃から、ここには散々通いましたから。昔は、スタンドの出っ張りが変な形になってましたよね」

「うちのチームも人気があった時代ですからね。少しでも客を入れようとして、最前列のスタンドを増設したんですよ。おかげでこっちは、守備でひどい目に遭ったけど」

二列か三列分だっただろうか、細長いスタンドが三塁のファウルライン沿いに途中まで設置されていた。途中。つまり三塁ベースの少し後方まではファウルエリアが狭く、その後で急に広がる変則的な作りになっていたのだ。ぶつかる場所によっては、打球が思いも寄らない方向に転がってしまう。しかし小学生のわたしには、ボールが自らの意思で神田のグラブに入っていくように見えた。

「結城のことですって?」

「ええ」素早く周囲を見回した。広い事務室のデスクは、半分ほど埋まっている。部屋の隅にはパーティションに隠れた打ち合わせ用のスペースもあった。それでも、ここで話していると誰かの耳に入る可能性がある。「外で話せませんか? できたらダグアウトででも。そこなら人はいないでしょう」

「ここじゃできない話なんですか」神田が目を細める。

「昔、ここで試合をしたことがあるんです。結城と同じチームでした。久しぶりにグラウンドを見てみたいんです。そういう理由だとまずいですか」

「構いませんよ」それで納得してくれたようで、先に立って歩きだす。天井の低い通路は何度も塗り直された形跡があり、あちこちで固まった塗料が涙のように垂れていた。今はほとんど白に近いグリーンなのだが、わたしがここの通路を三往復した頃には、空の青に塗られていたと記憶している。角を曲がると、さらに細い通路になった。四角く日が射し込む。その先が一塁側、ホームチームのダグアウトだ。ふいに目が眩《くら》む。行きの三回は不安で一杯だった。帰りの三回のうち二回は、自分たちがやったことが信じられなくて有頂天になっていた。最後は打ちのめされ、現実の壁の高さを知った。

　たぶんわたしは、その頃からまったく成長していない。

「どうぞ、お好きなところへ」促され、三列並んでいるベンチの一番前に座った。太い緑色の手すりの向こうに、少し色あせた人工芝のグラウンドが広がっている。わたしたちがプレーしていた頃は、土のグラウンドから人工芝に張り替えられたばかりで、目を突き刺すように刺激的な緑色だった。乾いた土の香りは、マウンドから漂ってくるものだろう。

「あなたはどこを守ってたんですか」隣に座った神田が唐突に訊ねる。

「サードです」目の高さにあるグラウンドを指差した。今は一番のんびりした季節で、ベースは取り払われているが、どこにあるかは感覚的に分かった。ただしそれは、わたしの記憶の中にあるよりずっと遠い。今、三塁ベース付近から一塁へノーバウンドでストライクの送球ができるかと問われれば、弱々しい笑みを浮かべて肩をすくめるしかない。

「そうですか」神田が首を捻《ひね》った。「申し訳ないけど、覚えてないなあ。当時わたしは、スカウトになったばかりだったんだけど」

「うちは結城一人のチームでしたからね。他の選手に目がいかなかったのは当然です」

「惜しかったね。もう一歩で甲子園だったのに」

「昔の話です」

「そういうことは、どんどんリアルになるよ」横を見ると、神田は穏やかな笑みを浮かべていた。「年を取れば取るほど、昔の記憶が鮮明になるんだ。濡れた土の匂いとか、打球を取り損ねた時の痛さとか、そんなことまではっきり蘇《よみがえ》ってくる」

「まだそこまでいってません」

「あなたが年を取っていない証拠ですよ」

「最近、そうも思えなくなってきましたけどね」

無駄話を打ち切り、神田が本題に入った。

「で、結城がどうしたんですか」

「子どもさんが誘拐されました」

神田の口があんぐりと開く。事態が頭に染み込むまで、数秒の間を空けてから続けた。

「身代金も支払いました。でも、子どもさんはまだ戻って来ません。犯人側は図に乗って、追加の身代金を要求してきました。前代未聞です」

「馬鹿な……」震える手をワイシャツの胸ポケットに突っ込み、煙草を取り出す。なかなか火が点かない。自分のジッポーに着火して火を貸してやったが、わたしの手も震えていることに気づいた。一服すると少しは落ち着いたようで、体を斜めに捻ってわたしの方を向く。「そんな話は初耳だ」

「まだ表沙汰になっていないんです」

「何であいつは言ってこないんだ」

「パニックになっているんです。最初は警察にも相談しませんでした」

「で、あなたのところに話がいった。昔のチームメートだし、探偵だから」

「そういうことです」

「あの野郎……」神田の指先に力が入り、マイルドセブンのフィルターが平たく潰れた。「何考えてるんだ」

「あいつは、そういう人間なんですか？」

「そういう人間って？」

「誰も信用しない人間」

「そんなことはない。あなたのことは信用してたから、相談したんでしょう」

「どうかな」にわかに気持ちが揺らぎだした。結城のように、世の中を二分してしか認識できない人間はいる。すなわち、自分の仲間とそれ以外。そして結城がわたしを仲間と認めてくれているかどうか、今は自信がなかった。

「まあ、確かに、結城は殻を被《かぶ》ってる人間だね。あるところから先は、絶対に他人を立ち入らせない」

「高校生の頃からそれは感じてましたけど、頭一つ抜け出た存在だからだと思ってましたよ」

「プロ入りしてからも同じだよ。好きなようにプレーして、好きなように大リーグに行って、さっさと帰って来た。大リーグ入りの時も、チームの人間には事前に何も相談してなかったしな。こっちは寝耳に水だったよ」

「あなたのことは信用している様子でしたけど」

「付き合いが長いっていうだけじゃないかな」寂しそうな笑みを浮かべ、神田がまだ長い煙草を携帯灰皿で揉み消した。「確かにあいつをスカウトしたのは俺だし、その後もいろいろ面倒をみてきた——俺としてはみてきたつもりだよ。だから、他の選手やスタッフよりは距離が近いかもしれない。でも俺はあいつにとって、内輪の人間ってわけじゃないね。それにしても誘拐だなんて……子どもは無事なんですか」

「今の段階では分かりません」

「こんな大事なこと、あいつはどうして黙ってたんだろう」

「犯人に情報が漏れるのを恐れてたんですよ。警察に話したら子どもの命は……っていうことですね。あいつのその気持ちは分からないでもありません。とにかく、事態が流動的です。マスコミも動き始めています。突発的に何か起きた時に、球団として何も知らなかった、ではまずいでしょう」

「それはそうだが」

「わたしも現段階では、これ以上の情報をお伝えすることはできません。でも何かがあるかもしれない、ということは頭に入れておいていただきたいんです」

「結城と話さないと」ズボンのポケットから携帯電話を取り出したが、わたしは彼の腕に手をかけてそれを止めさせた。

「今はやめて下さい。誘拐犯から電話がかかってくるかもしれない。あいつはそれを待っているんです」

神田の喉仏が大きく上下した。ゆっくりと携帯電話を畳むと、両手で包み込む。その目がグラウンドに向いた。そこには嘘も偽りもないはずだ。グラウンドの上で起きるのは全て衆人環視の出来事であり、騙しようもない。そこで長年、全てを自分の好きなようにコントロールしてきた結城が、自分ではどうしようもない状況に追い込まれている。神田はその事実をはっきりと意識したのだろう。

「いずれ必ず、あいつから連絡させます。わたしはあくまで、単なるメッセンジャーですから」

「お手数をおかけしますね」感情の抜けた声で言って、神田が頭を下げた。これでよかったのだろうか、と一瞬後悔の念が過ぎる。しかしいきなり事件が大きく動き、取材が殺到した時に混乱させられるよりは、少しでも事前に情報を得ていた方がましだろう。

「話は変わりますけど、結城に恨みを持っている人間はいませんか」

「まさか」神田が即座に否定した。「人に恨まれるようなことは……いや、断言はできないか」

「何か思いついたら電話してもらえませんか。犯人につながる手がかりになるかもしれない」

「いいですよ」太い溜息を吐き出し、膝を叩く。「今のところは何も思いつかないけど」

「どんなに小さなことでも、手がかりが欲しいんです」

「分かりました」

会話が切れたタイミングでわたしの電話が鳴った。結城だった。

「俺だ」声が切羽詰まっている。ただならぬ気配を感じ、思わず立ち上がった。人工芝の緑が目に痛い。

「どうした」

「犯人から電話があった。身代金の額は二千万円だ」

神田に別れの挨拶をする暇《いとま》もなく、わたしは走りだしていた。

# 第五章　第二の敗北

## 1

県警本部へ車を走らせる。駐車場は、正面玄関とは反対の運河側にあるが、無意識のうちにそちらに続く通路にミニを突っ込みそうになり、慌ててブレーキを踏んだ。監視小屋で立ち番をしている制服警官が飛び出してくるのを無視して車を出し、道路を挟んで反対側にあるコイン式の駐車場に入れた。悠然とした態度に見えるよう、できるだけゆっくり歩いて道路を渡る。そんな演技は警察官に通用するわけもなく、敷地に足を踏み入れた瞬間に呼び止められてしまったが。

「真崎さんじゃないですか」

「何だ、大塚《おおつか》か」地域部に所属する顔見知りの若い巡査だった。しばらく緊張した面持ちを崩さずにいたが、ほどなく表情が緩む。

「誰が突っ込んできたのかと思いましたよ」

「すまん。つい、昔の癖が出た」

「こちらに何かご用ですか」無駄話に入らず、事務的な口調に切り替える。顔に薄い笑みが浮かんでいることだけが救いだった。

「一課に呼びつけられてるんだ」

「何事ですか」再び表情が引き締まる。制帽の下で目が細くなった。「一応、確認させていただいていいですよね」

「当然。仕事はちゃんとやってくれ。あんたの給料は俺の税金から出てるんだから」

　受付で待たされることになった。肝心の柴田が摑まらないようで、しばらく時間がかかる。戻って来た大塚の顔には、前より心持ち渋い表情が浮かんでいた。

「柴田さんは、山手署です」

「ああ」

「連絡が取れまして……ここで待てという伝言でした」

　柴田め。廊下で立っていろ、ということか。そんな時間などないのに。

「分かった。どうもありがとう」大塚の肩を叩き、踵《きびす》を返す。

「ちょっと待って下さい。どこへ行くんですか」

「山手署。柴田さんがそっちにいるなら、俺の方で会いに行くよ」

「ここにいなくていいんですか?」

「安心しろ。お前は自分の役割を果たした。伝言を受け取るかどうかは俺の判断だ」

「ちょっと、真崎さん!」

呼びかけを無視して走りだす。途中、頭の包帯をむしり取った。久々に冷たい風が髪の中を流れる。だがそれぐらいでは、沸騰した脳は鎮まってくれそうもなかった。

本牧埠頭《ほんもくふとう》の近くにある山手署の庁舎は、十五年ほど前に建て替えられた比較的新しいもので、警察には不釣合いな「瀟洒《しょうしゃ》」という形容詞を奉《たてまつ》りたくなる。警察署というよりはリゾート地の観光協会を思わせる落ち着いたベージュ色の四階建てで、威圧感がまったく感じられないのだ。管内人口は八万五千人ほど。三渓園などの観光名所と高級住宅地を抱えているため、主な仕事は交通整理と侵入窃盗犯の対策ということになる。いずれにせよ、荒っぽい伝統を残す街を管轄する川崎署や横須賀署などに比べれば穏やかなものだ。

受付で待たされるうちに、怒りと焦りが頂点に達しようとしていた。しかし頭の隅には、ここで悶着《もんちゃく》を起こしても話が面倒になるだけだと判断する冷静さが辛《かろ》うじて残っており、それが上階への突入を躊躇《ためら》わせる。待ち続けた五分は五時間にも感じられたが、張り詰めたわたしの緊張感をはぐらかすように、柴田がハンカチで手を拭きながら、ゆっくりと階段を下りてきた。片手を素早く挙げると、口を丸く開けて「よっ」と短く挨拶する。毒気を抜かれたわたしは、一つ大きく溜息をついた。いつの間にか彼は、緩急を自在に使う術《すべ》を身につけたようである。以前は直進一本槍、明治ラグビーのようなスタイルの男だったのだが。

「外で話そうぜ」

「俺は本部に行ったんですよ、言われた通りに」あくまで形だけだが、抗議しておくことにした。しかし柴田は、肩をすくめてそれをあっさりとやり過ごす。

「まあまあ、そうカッカするな」わたしの肩に手を置き、力を込めて二度、三度と揉む。「車か？」

「いえ」とっさに嘘をついた。

「じゃ、俺の車にしよう」ズボンのポケットから鍵を取り出し、じゃらじゃらと鳴らしてみせる。彼の後につき従い、駐車場に停めた覆面パトカーの助手席に滑り込んだ。懐かしい臭い――汗や吐瀉物《としゃぶつ》が入り混じった臭いは、刑事時代に馴染んだものであった。

擦《こす》り合わせる。

「冷えるな」柴田がエンジンをかけ、エアコンの吹き出し口に両手を持っていって

「柴田さん」

「ああ？」

「何でそんなに余裕があるんですか」

「何が」惚《とぼ》けているわけではなく、面白がっている。わたしが知らない何かを既に摑んでおり、それをわたしとのゲームに使おうとしているようだ。だがわたしは、そのゲームに参加する気は毛頭なかった。

「俺の扱いはどうなってるんですか？　身代金の受け渡しの現場にいたことは、発表してるんですか」

「今のところ、あんたの存在はなかったことになってるよ」

「もうばれてるんじゃないですか？　さっき、『週刊ライツ』の記者が俺のところに訪ねて来ましたよ」

「何も喋らなかっただろうな？」柴田がわたしを一瞬だけ睨みつけた。

「当たり前です。追い払いましたよ……それより、新しく身代金の要求があったんでしょう？　二千万」

「そうだな」

「どうしてそんなに落ち着いてるんですか？　事態は動いてるんですよ」

「仰《おつしや》る通りで」

「いい加減にして下さい！」ダッシュボードに拳《こぶし》を叩きつける。一瞬、衝撃でエンジンの音が変調したように聞こえた。荒い呼吸を整えながら、質問をぶつける。

「犯人がどこから電話してきたか、割れたんですか」

「ああ。技術の力は大したもんだ」

「被疑者を確保したんですか？」

「いや。なかなか尻尾を摑ませない。狡猾《こうかつ》だよ、あの連中は」

「公衆電話からだったんですね？　それでも、犯人がどの辺りを動き回っているかぐらいは絞り込めるはずだ」

「一般的には、な」

「どういうことですか」

「それはいろいろある」柴田が言葉をぼかした。気にはなるが、その件について突っ込むのは最優先事項ではないと判断する。

「これからどうするんですか」

「どうするって、何が？」つまらなそうに言って煙草を取り出す。火を点《つ》けると、長時間肺の中に溜め込んでおいてから、目を細めて吐き出した。車内がたちまち白く染まる。

「身代金ですよ」

「一億払った後で、まだ二千万を払う余裕があるっていうのは凄い話だよな」

「茶化さないで下さい」

「茶化してない」穏やかな仕草で、柴田がわたしに煙草を差し出す。自分で考えていたよりも興奮していたことに気づき、気を落ち着かせるために一本引き抜いた。ライターを点けてくれたので顔を近寄せ、煙草に火を移す。わたしが普段吸っているものより随分軽かったが、それでも幾分気が楽になった。柴田がわたしをじっと見詰めて言う。

「自分で考えろよ。それともお前はもう、刑事の思考回路をなくしちまったのか」

「何のことですか」今度はこちらが聞き返す番だった。

「最初は一億。その後で二千万。おかしいと思わないか？　俺が犯人だったら、こんな要求はしない」

　窓を細く開け、煙草の煙を逃がす。確かにおかしい。というより不自然だ。一億の奪取に成功したなら、次も一億、あるいはそれよりも多い金額を要求するのが、犯罪者心理として自然ではないだろうか。そうでないとしたら、結城の財政状況を極めて正確に把握しているか、だ。もう一つ、犯人があまりにも大胆に動き過ぎているのが気になる。わたしの知る限り、身代金を二回要求した誘拐事件は一度もない。それらの推理を告げると、柴田は「もう一声」と言った。

大胆というよりも稚拙ではないか？　一億円を奪取したやり方は、大胆さと緻密《ちみつ》さが上手く嚙み合っていた。もう少し時が経って冷静になれれば、「敵ながら天晴《あっぱ》れ」と言えるかもしれない。だがその後の動きは、まるで別人のように拙《つたな》い。

「第二の誘拐、かな」

「ほう？」柴田が目を細める。

「人質が別のグループに奪われて、今度はそちらが身代金を要求してきた」

「それはあまりにも突拍子もないな。俺らは別のことを考えてた」

「ちょっと待って下さい」額を揉む。第二の誘拐……確かにそれは、あまりにも突《とっ》飛《ぴ》な想像だ。可能性としてはゼロではないが、それが現実になるかというと話は違う。ふいに目の前が開け、明るくなった。裏付けはなくても、この可能性しかないと分かる瞬間。毎回そういう閃《ひらめ》きが訪れるわけではないが、この瞬間に出会えた時は、事件は解決したも同然である。「犯人グループが仲間割れした」

「そう。今回は、あまりにもやり方が稚拙だと思わないか？　全体の計画を立案していた人間が、何かの事情があって抜けたんじゃないかな。それこそ、お前が言うように仲間割れとか。それで、頭よりも力を使う方が専門だった実行犯だけが残って、調子に乗って二度目の要求をしてきた」

「あり得る線ですね。だとしたら、人質が危ない」

「ああ。犯人グループが子どもの面倒をきちんとみてるといいんだが、甘い期待はしない方がいいだろう」

「どうするんですか」

「いつも通りの捜査さ」運転席側の窓を開け、短くなった煙草を駐車場に弾《はじ》き飛ばす。アスファルトの上でささやかな火花を散らし、煙草はすぐに小さな点になった。「犯人グループには、このまま調子に乗らせておけばいい。今度は必ずぼろを出す」

「それは、結城が協力しているという前提での話ですよね」

「彼も馬鹿じゃない。警察抜きで話が進められないことはよく分かったはずだ……別に、お前が役に立たなかったって言うわけじゃないが」

「身代金を奪われてるんだから、間違いなく役立たずですよ。それより、俺が襲われた現場では、何か手がかりは出てないんですか」

「それは俺の口からは言えないな」急に扉を閉ざしてしまった。外部の人間に秘密を明かせないというよりは、具体的な手がかりを摑んでいないからだろう。

「俺の携帯の通話記録も調べたんでしょう？　相手は特定できなかったんですか」

「いや」どうとでも取れる曖昧な言い方だった。

「できなかった？」

「インターネット電話、知ってるか？」

「ええ。使ったことはないけど」

「今回、犯人はそれを使ってるらしい。俺も仕組みはよく知らないんだが、パソコンがあってインターネットにつながってれば、電話が使えるんだろう？　それを公衆無線ＬＡＮから利用すれば、どこからかかってきたかを特定するのは極めて難しい。そのシステムを管理してる会社はヨーロッパにあるし、通話記録を保存してるかどうかも怪しいな。仮に保存していたとしても、手に入れるには時間と手間がかかるはずだ」

「随分巧妙ですね――いや、だったんですね」

「それは認めざるを得ない。とにかく、終わっちまった件をいくらほじくり返しても何にもならねえよ。電話の件も手がかりになるとは思えない」不機嫌に言って、新しい煙草に火を点ける。「今はチャンスを待つ。それで何とかなるさ」

「随分呑気《のんき》ですね」

「大きなお世話だ。とにかく、これ以上余計なことはするなよ」

「余計なことと言えば、球団には俺の方から事情を話しましたからね」

「何だと？」柴田の顔が蒼ざめる。「お前が情報を漏らしてどうする」

「コントロールできないマスコミの連中がいる以上、いつ球団に取材が入るか分からない。何も知らないでいきなりそんなことになったら、ますます事態が混乱するじゃないですか。最低限のことは知らせておくべきです」

「民間人のお前にそんなことを教えてもらうことになるとはな」軽い皮肉を言って、ほとんど吸っていない煙草をまた駐車場に投げ捨てた。「とにかく、これ以上余計なことをするな。捜査が混乱するだけだ」

「俺は結城の利益を守るために動いているだけですよ。それが警察の動きとぶつかることになっても、です」

「依頼人第一ってわけか、ええ？」

「何とでも言って下さい」肩をすくめ、この辺りが潮時だ、と判断する。これ以上彼を怒らせれば、本当にわたしの身柄を拘束しようとするかもしれない。「俺は俺で考えて動きます。警察の考えとは必ずしも一致しないかもしれないけど」

「お前、何で警察を辞めたんだ」柴田が溜息をついた。「辞めなけりゃ、こんな事件は俺とお前で楽勝で仕上げられたかもしれん」

「目指すところは同じですよ。立場が違うだけです」さらりと言ったが、わたしの言葉は彼にとって、まったく慰めになっていない様子だった。

　再び結城の携帯電話を一度だけ鳴らす。今度は前回よりずっと早く、十秒ほどの間を置いただけでコールバックがあった。

「率直に聞くぞ」

「何だ」苛立ちのせいか、彼の声は普段より甲高《かん》くなっていた。

「金は用意できるのか」

「金——ああ、金は何とかする」

「どうやって」

「絵美の両親が助けてくれる」

「お前個人では無理か」

「お前も、俺のことを高給取りとか言うのか？」結城は今にも怒鳴り声を吐き散らしそうだった。

「そうじゃない。彼女の親に頼ったら、向こうにも事情を知られてしまうだろう」

「この状況じゃ、仕方ないじゃないか」

「そうだな——仕方ないな」認めながら、わたしは言いようもない不安に襲われていた。この事件を知る人間は次第に増えている。この状況を犯人側が知ったら、どんな反応を示すだろう。どこか軸がずれて暴走し始めている犯人側の行動は、わたしにはまったく読めなかった。「金はいつ頃用意できるんだ」

「間もなく。なあ、お前は助けてくれるんだよな」

「考える。また電話するよ」

結城はまだ何か言いたそうだったが、わたしは一方的に電話を切った。切った途端にまた電話が鳴りだす。結城が泣き言を続けたがっているのかとも思ったが、「非通知」の文字がディスプレーに浮かんでいた。嫌な予感に胸がざわめく。

「真崎です」

「金はあんたに運んでもらう」

「何だと」犯人だ。携帯電話を握り締める手に力が入る。同時にブレーキを踏む足にも余計な力が入り、アンチロックブレーキシステムが作動した。がくがくとボディが小刻みに揺れ、ガードレールに突っ込む寸前で停まった。動揺を気取《けど》られぬよう、右手でハンドルを、左手で携帯電話をきつく握り締める。

「もう一度お前にやってもらう」

「いつだ？」

「それは後で連絡する。今夜九時までに金を用意しておけ。間に合わなければ子どもを殺す」

「無茶言うな」怒りで頭痛がぶり返してきた。「二千万だぞ。そう簡単に用意できるわけがない」

「一億を簡単に払った男が、二千万程度でがたがた言うのかね」露骨に馬鹿にする口調だった。「本当はもう用意できてるんだろう？　隠さなくてもいい」

「隠し事はしてない」

「とにかく、九時だ。九時の段階でまたお前の携帯に電話する。動けるように準備しておけよ」

「車がいいのか？　それとも徒歩か」

「それはその時指示する。それより、結城の家に何人も警官が入り込んでるだろう。マンションの外でも車が張ってるな。だけど、この件は絶対に警察には知られるな。連中がお前にくっついてくるようだったら、子どもは殺す」

「無事なんだな？」

「今のところはな。だけどこれからどうなるかは分からない。お前の心がけ次第だ。分かったな？」

「ちょっと待て。子どもの声を聞かせろ」翔也の声を聞いたことがないのも忘れ、つい叫んでしまった。「無事な証拠を見せろ」

「ふざけるなよ。お前には何か要求できるような権利はないんだよ」

いきなり電話が切られた。柴田と交わした会話が蘇《よみがえ》る。犯人の様子がおかしい。

最初の身代金引き渡しの時と同じように声は加工してあるようだが、喋っている内容は随分乱暴だった。どこからかかってきた電話かは、通話記録を調べればすぐに分かるだろう。いや、またインターネット電話を使ったとしたら、発信元を突き止めることさえ不可能だ。これは電話であって電話でない。今までの捜査の常識は通用しないのだ。

ふと疑問が生じる。そもそも犯人は、どこでわたしの携帯電話の番号を手に入れたのだろう。新しく手に入れたもので、番号を知っている人間はほとんどいないはずだ。

震える手で電話を閉じると、その瞬間にまた鳴りだす。再び犯人からの電話かもしれないと思ったが、今度は長坂だった。

「おい、犯人から電話、あったか？」

「あった。たった今だ」

「クソ……すまん」

「何だよ、それは。それより何でお前が電話のことを知ってるんだ」

「俺のところにもかかってきたんだ、つい五分ほど前に。それでお前の携帯の番号を教えちまったんだよ」

「そういうことか」疑問は一つ解けたが、それですっきりしたわけではなかった。

「犯人は、俺の電話番号を知るためだけにお前に電話してきたのか？」

「あ？　ああ、それが一番重大な話だったけど……すまん、正直、パニックになってた。何を話してたかはほとんど覚えてない」

「どんな連中だったと思う？　お前の印象を聞かせてくれ」

「何となくヤクザっぽい感じだけど……」

「なるほど」しかし、ヤクザの可能性は低いだろう。あの連中は、こういう割に合わない犯罪に手を染めることはない。

「そうだ、お前に金の運搬役をやらせるって言ってたぜ」

「それは、俺も言われた。舐《な》められてるんだよ。一度成功したから、またやれると思ってるんだ」

「どうするんだ？　もう警察も動いてるんだろう」

「もちろん。ただし連中は、警察が動けば人質は死ぬと言ってた」最初の段階で犯人の脅し文句に屈した結城に対して、わたしは歯がゆい思いをしていた。しかし自分が同じように脅された今は、彼を非難できない。それどころか、柴田たちには黙っていようと心に決めかけていた。犯人は、結城の家に警察官が張り付いていることを知っている。もしかしたらはったりかもしれないが、腹の探り合いは、犯人と面と向かっていなければできない。今は、そんなことは許されないのだ。

「どうするんだ」

「分からない……いや、俺がやるしかないな。人質の安全優先だ」

「警察は？」

「今のところは犯人の言う通りにするしかない。伏せておくよ」

「それで本当に大丈夫なのかよ」

「大丈夫も何も、それでいくしかないんだ」

「分かった」長坂がすっと息を呑んだ。「お前を信じるしかないな」

「俺はお前を信じていいのか？」

「え？」

「お前はどうするつもりなんだ。俺はこれから、警察を出し抜かなくちゃいけない。それにはお前の協力が必要になるかもしれないぞ。例えば、身代金を結城の家から外へ運び出す時にどうする？　それを怪しまれずにやれるのは、今のところお前だけじゃないか」

「まさか」声が震えていた。「俺は……勘弁してくれよ。これはもう、俺の手に負えることじゃない」

「側にいてやるだけで、結城も少しは安心できるはずだぜ」

「俺なんか何の役にも立たないさ」

「そんなこと、ないだろう」言いながらわたしは、この説得が失敗に終わるであろうことを悟った。「お前には、結城の側にいてやる義務があるんじゃないか……金を貰って代理人をやってる以上」

「こういう事件のことまでは、契約書に入ってないんだよ。なあ、俺には俺の仕事がある。生活もある。こんなこと考えたくないけど、最悪の結果になったら、俺の仕事も危なくなると思わないか？　それはまずいんだ。この仕事は評判が第一なんだから。俺は……そんなリスクは冒せない」

卑怯者、と罵《ののし》ることはできたかもしれない。お前の力なしでは本当に翔也は殺されるかもしれないと泣きつくこともできたかもしれない。だがわたしは、その時点で長坂に対する説得を放棄せざるを得なかった。ここまで腰が引けた人間を自分の枠の中に引き入れることができたとしても、いざという時に当てにはできない。肝が据わっていない人間は、ちょっと揺さぶられただけで全てを放り出して逃げ出すものだ。それはさらなる事態の混乱と悪化を招く。ゆっくり深呼吸をして、彼の手助けを断ち切ることにした。

「分かった」

「すまん」

「いいんだ」

「無事に翔也が戻って来るように祈ってるからさ」

「それは必要ない。祈りで人が助かった例《ためし》はないから」

「俺を責めるなよ」

「責めてない」ただ、少し悲しいだけだ。それさえ彼を傷つける捨て台詞《ぜりふ》になるのではないかと思い、わたしは言葉を呑み込んだ。

電話を切った途端に、クラクションを鳴らされる。わたしは山手署近くにある細い一方通行路に迷い込んでおり、道端に車を停めたミニは明らかに他の車の邪魔になっていた。車を出し、ハザードランプを点《とも》して後続の車に詫《わ》びを入れる。一方通行の出口目指して走り始めると、丘の上に一際大きな結城のマンションが見えた。本牧や中華街を見下ろす位置にあり、そこに住んでいることは間違いなくステイタスになる。だが今、その城に充満する気配は哀しみと怒り、そして焦りだ。そこに諦めが混じってはいけない。結城と絵美に直接声をかけて励ましてやりたかったが、一度失敗しているわたしが何を言っても、さしたる効果は得られないだろう。

腹を決めた。一人でやるしかない。長坂も柴田も、そして奈津さえ頼りにできない。そちらの世界の人たちは当てにできないのだ。それとは逆に、こういう時こそ頼りにできる人間はいる。それはグレイゾーンの住人ではなく、完全に黒い世界に住む連中になるだろう。だが、それが何だというのだ。人の命を救うために、手段など選んでいられない。

その時初めてわたしは、自分が刑事の考えと戒めから完全に解き放たれたことを悟った。それは同時に、わたしが黒い世界に足を踏み入れたことを意味する。

## 2

四階建てのビルを丸ごと占拠する新世界飯店の最上階に上がる。事前に連絡を入れておいたので、一見、厨房《ちゅうぼう》の目隠しにも見える衝立《ついたて》の奥にある小部屋にすぐに通された。確かな味と引き換えに華美な装飾や丁寧なサービス、床を舐められるような清潔さを放棄している店ではあるが、このスペースだけは別だ。常に綺麗に磨き上げられ、爽やかなジャスミンティーの香りが漂っている。料理のランクも、他のテーブル席で食べるよりも一段上だ。

わたしがその小部屋に入っていった時、楊貞姫《ヤンジエンジー》は既に席に着いていた。五十歳より六十歳に近い年齢だが、それを感じさせない若さを保っている。おそらくカシミアだろう、濃紺の上質なカットソーにグレイの細いパンツを合わせ、足元はごく短いブーツで決めている。装飾品はシンプルな真珠のネックレスのみ。化粧も控えめだったが、彼女は加齢を化粧で誤魔化す必要のないタイプだった。

時間はあるでしょう？」

「楊さん」

「久しぶりね」彼女が鷹揚《おうよう》にうなずく。「随分急いでるみたいだけど、食事してる時間はあるでしょう？」

「ランチのレベルでお願いします」彼女は、わたしが密《ひそ》かに満漢全席と呼ぶ料理の大量攻撃で自分の客をもてなす習性がある。

「食べない人間は信用できないわ」

「これからしばらく、頭を絞らなくちゃいけないんです。少し腹が減ってる方が、頭は冴えるんですよ」

「でも、何も食べないとエネルギーが底をついちゃうわよ」

楊が振り返り、誰もいない空間に向かってうなずく。即座に料理がテーブルを埋め始めた。前菜から始まり、スープ――これがまた腹に溜まりそうな、蟹とコーンの濃厚なもの――に炒め物、揚げ物と続き、最後は塩味の焼きソバだった。楊は、人が大量に食べているのを見て楽しむ奇妙な癖があり、この日もお茶を啜《すす》りながらわたしの食事を見守っていた。いつものことで、食べ終わらないと話ができないのは分かっていたので、ひたすら食事に専念する。自分でも驚くほど食べられた。このところまともな食事とは縁遠かったし、怪我の回復途上で、体がエネルギーを必要としていたのだろう。

しばし押し問答した末に、デザートだけは回避することができた。胃の入り口まで料理で塞《ふさ》がったところに香り高いお茶を注ぎ込んで、何とか話をする準備が整った。

「人を貸して下さい」

「わたしは人材派遣業者じゃないわよ」

「人材派遣業者では扱っていない人材が必要なんです」

「事務所に秘書が必要なわけじゃないのね」

「秘書を雇うほど仕事があったら、こんな危ないことはしないでしょうね」

「危ないこと？」彼女が目を細めてわたしを見やる。年齢差はともかく、彼女はどこか保護者然とした視線をしばしばわたしに向ける。時にありがたく、時に鬱陶《うっとう》しい。

「監視ができる人。いざとなったら躊躇《ちゅうちょ》しないで手を出せる人」

「誰を監視するの」

「俺です」親指で自分の鼻を指差した。

「どういうこと？」楊の目が一層細くなる。

「申し訳ない」白いテーブルクロスに額がつくほど頭を下げる。「詳しいことは話せません。あなたに、というわけじゃない。誰にも喋れないんです。人命がかかっている。情報が広まると、何が起きるか分からない」

「……分かったわ」楊は敏感に事情を察したようだ。彼女の肩書きはあくまで新世界飯店の代表者であり、横浜の財界でもある程度の影響力を持つ存在なのだが、体の半分はグレイゾーンに入っている。わたしは、彼女自身は危険な商売に手を染めていないと確信していたが、黒い場所に住む人間に影響力を持ち、自在に動かせる人間を何人も押さえていることは分かっている。

「お願いできますか」

「あなたの頼みなら仕方ないわね」

「本当は事情を話すべきなんですけど、それができないのを理解して下さい」

「当然、あなたは正義の味方なのよね」

「そのつもりです。でも、自分一人で何とかできるなんて甘いことは考えていない」

「警察とは協力してやってないの？　奈津ちゃんは？」

「特に彼女には頼れません。どうも……難しいですね、距離感というのは」

「なるほど」それで全て事情が分かったとでもいうように、ゆっくりとうなずく。

「とにかく警察には話せないんです」

「警察があなたにくっついていると、それが向こうにばれてしまう。そうしたら、ひ……」人質、と言いかけたのはすぐに分かった。形のいい顎《あご》に力を入れて言葉を呑み込むと、頬に赤みが差す。怒りが彼女の全身を貫いていた。「卑怯な話なのね？」

「ええ。そして俺は、今夜九時までに戦闘準備を整えなくちゃいけない」

「九時ね」手首を捻《ひね》って腕時計を確認する。カルティエの小さな四角い時計だった。「だったら、まだ時間に余裕はあるわね。二時間……一時間後に、あなたに会ってもらいたい人がいるわ」

「腕は確かですか？」

「もちろん。それに百二十パーセント信頼できる。黙ってろって言われたら、この世の終わりがきても口をつぐんでるはずよ」

「助かります」お茶を飲み干し、立ち上がる。食後の一服を楽しむ気持ちの余裕はなかった。「後で連絡してもらえますか？」

「いいわよ。でも、その人とは直接会ってね。そこから先は、あなたとその人の問題になるから。自分で計画を説明して」

「分かりました」

問題は、その計画がしっかり立っていないことである。優秀な追尾システムが必要なことは間違いなかったが、そこから先どうするかについては、まだ何の考えもなかった。アドリブは嫌いではないが、やり過ぎると混乱してエンディングが定まらなくなる。しかし、そういう状況に追い込まれるかもしれないということは覚悟していた。犯人側が手の内を明かしていない以上、こちらはしっかりした対策を立てようがないのだから。

柴田だったらどうするだろう。いや、わたしが刑事だったらどうするか。

その発想を、意識して頭から締め出した。誰が刑事だ？

結城ではなく絵美の携帯電話に連絡を入れる。彼女は「はい」と「いいえ」しか言わず、いかにも話しづらそうだったので、わたしの方から一方的に、犯人から電話がかかってきたことを伝え、計画を説明した。最後に彼女は「はい」と言ったが、どこか疑わしげな気配を漂わせる口ぶりだった。

決行時刻は午後六時。犯人から電話があるのはそれからさらに三時間後の予定で、それまでわたしは身代金二千万円を抱えたまま、どこかに身を隠していなければならない。家にいてもいいのだが、警察に目をつけられる可能性のある場所は危険だ。

一億円の重さを両手に思い出してみる。二千万円は、あれに比べれば五分の一。百万円の束二十個だ。大したことはない。ただし、安全に保管しておくのは難しいだろう。常に身につけておきたいが、重さはともかく、かなり体積は大きい。体に巻きつけて防弾チョッキ代わりに使うか、と馬鹿な考えが浮かんだ。わたしを撃とうとする犯人を「金も駄目になるぞ」と脅す——これはある種の抑止力になるかもしれない。

馬鹿馬鹿しい。

待つ時間は妄想を加速させる。絵美に電話を入れた以外は、ただみなとみらい地区から関内《かんない》辺りを走り回って、ガソリンを無駄にするしかなかった。楊貞姫から電話がかかってきた時には、アドレナリンは体の中から消えかけ、げっそりしていた。

「野毛《のげ》の『ソウル・サバイバー』っていう喫茶店、知ってる？」彼女が唐突に切り出した。

「あの店ですか？　何度か行ったことがありますよ」喫茶店というよりは、マスターが自分のレコードのコレクションを他人に自慢するための場所だ。飲み物は全て五百円均一であり、損得勘定をまったく考えていないのは明らかである。誰かと秘密の話をする場所としては悪くない——マスターの趣味がマニアック過ぎて、いつ行ってもほとんど空席なのだ。あそこでフランク・ザッパを聴かされるかと思うと胃が捩《よじ》れるような感覚を覚えたが、それより気になるのは、どうしてこの店が会見場所に指定されたかだ。会うべき相手がザッパファンである可能性を考え、わたしは密かにおののいた。

「そこで、今から三十分後。大丈夫？」

「問題ありません」フランク・ザッパを除いては。「相手の名前は？」

「向こうがあなたを見つけるわよ。心配しないで」

謎めいた言い方が気になった。普段は極めて直截《ちょくせつ》に発言する女性なのに。


久しぶりに店に入ったが、やはり客はいなかった。濃い茶色のインテリアは、何かのこだわりの産物ではなく、多少の汚れを目立たなくさせるためのものではないか、と邪推させる。鼻をわずかに刺激するミントの香りが漂っているが、他の悪臭を消すためかもしれない。入り口の正面にあるカウンターの上には、額に入れたレコードジャケットが飾ってある。ブラインド・フェイスの『スーパー・ジャイアンツ』。ゴングの『フライング・ティーポット』。キング・クリムゾンの『レッド』。額？　確かにレコード時代のジャケットには芸術性の高いものも多いが、いくら何でもこれはやり過ぎだ。ジャケットは頻繁に入れ替えているようで、わたしは同じ組み合わせを二度見たことはない。悪い予想は当たるもので、普通に会話ができないぐらいの音量でフランク・ザッパがかかっていた。このアメリカ現代音楽の巨匠について、わたしは詳しくはないのだが、独特のうねるような柔らかいギターの音色でそれと知れる。トイレに近い一番奥の席に腰を下ろすと、マスターの神城《かみしろ》が近づいて来た。水もメニューもなし。オーディオのリモコンだけを持っている。

「待ち合わせです」

告げると、神城がじろりとわたしを見下ろした。長身瘦軀《そうく》。体脂肪率は一桁台ではないだろうか。黒いTシャツの袖から突き出た腕は、ワイヤーを彷彿《ほうふつ》させる硬さを誇示している。長く伸ばした髪をポニーテールにまとめているせいか、切れ長の目は紙に入った切れ目のように見えた。足にぴったり張り付いた細いグレイのジーンズに、ハイカットのハイテクスニーカー。年齢を訊《たず》ねたことはないが、三十代の後半ぐらいだろう。

「誰をお待ちですか」落ち着いた低い声で神城が訊ねる。

「それが分からないから困る」わたしが肩をすくめると、神城が一層目を細くした。

「真崎さん……でしたね」

「そうです。真崎薫。ただし、下の名前で呼ばないで下さい。大嫌いなんだ」

「同じく」

「そういえば、マスターの名前、知りませんね」

「神城一郎《いちろう》」

「へえ」

「二世政治家みたいな名前でしょう」ジョークではないようだった。表情は一切動かず、内面はまったく窺《うかが》えない。

「楊貞姫」いきなり彼がその名を口にしたので、わたしは緊張感を高めた。

「はい？」

「彼女から連絡がありました」

「まさか」

神城がわたしの向かいに腰を下ろした。両手を組み合わせると、細身の体に似つかわしくない、大きな塊《かたまり》ができる。指の関節がごつごつしているのは、打撃系の格闘技の経験を示唆していた。それもかなり長い期間に亘《わた》って。

「その『まさか』っていうのはどういう意味ですか」

「まさかあなたが、ということですよ」

「ほう」

「その『ほう』っていうのはどういう意味ですか」彼の台詞をアレンジしてお返ししたが、神城は唇をかすかに歪《ゆが》めただけだった。どうやら笑っているらしい、と判断する。

「俺は、マスターの実力を見くびってますかね」

「というより、何も知らないでしょう」

「まあね。常連ってわけじゃないし」

「わたしの経歴を聞きたい？」

「今回の件に関係があるなら。楊さんから事情を聴いてますか？」

「ある程度は。ただ、情報は非常に少ないですね」

「そういうことなんです。彼女に詳しく話すわけにはいかなかった」

「それでも彼女はわたしを紹介した？」

「ええ」

「だいぶ信頼されてるようですね」

神城が肩越しにリモコンを差し出し、ボタンをプッシュした。音が消える。急に静けさが店内を覆い、わたしは全身の毛穴が閉まるような緊迫感を感じた。

「自衛隊で五年。民間の警備会社で三年。それからこの店を開きました」

「申し訳ないけど」わたしは額を揉んだ。「途中を飛ばしてませんか？　勇ましい経歴の後に、いきなり『ソウル・サバイバー』というのは釈然としないな」

「ここは元々、親父がやってたジャズバアだったんです。野毛でも古い店でね。親父が死んで、店を手放すのももったいないからって、わたしが跡を継ぐことにしました」

「格闘技の経験がありますね」訊ねたわけではなく確認だった。

「空手は小学校二年生の頃から。自衛隊時代にはサンボをやってました。空手は今でもやってますが、サンボはなかなか練習できる場所がなくてね」

本当なら、かなりの本格派である。わたしは警察官として必要な逮捕術で全国大会に出たことがあるから、格闘技については一通り理解しているつもりだ。旧ソ連で開発された格闘技であるサンボは、多彩な関節技と投げ技を誇る。それに加えて空手の有段者なら、まさに総合格闘技の達人ということになる。

「楊さんとはどういう関係なんですか」

「それは、あなたには喋る必要はない」ぴしりと言ってから、口調の険しさを悔いたようだった。笑みのようなものを浮かべて、小さくうなずく。「あなたは神奈川県警の刑事だった」無言のうなずきで認めた。わたしに関する情報は、楊貞姫から彼に伝わっているはずである。「そして今は、探偵の看板を掲げている」

「看板はまだ発注してませんけどね」

「物理的な意味はともかく、間違いじゃないでしょう」呆《あき》れたように首を振る。「楊さんとはある事件の関係で知り合った、そういうことですね」

「よくご存じで。情報格差だな。俺はあなたのことを何も知らなかったのに」

大袈裟《おおげさ》に腕を広げてみせると、神城の笑みが本物に近くなった。人は確実に変化する。わずかな時間の間にも。

「……わたしは、その事件の内容は知らない。知りたいとも思わない。それに、自分と彼女の関係を話すつもりもない。でも、一つだけはっきりさせておきましょう」神城が顔の前で人差し指を立てる。「彼女が保証するから、あなたのことは信用する」

「随分簡単に信用するんですね」

「あなたは彼女を信用できないんですか？」

「いや」小さく首を振る。「俺自身のことについては、もう一つ重要な要素を付け加えていいですか？　音楽の趣味がいい」

「それについてはノーコメント」神城が肩をすくめる。再び無表情の仮面を被《かぶ》ってしまった。「これぐらいでいいでしょう。それで、わたしに何をさせたいんですか」

「バックアップ」

その一言で、神城はわたしの考えをほとんど読んでしまったようだ。その後の話は極めてスムースに進む。

「だいたい分かりました。問題ないと思います。車でも徒歩でも、何とかなるでしょう」

ようやく、わずかだが肩の重荷が消えた。一人で全て解決できると考えるほど、わたしは傲慢でも無謀でもない。

「ただし、こちらにはこちらのやり方がある。そこはあなたにも従っていただきたい」

「そのやり方っていうのは？」

「かなりの人手が必要です。あなたは何も気にしないで、自由に動いてもらって構わないけど、あなたの動きを完全にトレースするためには、わたし一人ではどうしようもない。それは了承して下さい」

「それは構わないけど、そんな金は俺には払えない」

「金は関係ありません」

「金のことで楊さんのお世話になるわけにはいかないよ。彼女は全然関係ないんだから。あなたを紹介してもらっただけで十分だ」

「わたしも、クソみたいな奴を潰す機会は逃したくない。そういうチャンスは滅多にありませんからね」

「そういう理由だけでバックアップしてくれる？」

「いけませんか？　あなたも同じようなものでしょう」

あるいは。ただし今回の件は、そこに友情が絡んでいるから話が複雑になるのだ。しかし根っこは同じ。握手こそ交わしはしなかったが、わたしは彼に感謝の気持ちを告げた。神城が一瞬照れ臭そうに鼻をかいたが、すぐ真顔に戻る。それからわたしたちは、計画の細部を入念に打ち合わせた。もちろん犯人側の動きが分からない以上、どうしても現場での自由裁量に任されることが多くなるのだが、それもまた面白い、と思えるほどになっていた。

絵美と打ち合わせた時刻になった。間抜けな作戦で穴だらけなのは自分でも意識していたが、とりあえずこれで突破するしかない。結城のマンションの玄関ホールに入り、インタフォンの前に立った。上から監視カメラが睨んでいるのを確認する。わたしはヤンキースのキャップを目深《まぶか》に被り、大き目のメッセンジャーバッグを斜めがけにしていた。五百ミリリットルの缶ビール二十四本分のケースでも楽々入るようなサイズだ。

「はい」インタフォンを鳴らすと、結城の苛立たしげな声が応じる。ガラス張りのドアの向こうを、ゴミ袋を持った絵美が歩いて行くのが見えた。一瞬目が合う。監視カメラを意識して、うなずきかけるのも避けた。が、彼女はわたしに軽く頭を下げて、足早にゴミ捨て場に向かう。

「俺だ」

「ああ」

「そっちへ上がりたいんだけど」

「うちへ来るのか?」演技だとは分かっていたが、彼は頭から抜けるような声を出した。噴き出しそうになるのを押さえ、「ドアを開けてくれ」と頼む。

「ちょっと待ってくれ」打ち合わせ通り、結城の声が去っていった。ほどなく、別の人間が応対する。声に聞き覚えがあった。

「困りますよ、真崎さん」

「坪井か」

「この部屋に立ち入られたら困ります。当然、事情は知ってるんでしょう? まさか、頭を打って記憶喪失になったんじゃないでしょうね」軽く皮肉をまぶしたジャブを放ってきた。

「どうしても結城に会いたいんだ」

「駄目です。こっちへ上がってきたら逮捕しますよ」

「何の容疑で?」

坪井が大袈裟に溜息をついた。

「いいですか、あなたと遊んでいる暇はないんです。さっさとそこを立ち去らないと、黒帯の人間を五人ばかり差し向けますよ」

「俺は黒帯五人分の評価を受けてるわけだ。名誉な話だね」

「冗談はここまでです」

「……分かった。結城によろしく伝えてくれ」

「何と？」

「そんなこと、お前が考えろ」

坪井ががちゃりとインタフォンを置く音が響いた。そのまま監視カメラの死角になる位置に移動してしばらく待っていると、ドアが開く。ロビーに絵美が立っていた。わたしに向かって小さくうなずきかけた。一瞬視線を絡ませた瞬間、彼女の目にすがるような色が浮かんでいるのを見て取る。もう一度うなずくと、絵美はすぐにエレベーターホールの方に去って行った。わたしは小走りで開いたドアを抜け、ゴミ捨て場に向かう。絵美が言っていた通り、左側の廊下の一番奥にゴミ捨て場があった。細長い作りで、左右にコンクリート製の棚がしつらえられており、右側が燃えるゴミ、左側が燃えないゴミの置き場になっている。真っ直ぐ左側の棚に向かい、一番手前に置いてあるゴミ袋を手に取った。縛ってあるのを解《ほど》き、ビニール袋に包まれた身代金を取り出してメッセンジャーバッグに放り込む。ゴミ袋を元に戻して、バッグを前に抱え込んで足早にマンションを出た。

わたしがマンションの中に入ったことは、監視カメラに記録されてしまったかもしれない。だが、構うものか。身代金を受け取ったことまでは警察には知られないし、犯人はこれからも直接わたしに連絡してくるはずだ。誰かが話さない限り、警察が身代金の受け渡しについて詳しく知ることはないだろう。そして仮に知っても、広い横浜の街でわたしを探し出すことは不可能だ。犯人の気持ちが分かり始めた。奴らもわたしと同じように、警察は自分たちを見つけられないと高をくくっているはずだ。そう、わたしは逃げ切れる。だが奴らはそうはいかない。

執念が違うのだ。奴らが求めているのは金。しかしわたしが背負っているのは翔也の命なのだから。

## 3

予想通り、夜まで時間を潰すのにひどく苦労した。最初はソウル・サバイバーに籠《こも》っていようかとも思ったのだが、神城には「やめた方がいい」とアドバイスされた。自分は黒子に徹するつもりであり、そのためには犯人側に存在を知られるわけにはいかない、と。一度店に来たのを既に犯人側に見られているかもしれない、と反論すると、彼は肩をすくめて、喫茶店に客が入るのは当たり前だと断定した。客が入るのは当たり前？　この店をしばらく見張っていれば、彼の言葉が嘘――あるいは見栄――だということはすぐに分かってしまうのだが。

どこまで走らされるか分からないので、ミニのガソリンタンクを一杯にした。奈津と話がしたかったが、我慢する。結城とも長坂とも連絡を断っていた。この街には三百六十万人もの人が住んでいるというのに、ひどく孤独だった。

結城の家からあまり離れるわけにもいかないので、みなとみらいで時間を潰すことにした。いつ鳴りだすか分からない携帯電話――犯人の言っていた午後九時は当てにならないだろうと思っていた――を弄《もてあそ》びながら、クイーンズスクエアのコーヒーショップで一時間粘ったが、居心地が悪くなってきたので夕食を取るついでに場所を移動する。昼間、新世界飯店で動けなくなるほど食べたのに、緊張が続いているせいか妙な空腹を覚え、ステーキとクラブケーキという組み合わせを奢《おご》ることにした。時間を気にして、フォークとナイフで襲いかかるように食べ始めたが、味は分からない。

クラブケーキを口に運ぼうとした瞬間、携帯電話が鳴りだした。照明が落とされた静かな雰囲気の店なので、客のきつい視線が突き刺さってきたが、それを無視して電話を掌《てのひら》で覆うようにして話し始める。

「今、平気?」奈津だった。凍りついていた血が一気に解け、体の芯が温かくなる。

「食事中だ」

「何だ」気の抜けたような声を漏らす。「大丈夫なの」

「何とか。悪いけど今は、これ以上説明できない」彼女の疑問を断ち切った。「言えないということだけは言う。その原則は生きてるよ」

「分かった」彼女は素直に引き下がり、「無理しないでね」と続けた。温かい言葉が身に沁みたが、その後の「わたしがこんなこと言っても無駄だと思うけど」という台詞には苦笑せざるを得なかった。

奈津との間に横たわる距離の微妙さを思う。この後も彼女と上手くやっていけるかどうか、今は自信がなかった。何の心配もなくなるのは、わたしたちの生活が再び大きく変わる時だろう。彼女が刑事を辞めるとか、わたしが事件に首を突っ込むような仕事から離れるとか。しかしそれは、今のところどちらも現実味がない。

電話を切って料理に戻る。先ほどよりもさらに味気なく、ただ顎が疲れるだけだった。噛み応えのあるステーキを三分の一ほど残して食事を終え、口中に残る脂の名残《なごり》を水で洗い流していると、また電話が鳴った。予感。番号は非表示。反射的に腕時計を見ると、まだ八時前だった。予定より一時間早い。

「ちょっと待て」

「ああ?」

「今、飯を食ってるんだ」

「ふざけるなよ」

「いや、真面目な話」伝票を摑んで立ち上がる。他の客の冷たい目線を感じながら急ぎ足でレジに向かい、財布から一万円札を引き抜いて渡した。釣り銭が出てくるまでのわずかな間を利用して、相手を宥《なだ》めにかかる。

「人がたくさんいるんだよ。話しにくい場所なんだ」

「人？　まさか、サツじゃないだろうな」

「あんたは俺の動きを監視してるんじゃないのか？　本当に飯を食ってるかどうかぐらい、分かるだろう」

沈黙。精神的に優位に立ちたいという欲望が頭をもたげてきたが、犯人の機嫌を損ねるわけにはいかない。それでなくても、犯人側の行動に破綻《はたん》が生じているのは明白だった。最初の時は、予告した時間にほぼ正確に電話を入れてきた。今回は一時間以上も早い。何か、焦るような理由ができたのかもしれない。沈黙の間を利用して、相手を気分良く喋らせる台詞を考える。釣り銭を受け取って外へ出ると、運河から流れてくる水の香りが鼻先に漂った。

「話して大丈夫だ。本当に飯を食ってたんだよ」

「そんなことはどうでもいい……準備はできたか」

食事中も斜めがけにしていたメッセンジャーバッグを、自由な右手で撫でる。

「こっちはいつでもオーケーだ」そっちはいいのか、と確認したくなった。九時という時間を切ってきたのには、それなりの理由があったはずだ。様々な準備を整えるために、その時間までかかるとか。だがその件を突っ込んで聴くわけにもいかない。

「よし。今どこにいる」

「みなとみらい」

「結構だ。中華街へ移動しろ」

「中華街?」自分の耳を疑い、思わず大声で聞き返してしまった。こいつは、あんな人の多い場所で何をしようとしているのか。疑念を押さえ込むのに苦労したが、犯人はその人混みを煙幕に使うつもりなのだろう、とすぐに思い至った。「分かった。中華街のどこだ?」

「それは後で指示する。携帯は空けておけよ」

「いつ?」

「今すぐだ」

「十分——十五分は見ておいてくれ。駐車場から車を出すのに時間がかかる」クイーンズスクエアの地下駐車場は巨大で、中を動き回るのにゴルフカートが欲しくなるぐらいなのだ。

「それは計算済みだ」

「分かった」

　釈然としなかったが、そう言うしかなかった。駐車場に下りるエレベーターに向かって走りだす。今度は犯人は、わたしを車で走り回らせるつもりはないらしい。しかしそれは、必ずしも事態を容易にするものではないだろう。もちろん、バックアップしてくれる神城の存在は頼りになるが、何が起きるかは分からない。ミニに乗り込むと、わたしはブーツを脱いで、用意しておいたアディダスのジョギングシューズに履き替えた。足首までがっちり保護される重いブーツの感覚に慣れているので、何となく頼りなく、冷たい風が踝《くるぶし》を撫でていくのも気にいらない。しかし、レッドウィングのブーツではできないことも世の中にはたくさんあるのだ。


　八時過ぎ、この時間だと中華街はまだまだ元気だ。同じ繁華街でも、この辺りが日の出町などとの違いで、とにかく営業時間が長い。昼前から日付が変わる頃まで、人の流れが途切れないのだ。

　店頭で売られる肉まんの湯気が濃く噴き上がっているのが、季節を感じさせる。週末ということもあって人出は多く、歩くのにさえ苦労するほどだった。家族連れ、若いカップル、修学旅行生、宴会へ行くサラリーマンの群れ。ありとあらゆる類《たぐい》の人間が歩き、酔っ払い、大声で笑い合っている。今この瞬間では、日本で一番人口密度の高い場所だろう。地震が起きないことを切に願った。

加賀町《かがちょう》署の近くにある駐車場に車を停め、人の流れに乗って歩きだした。この街の中心地はどこか。人出が多く賑《にぎ》わっているのは、関帝廟《かんていびょう》通りと中華街大通りだが、地理的な重心はその二つの道路に挟まれた中山路《ちゅうざんろ》の中間地点辺りになるはずだ。どんな指示を出されても対応できるよう、できるだけ中心に近い位置に居座ろうと決めた。二つの大通りに比べれば中山路は路地のようなもので、店も少なくなり、やや闇が濃い。目当ての店を探して歩く人たちの抜け道という感じだ。携帯電話をチェックしながら周囲に気を配る。神城の気配はない。彼が集めたであろう助っ人たちも、どこにいるのかまったく分からなかった。しかし何故か、その存在を強く意識する。犯人から電話があった後、一度だけ彼に電話をして「中華街」と告げたのだが、どこか迷惑そうだった。そんなことで一々電話してきてほしくない、こっちはあんたを見ているとでも言いたかったのだろう。

手の中で握り締めた電話が震えだす。絶対に逃さないように、バイブレーションも設定しておいたのだ。

「よし、いい場所にいるな」

「俺が見えてるのか」

相手はわたしの質問を無視した。

「移動しろ。地下鉄の元町・中華街駅だ。一番出口」

「そこで――」

「余計なことを言ってる暇はない。三分以内だ」いきなり電話が切れる。

三分か。余裕だと思っていたが、その目論見《もくろみ》が間違っていたことはすぐに分かった。道路に溢れる人たちが障害物になる。ステップを切り、前を行く人の背中に「どいてくれ！」と声をかけ――成功率は五十パーセントに満たない――手で押しのけるようにしてひたすら走る。壁のようにディフェンスが待ち受ける中に一人で突っ込んでしまったラグビー選手の心境を即座に理解した。神城はついて来ているだろうかと懸念したが、すぐに時間に間に合わせることで頭が一杯になり、彼の存在は消えた。

信号が赤になる。腕時計を見た。あと三十秒？　まさか。わたしの脚は、自分で考えているよりも衰えているのか？　傷の残る頭はがんがん痛んだが、脚は元気なはずなのに。程よい運動で温まり、これからというところではないか。クソ、信号が長い。秒針がじりじりと時を刻む。思い切って、信号を無視して横断歩道に突っ込んだ。猛スピードで交差点を通過しようとしていたメルセデスが急ブレーキを踏み、横滑りして隣の車線にはみだす。それがきっかけになって、ブレーキ音とクラクションの交響楽が始まった。死者が何人も出る多重事故を覚悟したが、幸いなことに衝突音は聞こえてこない。あらん限りの罵声《ばせい》が——外国語も混じっていた——背中を襲ったが、無視して走り続ける。

地下鉄の出入り口に辿《たど》り着いた瞬間に、携帯が鳴りだす。一瞬間を置いて時計を確認すると、指定された時間の五秒前だった。呼吸を整える間もなく通話ボタンを押す。

「時間通りだな」

答えず、息を整えながら周囲を見回す。道路の向こうでは中華街が満艦飾《まんかんしょく》の灯りを放っているが、わたしの背後は闇だ。この辺りには古いマンションや駐車場が広がっているが、光は乏しい。どこにいる？　怪しい人間は見当たらなかった。眉の中を一粒の汗が流れ落ちる。呼吸が落ち着くにつれて頭痛は引いていったが、またぶり返すことは容易に予想できた。

「金はどうする」

「まあ、ゆっくりやろうぜ」

「どういうことだ？」

「そろそろ移動の時間だよ。もう十分休んだだろう」

「ふざけてるのか？」

相手はわたしの挑発に乗らなかった。落ち着いた声で指示を発する。

「そのまま大さん橋入口の交差点まで移動してもらおうか」

「どこで見てる？」

「それを言ったらゲームにならない」

「これはゲームじゃないんだぞ」

「一分やる。一分だ」

「冗談じゃないぞ、おい」

そう言いながらわたしは、電話を切って走りだした。官庁街から中華街、元町までを貫く本町通りは、この時間になると人通りが少ない。ただし、中華街から完全に離れるまでは別だ。またも人波を掻き分けるように走らねばならず、それでかなり時間をロスしたことを悟った。一分？　ふざけるな。大さん橋入口の交差点までは、四百メートルか五百メートルほどだろう。四百メートルを一分で走り切るためには……百メートルを十五秒？　五百メートルあったら十二秒だ。冗談じゃない。百メートルを十二秒で走り切り、なおかつそのスピードを五百メートル維持できるようなら、わたしは別の人生を歩んでいたはずだ。今頃、大学か社会人のチームで陸上のコーチをやっていただろう。腕を振れ。足を上げろ。前傾姿勢を崩すな。自分を鼓舞しながらスピードを上げた。たすきがけにしたメッセンジャーバッグが背中で跳ね、走るリズムが狂う。ストラップを胸の前で思い切り引っ張ると、腕が振れずにスピードが落ちてしまうことに気づいた。冗談じゃないぞ、おい。息が上がり、目の前が暗くなってくる。

アルファロメオのショールームがちらりと見える。この先が大さん橋入口の交差点だ。信号が目に入る。赤。あと五十メートルだ。時計を確認したい。だが余計な動きでスピードが殺されることをわたしは恐れた。右手に握り締めた携帯電話が今にも鳴りだすのではないかと思うと、さらに鼓動が激しくなる。交差点に突っ込む勢いで最後の五十メートルを走り抜け、ガードレールにぶつかる直前で止まった。

一瞬置いて、手の中で携帯電話が震えだす。

「……はい」辛うじて搾り出した声はかすれ、それ以上まともな言葉を発することができなかった。

「よしよし、時間通りだな。頑張れよ」相手は今にも笑い出しそうだった。

「いつまで続ける気だ」汗が額を濡らす。保温性に優れるN-3Bが、かえって邪魔になった。地下鉄の出入り口に向かうサラリーマンが、奇妙なものを見る目つきでわたしを眺める。見世物じゃないんだ、と怒鳴りつけたかったが、息が続かない。

「まだまだ」

「おい――」

「そのまま大桟橋通を南へ走れ。中区役所は分かるな？」

「ああ」

「よし。中区役所前交差点の先だ」

　あの辺りに何があっただろう。交差点の先は横浜公園、そして横浜スタジアムである。加賀町署からは百メートルほどしか離れていないはずだ。こんな時間にジョギングではなく全力疾走しているところを見つかったら、明らかに不審者扱いされる。犯人はそこまで計算に入れているのだろうか。走りだそうとした瞬間、犯人の声が耳に飛び込んでくる。

「一つ条件がある」

「何だ？」

「そこの交差点を渡れ。横浜スタジアム側を走るんだ」

「好きにしろ。タイムは？」

「三十秒やる。信号が青に変わったらスタートだ」

　電話は切れた。反射的に信号に目をやる。向かいの信号は黄色から赤に変わるところだった。正面の信号が青に変わるのを待たず、飛び出す。黄色で無理に突っ込んできた車が急ブレーキをかけ、わたしの右側、一メートルのところで停まった。馬鹿野郎、の罵声を浴びながら走り始める。苦しい。準備運動が足りなかったせいかとも思ったが、年齢なりに衰えているのだ、と認めざるを得ない。それでも、靴をスニーカーに履き替えたのは正しい判断だった。これがブーツだったら、とっくにゲームオーバーになっていただろう。

息を整えろ。リズムを乱すな。ほとんど人気《ひとけ》のない大桟橋通は走りやすかった。今度は二百メートル程度だろうと判断する。二百メートルを三十秒……クソ、百メートルを十五秒は、今のわたしにはかなり高いハードルだ。だが、それぐらいが何だ。翔也は今もどこかで苦しんでいるかもしれない。結城も絵美も、夜の闇の中で不安におののいているだろう。足が折れても走り切ってやる。これがゲームのつもりなら、向こうがギブアップするまで粘るだけだ。そう考えると、体力の限界を超えてスピードが上がる。

額を汗が流れだす。十二月も間近いというのに、体の中から溢れるように熱が噴き出した。腿《もも》の裏側に刺すような痛みが走る。背中で跳ねるメッセンジャーバッグが集中力を削《そ》いだ。次走者にたすきを渡す駅伝走者さながら、肩からストラップを外し、左の脇にバッグを抱える。くったりとした感触はバランスが悪かったが、それでも背負ったままでいるよりはましだった。

呼吸が苦しく、肺が一気に縮まってしまったようだった。前方に横浜公園の緑が暗く迫ってくるが、それはいつまで経っても大きくならないようだった。時の流れが早くなり、その中で自分の周囲だけ流れが遅くなっているように感じる。

ここまで全力で走らされたつけが、ついにきた。まだ走れると気持ちの上では思っていたが、足元がおぼつかなくなっていたのだろう。誰かが横から足を出すのには気づいたが、ステップを踏んで避けるのが一瞬遅れた。躓《つまず》き、体が宙に浮く。クソ、こんなロスは許されない――体を丸めて受身を取ったが、アスファルトに叩きつけられた衝撃でバッグを放してしまった。滑るように前に飛んでいくのを、そこで待っていた男がキャッチして、踵を返して走りだす。わたしは両手を使って体を起こしたが、倒れた拍子に右膝を強打しており、痛みと痺《しび》れが動きを奪った。

「待て！」叫んだつもりが呻《うめ》き声になる。足を引きずりながら何とか追いかけようとしたが、男は――黒い革のフライトジャケットに濃緑色のミリタリーパンツという戦闘用の格好だった――既に十メートルほど先を行っており、歩道から車道に飛び出そうとしていた。すぐ先に、エンジンをかけっ放しにしたオートバイが停まっている。

「待て！」今度は声が出た。「相棒は捕まえたぞ！」嘘をぶつけると一瞬男が振り返ったが、それが命取りになった。公園の暗がりからいきなり神城が飛び出したのに気づき、慌てて回れ右しようとした時には手遅れだった。神城が体を沈めて短い距離を瞬時に移動し、緩く曲げた右腕を振るって男の首を刈るようにぶつけていく。男は慌ててスピードを緩めることで衝撃を減じようとしたようだったが、神城の動きの方が一歩先を行っており、腕は見事に首にヒットした。走る勢いがそのまま逆方向のベクトルになったように、男の体が浮いて空中で綺麗に回転する。嫌な音を立てて腹から落ちたが、それでもバッグを放そうとしなかった。

わたしはようやく男に追いつき、後ろから首の付け根に思い切り蹴りを見舞った。くぐもった呻き声が漏れ、ぐったりと前のめりに倒れる。素早く駆け寄った神城が、男のフライトジャケットの襟を摑んで無理矢理立たせた。落ちた時の衝撃か、額が切れて血が流れ出していた。目も虚《うつ》ろに泳いでいる。右手を背中に捻り上げると、バッグが歩道の上に落ちた。わたしはそれを拾い上げ、手首を捻って腕時計を確認する。

「五秒早く来たはずだぞ」

男は口を開こうとしなかった。抵抗もしない。左手をそっと額に伸ばし、指先についた血を見て顔をしかめるだけだった。わたしは呼吸を整えながら、神城に向かって何とか笑顔を見せようと努めた。

「お見事」

「もう一人を見てから言って下さい」言われるまま振り向くと、わたしの足を引っかけた男が、二人の男に両脇を抱えられて、こちらへ連行されるところだった。騒がないよう、手際良く口にタオルを咬《か》ませている。

「今のは、ヘビー級のレスラーがやった方が似合うな」

「体重は関係ないんです。タイミングの問題でね」神城は涼しい表情を浮かべたままだった。呼吸も乱れていないし、楽々と男の動きを封じている。

「そんなことより、この男たちに対してやることがあるんじゃないですか」

「忘れてた」

　ゆっくりと男に近づいた。精一杯いきがって顎に力を入れているその顔に、一瞬不安が過ぎる。

「詰めが甘かったな。ボスはどうした？　お前の仕事は体力専門で、頭を使うことじゃないだろう」予想した通り、反応はない。わたしはほとんどテークバックを取らずに、右の拳を男の腹にめり込ませた。体を突き抜け、背後を守る神城に届かんばかりの一撃。男が体を折り、神城の足元に崩れ落ちる。神城が男を楽々と引っ張り上げた。口の端から涎《よだれ》と血が混じって流れ落ちている。

「車を用意してあります」神城が声に抑揚をつけずに言った。「ここではまずい」

「用意がいいことで」

「急ぎましょう」

神城はわたしの軽口に乗ってこなかった。ヘッドライトの点滅がわたしの目を灼《や》く。ミニバンが一台、ガードレールに張り付くように停まった。神城は男の脇に首を通して体を支え、ガードレールの切れ目にぴたりと合ったドアから車に押し込んだ。もう一人も中に入れる。神城は二人の相棒に短く声をかけて打ち合わせを終えた。二人組の一人――こちらの方がわずかに背が小さかった――が車に乗り込み、もう一人は犯人たちが車道に停めたオートバイに向かう。最終的には証拠になるから、手をつけることはしないだろう。案の定、キーを捻ってエンジンを止めただけで、すぐに車に乗り込んだ。最後にわたしが入り、ドアを閉める。運転手を入れて合計七人。サイズ的には余裕があるミニバンだったが、中は怒りと熱気で息苦しいほどだった。怒りの大部分はわたしから発せられていたが。

わたしを転ばせた男は犬山《いぬやま》、バッグを奪った男は鳥飼《とりかい》と分かった。何ということか、二人とも免許証を持っている。アマチュア。もちろん無免許でオートバイを運転していたら、警察に引き止められた時にややこしいことになるのは当然なのだが、それならリスクを減らすために一人だけが持つとか、偽造免許証を用意するとか、対策を採るべきだ。この時点では二人がどういう人間か、正確に知ることはできなかったが、悪の権化《ごんげ》ということはないだろう。前科すらないかもしれない。年齢的にも――二人ともぎりぎり成人だった――アルバイト感覚で誘拐に手を貸したのではないか、とわたしは想像していた。

二人の尋問は難しくはなかった。警察の取り調べと違って、公判や人権を気にする必要もないし、相手が素人なら、ちょっとした脅しは強烈な効果を発揮する。ソウル・サバイバーに連れ込んで五分と経たないうちに、二人とも容疑を認めた。自白に大きな影響を与えたのは、わたしの尋問ではなく、神城がちらつかせた凶器の数々だったが。わたしが刑事だったら目を剝《む》くような状況だが、それがまったく気にならないことに気づく。過去は急速に遠いものになりつつあった。

「死刑にはならない。安心しろ」

椅子に縛りつけられた二人に向かって、わたしは言ってやった。安堵の表情ではなく、何かを諦めたようなふやけた笑いが浮かんでいる。この二人のうちでは鳥飼がリーダー役だと分かったので、主にそちらに話を聴くことにする。

「翔也は無事なんだな」

「当たり前だ。金づるなんだから」まだ突っ張った口調を維持してはいたが、覇気は感じられなかった。

「ちゃんと食べさせてたんだろうな？　怪我でもしてたら、警察に突き出さないで、ここで終わらせてもいいんだぜ」

　鳥飼の喉仏が大きく上下する。いきなりドアが開き、一人の男が冷たい風と一緒に店に入って来た。先ほどバックアップに回ってくれたのとは別の男。神城に耳打ちすると、そのままドアを背にして立った。ぴしりと背筋が伸びる。長い間軍隊的な組織に身を置いていたことを容易に想像させる立ち居振る舞いだった。

「子どもは無事です」神城がわずかに頰を緩めた。「寝てるそうです。この男のアパートには他に人はいない。念のため、監視をつけてあります。心配はいらないでしょう」

「了解」

　適当な時間になったら実行犯の二人を警察に引き渡し、翔也を保護させる。それでわたしの仕事は終わる——終わらない。事件の全貌を知るまでは。

「随分乱暴なやり方だったな」椅子を引いて、鳥飼の前に座る。「一回目とは手口が変わった。最初の時、俺は完全に振り回されたけど、あのシナリオはお前たちが用意したものじゃないだろう？　お前たちの頭じゃ、ああいうことは考えつかないはずだ」

「さあな」最後に残った意地か、鳥飼がそっぽを向いた。

「おい」彼の頰を軽く平手で叩く。撫でるようなものだったが、目の下がひくひくと引き攣《つ》った。「俺は、人質が戻って来ればそれでいいんだ。お前たちがどうなるかは知ったこっちゃない。このまま足にダンベルをくくりつけて、大岡川に沈めてもいいんだぞ」

「そんなこと、できるわけ――」ふいに鳥飼が口をつぐむ。彼の首筋で、サバイバルナイフが凶悪な光を放っていた。神城はあくまで無表情で、機械に徹していた。手を一センチ動かせば、頸動脈《けいどうみゃく》が切れて命が噴き出すだろう。鳥飼の額から汗が一筋垂れる。

「難しいことを言ってるわけじゃないだろう、俺は。知りたいことは一つだけだ。お前のボスは誰だ」

　鳥飼の口が開く。彼が語った事件の全貌は、わたしを震撼《しんかん》させた。同時に、自分がこの事件で担っていた役回りが完全に理解できた。問題は動機である。単なる兵隊かとも思っていたが、鳥飼は案外詳しく事情を知っていた。話が進むにつれ、わたしの心は深い闇に沈んだ。だが、ここで終わりにするわけにはいかない、という意をかえって固くする。このトンネルの先に待っているのが凍えるような冬の光景でも、わたしは歩き続けなければならない。何人かの人間の人生を変えてしまうかもしれないし、自分がそれを望むのか、あるいはそんな権利があるかどうかも分からなかったが。

店の外へ出て煙草を吸う。ひどく味気なかったが、何かしていないと正気を保てそうもなかった。神城が音もなくわたしの横に立つ。目の前の細い道路の上には、アーケードの残骸のように細い鉄骨が設置されており、この繁華街に入る店の名前を書いた白いちょうちんがかかっている。ソウル・サバイバーの名前がないかと目を凝らしたが、見つからなかった。センターグリルの看板が目に入ると、あの店のレバーソテーの甘辛い味がふいに懐かしくなる。煙草が体に沁みる。神城にも一本勧めるが、彼は首を振って断った。いっそ煙草をやめようか、と一瞬考える。今日のように全力疾走を続けなければならない状況に今後直面するかどうかは分からないが、あんな苦しい思いをするなら、煙草などやめてしまってもいい。

「お世話になりました」

「いえ」

「完璧なバックアップでした」

「それほど難しくはなかった」自慢するわけではなく、淡々と事実を報告するような口調だった。「あなたが中華街に着いた瞬間に、あの連中は捕捉できましたからね。後はタイミングの問題でした」

「いったい何人いたんですか」

「三十人」

こんな短時間でどうやって、という疑問が喉元まで上がってきたが、訊ねても彼は答えないだろうと判断して質問を呑み込む。しかしこれは、怖い状況だった。神城の仲間は、自警団を気取っているのかもしれない。人知れず彼らが、自分たちが悪だと認めた人間に鉄槌《てっつい》を下していたら――悪を始末する悪は善なのか。

「いくら楊さんとの関係があっても、あなたには借りができた」

「そういうのはなしにしましょう」

「それじゃ、俺の気が済まない」

「だったら時々うちの店に来て、コーヒーに金を使って下さい。それと、わたしがかける曲に文句を言わないこと」

冗談を言っているのだろうかと彼の顔を見たが、わたしを待ち受けていたのは笑顔ではなく極めて真面目な表情だった。

「曲のことは我慢しましょう」

「我慢、は失礼じゃないかな。何だったら、フランク・ザッパのアルバムを全部お貸ししますよ。普通のロック寄りのアルバムもあるから、あなたのような人にも聴きやすいはずです」

「了解」薄汚れた道路に煙草を投げ捨て、靴底で踏みにじった。「その条件、受けましょう。俺にとっては大変なことですけどね……その代わり、もう一つお願いがあります」

「どうぞ」神城が肩をすくめる。

「俺はもう少し確認したいことがある。それが終わるまで、あの連中の身柄を押さえておいてもらえないかな」

「構いませんよ」神城が目を細めて時計を確認した。「今、十時半ですか……いつまで？」

「一時間ほど。子どもは大丈夫でしょうね」

「問題ないでしょう。これ以上共犯者がいるとは思えないし、見張りもついていますから。でも、できるだけ早く親元に返してあげた方がいい」

「分かってます」新しい煙草に火を点ける。苦いだけで、吐き気がこみ上げてくるのを感じた。

「あなたがいない間に、ちょっとした事故を起こしてもいいですか？　ああいう連中は、少し痛い目に遭った方がいい」

「それは駄目だ」激しく首を振ると、たなびいた煙が目をきつく刺激した。「でも、しっかり脅しておいて下さい。今日、あの連中はこの店には来なかった。あなたにも会わなかった。警察の取り調べでも裁判でも、何も話さない。あの連中はそれほど長く刑務所に入らないでしょう。余計なことをしたら、出てきてから痛い目に遭う——そうやって脅せば、頭に沁み込むはずだ」

「脅す？　こっちは正義の味方なんだと思ってましたけど」

「痛い目に遭わせる方が悪質だ」

「言葉の暴力だっていけませんよ」

「基本的には、そうなんでしょうね」煙草を諦め、投げ捨てる。先ほどの吸殻のすぐ脇に落ちた。何故か踏み潰す気力もなく、そのままにしておく。煙が真っ直ぐに立ち上がり、かすかな香りが鼻をくすぐった。「ただ、あなたを厄介な立場に巻き込みたくないだけです。そのためには、あの連中に喋らせないようにするのが保険になる」

「そうですか」神城はまだ不満そうだった。わたしは、この男の腹の底に黒く渦巻く何かを感じ取った。自警団——いや、暴力衝動を満たすために正義の仮面を利用する男。

「とにかく、しばらくお願いします」

「車がいるんじゃないですか」

「タクシーを拾います。中華街に自分の車を停めてあるから、回収しないと」

「それでは、お待ちしています」

無言で頭を下げ、桜木町の駅の方に歩きだした。駅前まで出れば、簡単にタクシーを拾えるだろう。一度だけ振り向くと、神城は長身を折り曲げて、わたしが捨てた煙草を拾い上げていた。強さ、あるいは邪悪さと、環境を慮《おもんぱか》る気持ちは矛盾しないようだ。

# 4

「てめえ……」

柴田が絶句した。それ以上突っ込まれないよう、慌てて続ける。

「とにかく、犯人は引き渡します。絶対に逃げられないところで縛っておきますから、安心して引き取って下さい」

「二人なんだな？」一瞬の間に柴田は平静に立ち戻ったようだ。

「実行犯は二人です」

「他に主犯がいるのか」

「その件は明日の朝にしましょう」

「何だと？」

掌に汗が滲み、携帯電話を取り落としそうになる。いずれ柴田には知れてしまうことだが、その前にわたし自身が知りたかった。それが権利だとは言わない。むしろ義務としてそうすべきだと思った。もちろん、逮捕された後でも動機を知ることはできるだろう。だが他人の口から聞かされた動機がどれほど味気なく、真実から程遠いものであるかは、経験的に分かっていた。

「シナリオを考えておいて下さい」

「ああ？」

「通常の誘拐事件の解決パターンとはまったく違うんですよ。上手い言い訳を考えないと、公判が破綻します」

「余計なことはしない方がいいんだよ。お前が常人逮捕した、それで押し通すしかない」自分が解決したのではない――その事実が彼を苛つかせているようだった。

「表には出たくありませんけど、仕方ないですね。その辺はお任せします」名前が出て、マスコミにつきまとわれることを考えるとうんざりした。しかしそんな先のことより、今のわたしにはやることがある。「明日の朝、会いましょう」

「個人的にか」

「個人的にでも何でもいいです。その時に主犯を引き渡します」

「自分だけがいい格好をしようと思ってるんじゃないだろうな」

「そんなこと、どうでもいいですよ」つい声を荒《あら》らげてしまった。「自分の耳と目で事実を確かめたいだけです」

「そうか」柴田の声が冷たくなる。決別の辞とも取れる台詞が飛び出した。「勝手なことばかり言いやがって。この先、お前と上手くやっていけるかどうかは分からんな……それで、明日は何時にどこへ行けばいい？」

時間と場所を告げた。早い時間だったが、彼は文句を言わなかった。どうせ今夜は徹夜になるだろう。そのついでに足を伸ばしても、大した手間にはならない。

「それより、早く結城に知らせてやって下さい」

「お前が自分で言えばいいじゃないか、ええ？　ヒーローになれるぞ」

「俺はいい格好をしたいわけじゃない」結城には会いたくない、声すら聞きたくないというのが本音だった。


空がようやく白み始めた。朝の空気は身を切るほど冷たく、立っているだけで背筋がしゃんと伸びる。しかしこの寒さは、野球向けではない。ラグビーか駅伝こそ相応《ふさわ》しい。冬と言えば筋トレと長距離走。野球にまつわるわたしの冬の記憶は、辛《つら》く地味なものばかりだ——長距離走と筋トレ。

母校を訪れるのは何年ぶりだろう。横浜と言ってもかなり郊外にある高校で、周りには高校生が遊ぶような場所はまったくない。裏は緩い傾斜の丘になっており、そこでカップルがどうのこうのという話が都市伝説のように流布されていた——今でも同じだろう——が、この時間では緑深いその丘も、黒い塊にしか見えなかった。腕時計を見ると六時半。わたしは荷物を抱えて車を降り、閉まった校門のシャッターを乗り越えた。もしかしたら警報システムが設置されているかもしれないが、そんなものはどうでもよかった。警備会社がやってきても、こっちには警察の後ろ盾がある。いや、今は違う。わたしは司法からはるか離れた場所にいるのだ。

十分待つうちに、丘の外れから朝日が遠慮がちに顔を見せた。快晴で、それ故に寒さは一層厳しかったが、いずれ少しは暖かくなってくるだろう。少なくとも気温は。車のブレーキが軋《きし》む音がした。次いでエンジン音が消える。そちらに目をやると、銀色のメルセデスから長坂が降り立ったところだった。戸惑うように周囲を見回していたので、両手でメガフォンを作り、グラウンドの中から声をかけてやる。

「長坂、こっちだ」

グラウンドに目を転じた長坂がわたしを見つけ、小さくうなずいた。分厚いウールのコートにしっかりと身を包み、ポケットに両手を突っ込んで背中を丸めている。校門を無視し、グラウンドに張り巡らされた緑色のネットが重なって隙間になっている部分から身をこじ入れた。

「そうか、そこから出入りできたんだよな」

「忘れたのかよ」長坂が微笑んだが、ひどく無理している様子は明らかだった。

「俺はシャッターを乗り越えちまった」

「警備会社が来るぞ」

「来ても構わない」

長坂の視線が、わたしの手にあるグラブを捉えた。二メートルの距離を置いて立ち止まったので、グラブを放ってやる。慌ててポケットから手を出し、胸のところで受け止めた。

「何だよ、いきなり」

「俺たちはグラウンドにいる。グラブとボールもある。やることは一つだ」わたしは三塁線に沿って外野方向に走った。振り返ると、ホームプレート付近に突っ立った長坂は、グラブを小脇に抱えたまま、不機嫌な表情を浮かべている。

「冗談やめてくれよ。誘拐の件で話があるって言うから、こんな朝早くに出てきたんだぜ」

「誘拐は解決した」

「何だって？」長坂が目を細める。

「犯人は捕まった。人質も戻って来た。結城から連絡はないか？」

「いや」長坂の声は平板だった。平板過ぎた。

「じゃあ、結城は本当にお前を解任するつもりかもしれないな。肝心な時に逃げ腰になったんだから、仕方ない」

「俺を責める気か」

「そのことでは責めない」ボールを持ったまま、右肩を大きく回す。運動不足や寒さ、夕べの格闘のせいで、きちんと投げられるかどうか自信はなかったが、とにかくやってみることにした。指先が縫い目にしっかり引っかかっているのを確認してから、腕を引く。胸、肩、指先、それに下半身まで、全身の筋肉が一気に緊張するのが分かる。ボールを投げるという動作はそれだけ複雑な行為であり、基本的な人の体の動きからはかけ離れているのだ。無理するなよ、と自分に言い聞かせたが、やはり力が入ってしまう。肩に鈍い痛みを残して、勢いのある球が発射される。長坂はごく自然な様子でグラブを上げ、左耳の横でキャッチした。顔をしかめてグラブから左手を引き抜き、冷たい空気に晒《さら》しながらぶらぶらと振る。

「マジで投げる奴がいるかよ」

「硬球を握るのは何年ぶりだ？」

「忘れた。俺はもう、こっち側の人間じゃない」

「ほら、投げろよ。コートを脱いだ方がいいんじゃないか」

「そんなことしたら、凍死する」

コートを着たまま、長坂が緩いボールを投げ返した。スピードはないが、綺麗な回転をしている。腹の前でキャッチし、「まだ投げられるじゃないか」と冷やかした。

「冗談じゃない、もう痛いよ」長坂が大袈裟に右肩をグラブで押さえた。

「痛いのは肩じゃなくて膝だろう」

わたしの一言が彼を凍りつかせる。緩いボールを投げ返すと辛うじてキャッチしたが、グラブを胸の高さに上げたまま固まってしまった。

「その膝。それが全ての原因だったんだな」

わたしたちはダグアウトに落ち着いた。わたしたちが卒業してから改装されたようで、下は土からコンクリートに変わっている。バットケースはまだ新しく、屋根も雨風の影響を受けていなかった。ベンチはプラスチックだが、これもまだ鮮やかな青色を保っている。長坂はわたしから二メートルほど離れた位置に座り、痛めた膝を庇《かば》うようにグラブを載せていた。彼が聞いているかどうか分からなかったが、わたしはグラウンドを見詰めたまま話を始めた。

「お前の膝の怪我。あれは練習でやったものじゃない。そうだな?」返事がないのを肯定の印と認めて続ける。「俺も何かおかしいと思った。練習で怪我すればすぐに分かるからな。だけどあの日お前は普通に練習して、何事もなく帰った。ところが次の日、急に松葉杖をついて現れた。変だとは思ったけど、お前が試合に出られなくなったことがショックで、俺は詳しく追及できなかったんだ。予選が近かったし、あの年は優勝できるんじゃないかっていう望みもあったからな。お前が出られなくなって、その可能性は一気に低くなった。自分のモチベーションを上げるのに必死で、正直言ってお前の怪我のことは頭から吹っ飛んだんだ。その件については申し訳ないと思っている」

「どうでもいいよ、そんな昔のこと」長坂が投げやりに言った。

「よくない」彼の顔を見やる。朝の空のように蒼ざめていた。腿の横に転がるボールに見向きもしない。「あれは練習の怪我じゃなかった。お前の膝を潰したのは結城だ」

否定も肯定もなかった。長坂はただぼんやりと、グラウンドに目を投げている。その視線ははるか先、セカンドベース辺りに注がれていた。怪我さえなければ、彼が王として君臨していたであろう場所に。胸が潰れるような痛みを感じたが、それを振り払って続ける。

「知らなかったよ、お前と結城が絵美ちゃんのことで争ってたなんて」

「争ってたわけじゃない」長坂が反論したが、言葉に力はなかった。「そういうんじゃないんだ」

「言い方はどうでもいい。とにかく結城が、絵美ちゃんから手を引けってお前に言ったんだろう。お前は断った。結城は自分の我儘《わがまま》が通らなくて、お前に手を出した。殴るぐらいなら分かるけど、あいつはやり過ぎたよ。お前の膝を壊した――ようやく思い出したんだ。あの日お前と結城は、練習が終わった後、二人でここに残ってたよな。あの時、そういうことが起きたんだろう？」

「だから何なんだ？　そんな昔の話を今さら持ち出してどうなる」

「監督に確認した」

長坂の顔からすっと血の気が引く。紙のように白くなった顔をわたしに向けた。

「聞いたのか」と消え入りそうな声で確認する。

「ああ。昨夜遅くに叩き起こしたんだ」わたしたちの代の監督、花咲《はなさき》は、今は横浜市内の高校で教頭を務めている。地位も立場もある人間で、野球の指導からは既に退《しりぞ》いていた。わたしにとっては尊敬できる恩人だが、脅し、真相を引き出すことにさほどの良心の痛みは感じなかった。ある意味、この一件の責任は花咲にもあるのだから。

「お前は、監督にだけは真相を話した。監督は結城を呼びつけて事実関係を確認した後で、全てを隠蔽《いんぺい》することに決めたんだ」拳を握り締める。手が白くなり、掌に食い込んだ爪の痛みが怒りを呼び起こした。「大事な大会の前だ。それにあの時俺たちは、甲子園も狙える位置にいた。ただしそのためには、他の選手はともかく、結城は絶対に必要だった。あいつ抜きじゃ勝てない」

「つまり、俺抜きでも勝てたってことだよ。実際、決勝まではいけたんだしな」長坂が低い声で言った。その言葉はわたしの胸に突き刺さり、過去の栄光を描いた光溢れる絵が、黒い絵の具で汚され始めるのを感じた。

「選手同士の喧嘩で一人が怪我をした。それが表沙汰になったら、対外試合が禁止になるかもしれない。監督はそれを恐れたんだ。だから練習中の怪我だっていうことにして、真実を隠した。お前、どうしてそんなことで納得したんだよ」

「決まってるじゃないか。お前たちを困らせるわけにはいかなかったからだ」長坂がボールを手に取った。このボールは人に夢を与える。時には、自分に無限の力があると思わせることもある。だが今の彼にとっては、単なる忌まわしい過去の象徴でしかないはずだ。それなのに長坂は、愛おしそうにボールをこねくり回した。

「チャンスだった。それはみんな分かってたよな。だからあの夏は、死ぬ気で練習したんじゃないか。試合ができなくなって、積み重ねてきたものが崩れたらどうなる？　俺一人が我慢すれば済む話じゃないか」

「積み重ねてきたもの？　冗談じゃない。そんなものより大事なことはいくらでもある」

「俺一人が我慢すれば済んだんだ！」言葉を叩きつけ、同時に腕を振り上げる。ボールをどこか遠くへ投げつけようとしたのだろうが、彼の中に残っていた何かがそれを躊躇わせた。

「お前がいなかったから、俺たちは決勝で負けたんだぜ」わたしは意識的に声を落として告げた。「お前がいれば、絶対に甲子園にいけたと思う」

「ああ、それは——よそうよ。俺の力を認めてくれるのはありがたいけど、仮定の話に意味はない」

「そうか……一つだけ教えてくれ。あれだけひどい目に遭ったからっていって、十四年も経ってから復讐しようとするか？　どうして翔也を誘拐しようと思ったんだ」

「俺は一瞬で野球を失った。あいつには苦しんでもらわなくちゃいけなかったんだ。それも、長い時間」

長坂の言葉がわたしを凍りつかせた。予想された台詞ではあったが、彼の口から聞くとあまりにも重い。

「俺は……もっと上でやりたかった。やれる自信もあった。でも結城が全てぶち壊したんだ。それは許されるのか？　確かにあいつは、俺なんかとはレベルの違う選手だった。監督が特別扱いして、大事にするのも分かる。だからといって、俺の立場はどうなるんだよ。誰も助けてくれない。野球ができなくなって、俺がどれほど苦しんだか……」

「だからって、子どもを誘拐することはないだろう。結城はともかく……絵美ちゃんを苦しめる必要はなかったんじゃないか」

長坂が黙り込む。弱みに突っ込まれて答えに窮したのではなく、単に自分の敗北を噛み締めているだけだ。ふいに、この男に激しい同情を覚える。彼のように恨みを抱いたまま復讐のチャンスを狙う人生は、どれほど辛いものだろう。代理人としてのビジネスまで手放す覚悟もあったに違いない。そうまでしてやらなければならなかった――善悪の違いはともかくとして、わたしは彼の純粋さだけは理解できた。

「翔也を誘拐するために結城に近づいたんだな」

「そうだ」

「そしてあのチンピラ二人を雇った。もしかしたら、最初に俺のところを訪ねて来たのも計算のうちだったんじゃないか？」

「お前はどう思う？」挑発的な口調で質問を返してきた。

「警察を動かさないために、俺一人にやらせておけば安全だと思ったんじゃないか？　結城の性格からいって、警察に駆け込まないのは分かっていた。だけど何もしないわけにはいかない。だから俺を咬ませ犬に使った。そういうことじゃないのか」長坂は肩をすくめるだけだったが、わたしはそれを肯定の印と受け取った。「お前は全てをコントロールしていたんだ。ただし、計算は途中で狂ってしまったけどな——なあ、人を雇う時は、相手をよく観察してからにした方がいい。あの二人はレベルが低過ぎるよ。最初の身代金を奪ってから、仲間割れしたんだろう」

「仲間割れ、はひどいな」苦笑しながら長坂が認めた。「ああいう連中と仲間と言われても」

「とにかく、最後はあいつらの暴走だったんだな」長坂がこくりとうなずくのを見て続ける。「上手く一億円を奪取したんで、あの連中は調子に乗った。自分たちだけでもやれると勘違いしたんだろう」

「いつ気づいた？」

「二度目の要求がきた段階で、何となくね。そもそも要求自体が変だったから。一億奪った人間が、次に二千万要求するのはおかしい。要求がエスカレートするならともかく、下がるなんて聞いたことがないからな。それにやり方が杜撰《ずさん》だった。こんなことは言いたくないけど、最初は見事だったと思う。警察を上手く排除して、俺一人に負担がかかるようにして」

「あの二人は逮捕されたのか」

「ああ。翔也も無事に保護されたよ」

「そうか」膝を叩いて立ち上がる。わたしを見下ろしながら、ボールを放った。受け止めると、グラブをはめる。「さあ、もう少しやろうか」

無言でグラウンドに出た。ファウルライン沿いにキャッチボールを再開する。互いに肩が温まってきたので、グラブを叩くボールの音がぴしりぴしりと小気味良く響く。

「俺のやったことは、間違ってたんだろうな」

「結城に復讐するなら、もっと別の方法もあっただろう」

「俺はずっと――この十四年間ずっと、どうすればあいつを痛い目に遭わせられるかだけを考えてきた。だけどあいつは、いつも俺のずっと先を走ってた。プロ野球に入って、大リーグにもいって。あまりにも立場が違い過ぎる。簡単に手を出せるわけがないだろう。代理人になったのは、はっきり言ってあいつとの距離を縮めるためだった。あいつが夢破れてアメリカから帰って来ることになって、初めてチャンスが生まれたんだ。なあ、あいつは人の気持ちを全然分かってないと思わないか？　分かろうともしない。俺が代理人をやりたいって近づいても、普通は断るだろう。自分が怪我させた人間だぜ？　でもあいつは、何とも思っていないようだった。それで俺は、心を決めたよ。こいつは人間らしい気持ちをどこかに忘れてしまっている。そろそろそれを学んでもいい頃だってな」

「挫折を」

「そう。俺は挫折した。あいつにさせられた。それなのに結城は、そんなことをすっかり忘れたみたいに振る舞ってるんだぜ。聞いてみたかったよ……あのことをどう思ってるんだって。だけど怖くて聞けなかった」投げ返してくるボールにさらに力が籠る。掌が腫《は》れ上がり、それは昨夜受けたダメージよりもはるかに大きくなることが分かっていた。「俺も逮捕されるんだろうな」

「ああ」

「そうか……別に構わない。お前を恨んでるわけじゃないぜ。こうなることは覚悟していたし、死刑になるわけでもないだろうからな。それに、これは第一幕にすぎないんだ」

「何だって？」寝不足の頭から血の気が引き、かすかな眩暈《めまい》を感じた。

「裁判になったら、俺は洗いざらいぶちまける。十四年前、奴が俺に何をしたかをな。そうなったらどうなると思う？　日本球界へのカムバックを目指す人間にとっては、大変な障害になるはずだ。マスコミも大騒ぎするだろうし、チームだっていい顔はしない。奴はこれで終わりだ。野球ができなくなって終わるんじゃない。世間に叩かれて終わるんだ」

「本当の狙いはそれだったのか？」

長坂がにやりと笑う。その瞬間わたしは、彼の心に穿《うが》たれた穴の深さと黒さを初めて理解した。

「自分が悪者になっても、結城がどんな人間かを世間に分からせたかったわけか」

「ただ喋るだけじゃ、誰も聞いてくれないだろう？　だけど事件に巻き込まれたとなったら、嫌でも注目を浴びるんだ。別に俺は、世間の同情が欲しいわけじゃない。あいつがクソ野郎だということが知れ渡れば、それでいいんだ」

「そのためにあいつの家族が泣くことになってもか？」

「ああ」長坂の唇に薄い笑みが浮かぶ。「絵美ちゃんは離婚するつもりなんだ」

「そういうことか」どことなく冷えた二人の関係を思い出す。結城が高校時代の憧れの人を追いかけ回して結婚したのは分からないでもないが、それも彼にとっては永遠を約束するものではなかったのだろう。傍若無人な振る舞いは、どんな人間関係においても、いつか必ず破綻を呼び込む。それが分かっていなかったのが結城の悲劇だ。

「だから、彼女の被害は最小限で食い止められるよ」

「お前、まさか彼女と……」

長坂の顔に浮かぶ笑みが、わずかに大きくなった。

「俺は、しつこいからな。そうじゃなければ、十四年も経ってこんなことをやろうとは思わない。俺は必ず戻って来る。そんなに先の話じゃない。人生はやり直せる。結城には無理だけど。あいつには野球以外、何もないんだから」

彼がやり直そうと考えているのは、間違った人生だ。そんなことは上手くいくはずがない。子どもを誘拐された女性が、どんな事情があるにせよ、犯人と……その時、ある可能性に気づいてわたしはボールを投げようとした手の動きを止めた。まさか、絵美もこのことを最初から知っていたのでは？　共犯者――考えないことにした。これ以上人を巻き込んでどうなる？　その可能性を追及しないことで、わたしもある種の共犯者になってしまうのだが、そんなことはもう、どうでもよかった。

一つだけ分かっているのは、わたしが大事な友を二人失った、ということだ。

「どうした」長坂がグラブを差し上げる。朝日を受けたグラブは、彼がやり直そうとしている暗い人生に反して、明るく煌《きら》めいていた。

わたしはボールをその場に置いて、グラウンドを立ち去った。

入れ替わりに、柴田が制服警官を何人か引き連れてグラウンドに入って来る。険しい表情を浮かべ、肩の辺りには力が漲《みなぎ》っている。わたしを一瞥《いちべつ》した視線は、刺すように鋭い。わたしはそれを、甘んじて受け入れた。あの夏、長坂の人生が崩壊するのを止められなかったのは、わたしにも責任があるのだから。

「つまりあなたは、自分はその時に気づいているべきだと思った。十四年前に」

「ああ」

奈津の指摘にうなずくしかなかった。わたしは彼女の家のソファにだらしなく体を埋めていた。奈津はダイニングテーブルについて、緑茶を飲んでいる。長坂が逮捕されてから一週間が経っていたが、今のところ全てが彼の思惑通りに進んでいた。公判を待たずに、既にスポーツ新聞や週刊誌が結城と長坂の過去の関係を書きたてて公開法廷を開設している。この騒ぎはしばらく続くだろう。

今日、わたしは、絵美が翔也を連れて家を出たという話を伝え聞いた。

「確かに、その時あなたが気づいて騒いでいたら、十四年も経ってからこんなことにはならなかったかもしれない」奈津がわたしの隣に座った。「でもそうしたら、あの夏、試合はできなかったかもしれないわよね」

「だけど、俺たちが手にしたのは想い出だけなんだ。どんなスポーツでも、二位には何の意味もない。一位と二位には天と地ほどの差がある。あの夏をステップボードにして、上にいったのは結城だけだった」

「まだ釈然としないみたいね」

「しない」立ち上がり、彼女の前に座った。「本当はどうすべきだったのか、今でも分からない。今回も俺は、どこかで失敗したんだろうな」

「でも、今回は事件だったのよ」

「だけど俺は刑事じゃないわけで……別の解決方法もあったかもしれない」

「堂々巡りになるわよ。もっと話したい？」

「いや」首を振った。「これは俺個人の問題だと思う。時々取り出して眺めて、暗い気分になればいいんだ」

「そうね」

顔を上げた。奈津の顔には、穏やかな笑みが浮かんでいる。

「普通、もっと慰めてくれるとか、少なくとも気を紛らすために別の話をするとか、そういうことをするんじゃないか？」

「わたしとあなたの間には距離がある。それはいつかは埋めることができるかもしれないけど、過去に関しては無理よ。わたしは、あなたが十八歳だった時の時間を共有してない」

「それだけが俺の人生の失敗だ。もっと早く君と出会っておくべきだった」

「あなたが十八歳の時、わたしは十四歳よ」わたしの言葉を面白がる表情が、彼女の顔に浮かぶ。「高校生と中学生。話にならないでしょう」

「出会ってればそれでよかったんだ。その時にどうこう、というわけじゃなくて、こうやって君と出会うまでの人生を、俺は無駄にしていたと思う」

奈津が唇の端を少し持ち上げて笑った。すっと手を伸ばしてわたしの手の甲に触れる。

「距離感。難しいわね」

「ああ。事件っていうのは、人と人との距離感を見誤った時に起きるものだから。でもそれは、俺たちには関係ない」

「どうして」

「俺は完全に刑事じゃなくなった」どれだけ違法なことをしてきたか、事情は彼女にすっかり話していた。「だから仕事のことで君とぶつかることになっても、今までとは意識が違う。いや、とにかく、そんなことはどうでもいいんだ」

「どういうこと？」奈津がすっと眉をしかめた。

「距離感なんて関係ないからさ。地球の表と裏に離れていても、ぴったりくっついていても、俺はいつでも君と一緒にいる。それだけは絶対に変わらない。それを基準に考えればいいんじゃないかな」

「そうね」奈津の顔に笑みが広がる。「何事もシンプルなのが一番よね」

「ああ」

窓の外に目をやる。細い雨が街を濡らしていた。十二月に入って気温はぐっと下がっている。この雨は雪に変わるかもしれない。

春は遠い。そして夏はもっと先にあった。一つだけはっきりしているのは、わたしはもう、今までと同じような誇りと悔しさを持って次の夏を迎えることができないだろう、ということだった。

※本書はフィクションであり、実在の人物、団体等とは一切関係ありません。

この作品は、二〇〇八年五月にＰＨＰ研究所より刊行された。

著者紹介

**堂場瞬一**（どうば　しゅんいち）

1963年生まれ。青山学院大学国際政治経済学部卒業。新聞社勤務のかたわら小説を執筆し、2000年秋『８年』にて第13回小説すばる新人賞を受賞。『断絶』『夜の終焉』（上・下）（以上、中央公論新社）、『蒼の悔恨』『灰の旋律』『ＢＯＳＳ』『天空の祝宴』『10-ten-』（以上、ＰＨＰ研究所）、『虚報』（文藝春秋）、『交錯』（角川春樹事務所）など著書多数。


ＰＨＰ文芸文庫　青の懺悔

2010年３月17日　第１版第１刷
2022年２月10日　第１版第７刷

著　者　堂場瞬一
発行者　永田貴之
発行所　株式会社ＰＨＰ研究所
東京本部　〒135-8137 江東区豊洲5-6-52
第三制作部　☎03-3520-9620（編集）
普及部　☎03-3520-9630（販売）
京都本部　〒601-8411 京都市南区西九条北ノ内町11
PHP INTERFACE　https://www.php.co.jp/
制作協力
組　版　株式会社PHPエディターズ・グループ
印刷所　図書印刷株式会社
製本所　東京美術紙工協業組合




ISBN978-4-569-67407-0

PHP文芸文庫

# 蒼の悔恨

堂場瞬一 著

神奈川県警捜査一課、「猟犬」と呼ばれる刑事・真崎薫。連続殺人犯を追い、雨の横浜で孤独な戦いが始まる。堂場警察小説の新境地。

PHP文芸文庫

# 遠い国のアリス

今野 敏 著

信州の別荘を訪ねた少女漫画家・有栖は、現実とは似て非なる「異世界」に迷い込んでしまう。サスペンスあふれる展開が冴えるSF長篇。

PHP文芸文庫

# アー・ユー・テディ？

加藤実秋　著

ほっこりを愛する女の子とあみぐるみのクマに宿ったオヤジ刑事《デカ》。珍妙なコンビが心中事件の真相を探る！　爽快エンタテインメント作品。

PHP文芸文庫

# 相棒

五十嵐貴久 著

大政奉還直前に起こった将軍暗殺未遂事件。探索を命じられたのは、坂本龍馬と土方歳三だった……。異色のエンタテインメント時代小説。

PHP文芸文庫

# ヒミコの夏

鯨統一郎 著

記憶喪失の不思議な少女との出会いが、新種の米「ヒミコ」に隠された陰謀を浮かび上がらせた。農業問題に材を得た異色の傑作ミステリー。

PHP文芸文庫

# 組織再生

## マインドセットが変わるとき

江上 剛 著

破綻した銀行を新しく生まれ変わらせるために奮闘する行員たち……実話をもとに「改革プロセス」を具体的に描いた感動のビジネス小説。

PHP文芸文庫

# 大人になるということ

石田衣良 著

『池袋ウエストゲートパーク』をはじめとする小説作品の中から、心を揺さぶられる名フレーズを抜粋。恋に人生に悩むあなたに贈る珠玉の箴言集！

PHP文芸文庫

# 我、弁明せず

江上剛 著

明治・大正・昭和の激動の中、三井財閥トップ、蔵相兼商工相、日銀総裁として、信念を貫いた池田成彬。その怒濤の人生を描く長編小説。